NOVELA

(PAPEL)

LA GUERRA QUE NUNCA QUISE

Tercera PARTE

(2019-04-26)

ENTRE
FUEGO
CRUZADO

ROBERT MAXIMILIAM

2019

«No se puede apagar el fuego echándole más fuego. La voluntad de cambiar debe comenzar en nuestras manos. A veces, por más que desees ser imparcial, no puedes. Debes tomar partido; pero sin embargo, al final es mejor que digan: por aquí pasó que, aquí quedo».

Robert Maximiliam

LA GUERRA QUE NUNCA QUISE

TERCERA PARTE

«ENTRE FUEGO CRUZADO»

ebook

ISBN 978-1-988475-72-1

Editada bajo el sello de

«EDITIONS ROMAX»

ENTRE
FUEGO CRUZADO

NOTAS ACLARATORIAS

«Todos los personajes, lugares y fechas son producto de la imaginación del escritor; cualquier parecido, es una simple, coincidencia. Mil disculpas a cualquier persona que se sienta señalada por mis personajes»

«Todas las palabras o expresiones en letra itálica, indican que pertenecen al vocablo o jerga utilizada por el pueblo salvadoreño»

Robert Maximiliam

GENERALIDADES DE LA OBRA

Este relato romántico «La Guerra que Nunca Quise» nos sumerge en un pedacito de la historia del «Pulgarcito de América», ubicado allá por los años setenta y ochenta del siglo pasado. Nos cuenta con lujos de detalles, la vida de nuestro héroe, Rodrigo, a través de esa guerra que nunca fue declarada oficialmente, como tal.

Después de disfrutar la amistad de sus amigos en el pueblo y las telarañas de la guerra se comienzan a sentir en el occidente del país; su grupo, de un día para otro, se ve dispersado provocando un terremoto personal en cada uno de los miembros.

El Roro toma la decisión de marcharse a la ciudad morena de Santa Ana para poder estudiar la profesión de maestro de primaria. Ahí se encontrará con otro grupo de amigos, bastante disparejos, y con dos familias que se convierten en su fortaleza para continuar viviendo. Un episodio muy fuerte provoca que ponga en entre dicho sus principios.

Al finalizar sus estudios teóricos, lo envían a la ciudad fronteriza de Citalá para hacer su práctica profesional. En ese lugar aprendió a amar la profesión y, a su vez, se encontró entre fuego cruzado al comprobar que la guerra en las montañas no era un juego de niños.

En su primera designación como profesor en la ciudad de Perquín, su experiencia pasó de la esperanza a la desilusión. En las primeras semanas, fue secuestrado y colocado como escudo humano. Tuvo que pagar un derecho de piso para obtener su libertad y, en su huida, casi se escapó a morir en manos de una guerra que cada día odiaba más.

Rodrigo se ve en la obligación de comenzar de nuevo, una nueva escuela le será designada pero mientras espera, pasa unos días con la profesora Marta y, juntos, descubren que en la tempestad siempre hay una luz de esperanza en el horizonte. Esperando que la guerra que nunca quiso no se lo lleve, nuestro héroe sigue luchando para salir adelante.

INDICE

LA GUERRA QUE NUNCA QUISE

Tercera Parte

ENTRE FUEGO CRUZADO

INTRODUCCION

Rodrigo, había quedado traumatizado después de lo que ocurrió en la Catedral. La manifestación reclamando la libertad de los sindicalistas y estudiantes capturados después de la marcha del día del trabajo había dejado huellas imborrables.

Claudia había desaparecido de su vida porque, supuestamente, se había marchado a las montañas. De los cinco *cheros* que habían comenzado las clases, solamente él quedaba. Las clases teóricas finalizarían en el mes de julio y esperaban, de un momento a otro, la designación para hacer las prácticas. Ninguno de sus compañeros sabía, en ese momento, el lugar que le correspondía; cada uno, esperaba que fuera en una zona no muy conflictiva.

Por su parte, Esther había entrado en contactos con su padre que se encontraba en Estados Unidos y, éste, le había ofrecido la oportunidad de ir a estudiar al norte. La chica no se lo había comentado a la madre por miedo a su reacción y porque no deseaba dejarla sola.

Por otro lado, Ruth había comenzado a asimilar la idea que, su hija, un día se marcharía del hogar. La joven, después de lo que ocurrió con su primer novio oficial, no se había podido recuperar completamente de aquel golpe emocional. Sin embargo, la idea de salir del país la ponía entre la espada y la pared. Su sentido de aventura la empujaba a marcharse y el amor a su progenitora, a quedarse.

En la vida de Sofía, la cosa iba más o menos. Su hijo, seguía en el reformatorio de menores pero se le había metido entre ceja y ceja, marcharse del país. El negocio estaba cada vez más grande y había tenido que contratar a varios empleados.

El pueblo del Roro no había cambiado mucho. La Negra era la única de sus amigos que había quedado en el lugar. Sus nuevos amigos, unas personas que habían llegado huyendo de la guerra, la habían metido en las drogas. Lastimosamente, su reputación andaba por los suelos y era tratada como: una basura humana. En esos días negros, se había peleado con su madre, la había echado de la casa, se habían reconciliado y le dijeron que se había ido de viaje.

.

I - ENTRE SUEÑOS Y PESADILLAS

Rodrigo revivía uno de los episodios más feos de su vida. Las imágenes de lo sucedido en las gradas de la iglesia se sucedían, una a una, como en una película vista en cámara lenta. Los rostros de las personas asustadas tratando de escapar de aquel infierno en vida. La sangre en las gradas corriendo como pequeñas vertientes buscando los tragantes de las calles inundaban de dolor su alma. Su amigo, regalándole su última sonrisa, se convertía en la paliza que le doblegaba el espíritu y provocaba maldecir haber despertado aquel día.

REVIVIENDO FANTASMAS

Cansado de estudiar, el Roro se había quedado dormido sobre el escritorio. En su sueño, las imágenes de sus cheros comenzaron a salir del anonimato. Fue la sonrisa contagiosa del Chasca que lo *atrajo como mosca a la miel*. Se le acercó y, con su manera de ser, muy agradable y jovial, lo saludó:

— ¿Qué ondas Roro? ¿Al fin te decidiste a acompañarnos? No nos puedes hacer eso, mira que, si no vas, posiblemente, la Claus *se raje*.

— ¡No sé! No me gusta mucho andar en esas cosas. Así cómo está el tiempo, es muy peligroso.

— ¡Hazlo por el Fumo! Se lo echaron de gratis. ¡Vamos! Mírala allá está, esperándonos.

El chico volteó a ver, y la chica estaba sonriendo parada sobre un muro ondeando una bandera roja. Les hacía señales para que se acercaran. La manifestación había comenzado, su recorrido, unos minutos antes.

Ambos chicos se fueron a encontrarla.

— ¿Verdá que está, *chula*? — Le decía el Chasca al ver a Claus.

— A*coquinas*, demasiado; te va a mandar al *carajo* antes de que lo pienses. Mira que esa hembra, *no anda con cuentas* para decirte las cosas.

— ¡Sabes! Eso me fascina de ella. Su carácter y pasión. ¡Debe besar rico!

El Roro, le pegó con el codo para que se callara antes que la amiga lo escuchara.

— ¿Qué tanto hablan? ¡Seguramente, debe ser de faldas y traseros! Los hombres sólo piensan en esas cosas.

— ¡Hablábamos de ti! —Soltó el Roro sorprendiendo a su *chero,* quien se puso colorado como un tomate.

— ¿Y de qué hablaban?

— Nada fuera de la realidad, éste baboso me decía que estás bien guapa.

— ¡Mentiroso! — Se le quedó mirando fijamente al Chasca y, el tipo, no le pudo aguantar la mirada poniéndose más *chiveado*.

— ¡Yo, estoy de acuerdo con él! Me gusta verte así, contenta, libre. Deberías sonreír más a menudo.

— ¡Zalameros! Pero tienen razón, me siento bien. ¡Gracias por no dejarme sola!

— ¡Eso, nunca! —Se apresuró el Chasca a responderle.

La mujer, se metió entre los dos, y poniéndole los brazos sobre los hombros, se pusieron a seguir la marcha. Los cipotes, *bien mandados*, no dudaron un segundo en enrollarla por la cintura. De ese modo, los tres mosqueteros se unieron a aquella manifestación.

El Roro, mientras caminaba, se dijo: « ¡Esto me parece haberlo vivido y no me gusta! » Se quedó mirando a todos lados. La gente que caminaba junto a ellos llevaba pancartas, banderas y, hasta, pitos para hacer bulla. De repente, elevó su mirada y descubrió que, estaban, frente a la Catedral. Se dijo, así mismo: « ¡Tan rápido llegamos! ». Luego, sintió que algo lo punza por detrás, al quedarse quieto, una voz cerca de su oído, le dijo: « ¡Roro! ¿Qué diablos, andas haciendo aquí? ¡Vete para tu casa que se está quemando!» Es era la voz del Sapo, se dijo, quiso voltearse para buscarlo.

En ese momento, vio a Claus con los ojos cerrados, estaba desmayada entre sus brazos. El ruido de las balas, los gritos de las personas y toda la escena, antes vivida en la masacre, se volvió a repetir *en vivo y a todo color*. Se recordó de su amigo Chasca y se puso a buscarlo. Lo descubrió en la distancia, era inconfundible con su gorra azul y blanco, la bandera roja clavada en su mochila y su sonrisa de juguetón.

Al verlo incorporarse, hizo señas para que no se moviera. El amigo no le hizo caso y se levantaba corriendo en su dirección. El Roro, le suplicaba que no lo hiciera pero no le hacía caso, seguía corriendo en su dirección. Las lágrimas comenzaban a salir del rostro de Rodrigo, él sabía que el siguiente paso sería el último. El rostro congelado de su amigo, al sentir el impacto de la bala en su espalda, le volvía a repetir que lo habían matado. Cerró sus ojos y repetía una y otra vez. « ¡Este sueño no me gusta, me quiero despertar!»

De repente, una voz y un pequeño *samaqueo* en su espalda, lo volvió a la realidad.

— ¡Rodrigo! ¡Rodrigo! Despierte que tiene una pesadilla. — Era Ruth.

El chico abrió los ojos y al levantar el rostro descubrió el rostro amable dama. El chico respiró profundo y se secó las lágrimas.

— ¡No puede olvidar, verdad!

— No. Fue algo muy fuerte y no he logrado superarlo.

— No se preocupe, el tiempo se encargará de eso. Mejor váyase a dormir.

— ¡No sé, si podré! No se preocupe, esto ya pasará. Usted, vaya a dormirse, y ¿Esther?

— Mi hija anda en las mismas, tengo que darle pastillas para que duerma.

— ¡Tampoco, ha podido recuperarse de su trauma!

— ¿Quiere que le haga una tisana de manzanilla? Eso lo calmará.

— Si no es molestia, se lo agradecería. Mientras tanto, iré a prepararme para dormir.

A los minutos, Ruth llevaba dos tasas de bebida caliente, una para él y otra para ella. El chico se sentó sobre la cama, colocando su espalda contra la pared y la mujer, se colocó a un costado.

— ¡Si quiere contarme lo que paso, soy todo oído! Dicen que sacar lo que uno siente es bueno para vaciar el alma.

— Sabe, he visto, tantos, muertos tirados por la calle, escuchado de otros que han perdido a sus seres queridos pero nunca había sido testigo de una muerte. Mejor, dicho, de muchas muertes. Es horrible, espantoso e inhumano lo que hacen con las personas. Nadie tiene el derecho de quitarle la vida a otro sin motivo alguno. No estábamos haciendo nada malo, simplemente pidiendo que dejaran libres a unos presos agarrados injustamente. Creo que todos tenemos derecho a reclamar algo justo. Los derechos no deberían exigirse, deberían darse. ¿Quién les ha dado el derecho de elegir si vive o muere? Una bandera no tendría que ser el motivo de una sentencia. — Sus ojos comenzaron a llenarse de lágrimas.

Ruth, al ver aquel joven llorar como un niño, se acercó y lo abrazó. No hubo necesidad de palabras para consolarlo, su presencia bastaba y sobraba. Al rato, cuando se había calmado, le dijo:

— ¡Trate de dormir!

— No sé, si podré.

— ¿Quiere que lo acompañe?

— Me gustaría pero…

— *No hay pero que valga*. Déjeme ir a ver a mi hija y, luego, regreso.

Ruth se levantó y se dirigió al cuarto de la hija que dormía plácidamente. Mientras tanto, el Roro se acomodó en su cama y respirando fuerte cerró, un poco, los ojos. Al abrirlos, se encontró con el rostro de Claudia que lo miraba con dulzura.

— ¿Te desperté? — Le dijo suave y dulce.

— ¿Estás bien?

— No logro asimilar lo que acabamos de vivir. ¡Me cuesta creer que el Chasca, haya muerto! ¡Estaba tan alegre!

— Lo vi caer delante de mis ojos. No se levantó.

— ¡A lo mejor, solamente, se desmayó!

— ¡Ojalá! Aunque, lo dudo.

— ¡Sabes! ¡He tomado una decisión! No regreso a estudiar, me voy a las montañas. — Se recostó sobre el pecho del chico.

— ¿Estás segura?

— ¡Completamente!

— ¡Entonces, esta es nuestra última noche!

— ¡Creo que sí!

La mujer, levantó, su rostro y se puso a besarlo suavemente. El Roro suspiró profundo y al abrirlos, nuevamente, se encontró con Ruth acariciándole el rostro. Se le quedó mirando y al sonreír, le dijo:

— ¡Tranquilo! ¡Soy, yo!

La mujer se puso a besarlo, suavemente, y se quedó con él toda la noche. Alrededor de las cinco de la mañana, se estaba cambiando de habitación para evitar que su hija la descubriera. Esa semana, el chico la pasó bastante mal pero, poco a poco, retomó el ritmo de la vida.

JUANCHO DECIDE MARCHARSE.

Aquel día, cuando había dejado a Claudia en la capital, después de la masacre de la Catedral. El Roro había regresado en el carro de la *cipota* porque ésta se lo había regalado. Mientras conducía, un sentimiento extraño le invadió su espíritu, un deseo de llorar apretó la garganta. Se hizo a un costado de la carretera y se quedó por más de una hora.

Cuando estaba más tranquilo, retomó el camino y siguió la ruta como un autómata. De repente, se encontró en la ciudad morena y se desubicó. A pesar de haber vivido, varios meses en ella, no se orientaba muy bien andando en vehículo.

Dando vueltas por aquí y por allá, metiéndose en doble sentido y, hasta, pasando algunos altos, se encontró repentinamente frente al negocio de Sofía. Quizás, porque nunca lo había visto con detenimiento, lo encontró: extraño y diferente.

Normalmente, a esa hora, el lugar debería estar abierto. Se puso a ver a través de ventanas para tratar de observar. Deseaba ver si la amiga se encontraba dentro. Al comprobar que todo estaba cerrado, se puso un poco inquieto y se dirigió a la puerta trasera para tratar de que lo escuchara. Tocó varias veces y nada. Más inquieto, se puso a ver para todos lados, con la intención de preguntar a algún vecino para que le diera razón de algo.

En eso estaba, cuando de repente, vio que se acercaba una mujer. Al principio no la reconoció pero la figura parecía conocida, adujo que era por la luz amarillenta que tiraba el palo de luz eléctrica cerca de donde estaba. Quiso afinar la mirada y se concentró mirándola fijamente.

En un momento dado, la mujer elevó su mano y lo saludó. Sin pensarlo y de forma automática, levantó la suya pero seguía *en las nubes*. La dama le sonrió y el gesto le extrañó. Lo primero que pensó fue que la mujer se había equivocado y, luego que a lo mejor era alguien que no recordaba. En eso estaba, cuando la mujer se puso a corta distancia. Al saludarlo, la voz de Sofía, salió como melodía de sus labios carnosos.

— ¡Sofía! ¿Es usted? ¡Guau! ¡Qué cambio! — Su expresión de sorpresa se dibujó en el rostro.

— ¡Hola! ¡Le parece! ¿Cómo me veo? — Dio una pequeña vuelta completa y, luego, dándole un beso en la mejilla lo saludó.

— ¡Cambiada! ¡Vaya que cambio!

— ¿Le gusta?

— ¡Mucho!

— ¡Qué bueno! Temía que no le fuera a gustar.

— ¿Sabía que vendría?

— ¡Lo deseaba! ¡Me lo había prometido! Y usted nunca me ha fallado.

— ¿De verdad? — El chico no se acordaba de esa promesa.

— ¿Qué le pasa? Lo veo un poco extraño. ¿Quiere pasar?

— ¡Sí, gracias! Digamos que no ando a cien por ciento.

— ¿Y eso?

— Es un cuento largo y, quizás, aburrido.

— Lo de aburrido, déjelo por mi cuenta.

— ¡Mejor hablemos de otra cosa! ¡Está hermosa! Me gusta cómo se cortó el cabello y los rayos blancos que se hizo.

— ¡Gracias! —Se tocó el cabello para mostrarlo. Luego, agregó: ¡Pero, no me *trate de dar la vuelta*! ¿Cuénteme que le pasa?

— ¿Alguna vez ha visto la muerte de cerca? Hace poco, la tuve frente a mí y me he quedado helado.

— ¿Y eso? —La mujer se mostró interesada.

— ¿Se dio cuenta de lo que pasó en la catedral?

— ¿Usted estuvo ahí? —Abrió sus ojos, completamente, poniendo una cara de espanto.

— Lastimosamente, sí. He sido testigo de esa atrocidad. Mataron a uno de mis compañeros de estudio y a la otra, la hirieron.

Sus ojos se llenaron de lágrimas y no pudo continuar con la historia. Sofía se le acercó y lo abrazó muy fuerte. Ahí permanecieron por un buen rato, luego trató de retomar sus espíritus. No quiso continuar hablando de aquel hecho y la mujer no quiso ahondar en la herida. Ella pensó que el tiempo se encargaría, a su tiempo, de darle fuerzas para seguir sacando aquello que le dolía dentro.

Para cambiar de aires, le comenzó a hablar de sus cosas. De cómo le iba después de la muerte de su tía y la lucha por recuperar a su hijo. Aunque se había recuperado de las heridas sufridas, el hecho de volver al reformatorio de jóvenes la ponía mal. Le comentó que, su pequeño, le había mencionado que deseaba cambiar de aires, necesitaba marcharse del lugar. La idea de perderlo, le causaba mucha tristeza.

Lo puso al día contándole que, el *Juancho*, se había escapado del reformatorio porque había tenido otra pelea; en esta ocasión, el chico que salió mal parado había sido el rival. Sabedor de que si se quedaba en el lugar, sus días estarían contados, había tomado la decisión de fugarse con la ayuda de su *mara*. Había llegado a la casa de la madre cómo un ladrón, introduciéndose por el techo de la casa.

Esa noche, el Roro y Sofía dejaron, de un lado, sus problemas y se dedicaron a disfrutar de la compañía. La mujer, cada vez, se sentía muy atraía del chico pero no deseaba ilusionarse. Sabía que, tarde o temprano, se marcharía de la ciudad. Al día siguiente, el chico se fue para la casa de Ruth porque sabía que estarían preocupadas. Ellas sabían de su participación en dicha marcha.

A los días, Sofía contactó al Roro con urgencia sin decirle la causa. Fue Esther quien le dio el mensaje a la llegada de los estudios. El chico se apresuró a visitarla. Al llegar, lo pusieron al tanto y le pidieron ayuda; con anterioridad, él les había comentado qué tenía conocidos. «Coyotes» que llevaban gente a los *yunais*.

Como *la cosa estaba jodida*, al día siguiente salieron rumbo al pueblo del chico, con destino al país del tío Sam. El Roro lo llevó a la casa de sus padres y le consiguió el «coyote» que precisamente estaba a punto de *jalar* con un grupo de «pollos mojados». Lo recomendó y arregló el paquete; supuestamente, a los dos días saldrían del país de manera clandestina.

Durante esos dos días, el Roro le dio una pequeña visita por los lugares más representativos de la zona. Uno de los lugares que visitaron fue: «La Barra de Santiago» y el otro, el parque Nacional del Imposible.

La playa costera, en medio de manglares, fue un pedido específico del bicho, su tía le había contado del lugar como algo especial. En memoria de la dama, quería visitar el lugar. El Juanjo andaba bastante nostálgico porque dejaba atrás a las dos mujeres que lo habían marcado en su vida.

Desde que llegaron a la entrada, en el desvío de la calle litoral, la carretera rústica que pasaba en medio de un cañaveral, los introducía al manglar. Normalmente, al lugar, un bus entraba por la mañana y salía al atardecer. Eran pocos kilómetros de distancia a recorrer.

Como la nave se había marchado, comenzaron *a meterle pata*. En el camino, encontraron una carreta con bueyes y se subieron para descansar un poco. Mientras admiraban el cañal en flor, el Juanjo descubrió, asombrado, una montaña en medio del sembrado de caña. Su curiosidad, le llevó a preguntar al conductor de la carreta y, éste, le aclaró que se trataba de un asentamiento indígena.

Aquella pregunta, abrió una pequeña ventana porque el anciano comenzó a *despepitarse*. Le contó que en esa zona habitaron unos indígenas de la cultura Cotzumalhuapa. Según, el historiador de la calle, todos los pueblos que habitaban esos lugares pertenecía a esa cultura indígena. Desde Escuintla, en Guatemala, hasta Acajutla, en el Salvador, Inclusive, agregó que en el pueblo de Cara Sucia habían descubierto unas ruinas que, después de muchos años de ser saqueada por los lugareños, el ministerio de cultura se había preocupado en protegerla. Lo que más llamó la atención a Juancho fue que, según el señor, en «*cara chuca*», como le decían vulgarmente al lugar, habían encontrado la figura famosa del jaguar que el banco Cuscatlán tenía como logotipo.

Antes de llegar a los manglares, los dos turistas se bajaron de la carreta para ponerse a caminar. Habían descansado lo suficiente para continuar el camino a pie. La verdad era que, caminando, se avanzaba más rápido.

Al salir del cañaveral, la fauna cambió drásticamente. Los manglares se presentaron delante del Juancho por primera vez, su ecosistema glamuroso y sobrio, lo conquistó. Los pantanos, plantas y animales comenzaron a aparecer en la medida que caminaban rumbo al embarcadero que estaba cerca, como a unos mil metros.

La biodiversidad fue, mostrando, la variedad de seres vivos que habitaban en aquel lugar: unos caimanes fueron los primeros en mostrarse entre los manglares rojos y blancos. Aquella calle rústica llena de polvo, arena y piedras se mezclaba entre los matorrales. Según el Roro, primero se llegaba al embarcadero para pasar por el canal del estero hasta llegar al valle, el pueblo. Un bosque de cocos dividía las casas con la playa, llamada cariñosamente «el tumbo» por los habitantes del lugar.

Mientras caminaban, aparecieron las aves más comunes del lugar, así lograron ver: garzas, pelicanos, zopes, gavilanes, carpinteros, azacuanes, tijeretas y otras más. Eso sí, lo que más cautivo al nuevo visitante fue la cantidad de cangrejos azules que sacaban sus caras desde las cuevas en los lodazales o subidos en las ramas de los mangles. Las tortugas, también aparecieron atravesando con dificultad aquella calle en mal estado. La primera fue una Golfina, luego la Prieta y, hasta, la Baula salió a saludar. La Carey la *guacharon* hasta que llegaron al embarcadero de madera.

Otros ejemplares salvajes que fascinaron al Juancho, fueron: los cusucos, el tigrillo, el tacuazín blanco y el tunco de monte. Según el bicho, aquello era como estar metido en un zoológico natural.

El Roro lo *guachaba* de revés de ojo y le gustaba ver la expresión de «*pasmado embebecido*». Se decía, «estos *citadinos* no conocen verdaderamente la belleza del campo; no saben lo que se pierden».

Cuando llegaron al embarcadero, la gente los estaba esperando con sus ventas: lo primero que probó, fueron: los *icacos y mangos de mono.* Él quería comprobar y, hasta cierta medida, rendir tributo a su tía, muerta. El Roro, prefirió: los cócteles de conchas negras, la sopa de mariscos que llevaba de todo: punches, *curvinas*, pargos, meros y, hasta, mojara machorra, propia del lugar. El Juancho se atrevió a probar los huevos de tortuga; éstos no mucho le gustaron porque decía que parecía estar tomando arena.

Cómo a la hora de estar en el lugar, se subieron a una canoa típica con techo y todo. Más parecía una góndola porque el tipo que la conducía utilizaba una vara larga de bambú para hacerla avanzar en medio de aquel canal.

Antes de subirse a la canoa, le pidieron a los dueños de un restaurante improvisado que les regalara, *icacos*. Cortaron de todas las clases que habían: negros, morado, blancos y rosados.

El Juancho, jugaba como un niño con un juguete nuevo, metía y sacaba su mano del agua hasta que en broma le dijeron que un cocodrilo se la podía cortar. Sin embargo, después de comprobar que era una broma, en el resto del trayecto metió la mano en el agua salada para ponerle sal a los *icacos*, antes de comérselos. Mientras navegaban, el capitalino no perdía ocasión para asombrase con cada animal y ave que pasaba frente a sus ojos. Inclusive, cerraba los ojos para tomar fotografías que guardaría en su corazón. Él sabía que, quizás, nunca más volvería por aquellos lugares.

Aquel *canoguero* para hacer más placentero el viaje y, venderles la bella del lugar, se puso a contarles el cuento de «*Chasca, la virgen del agua*». Dicha historia era propia del lugar. Claro que el capitán de aquella canoa, quemado por el sol, no le puso mucho *chiste al bolado*; en otras palabras, le *faltó un poco de sal al cuento*. Cosa contraria había pasado con el carretero que se había echado el cuento del «*rey cara chuca*» y el de «*la virgen del Imposible*». Ambos cuentos eran producto de la cultura popular de aquellos lados; una del Pueblo de Cara Sucia y el otro, del pueblo de San Francisco Menéndez que estaba al pie del bosque del imposible.

Como a los veinte minutos se pusieron a unos cuantos metros de la orilla, la canoa no pudo llegar hasta ella porque el agua estaba *pacha*. El conductor bajó, uno a uno, los pasajeros llevándoselos en su espalda hasta llegar a la tierra firme.

El pueblo era muy pequeño, la mayoría de las casas miraban el estero y un bosque de cocos servía de barrera natural para detener las olas. Al poner los pies sobre la arena, el sonido del mar atraía con fuerza. En la arena, los *cangrejitos* llamados «caballeros» corrían de un lugar a otro queriendo esconderse de los turistas.

El Roro y su invitado se miraron con una sonrisa cómplice y, luego, el maestro salió corriendo entre los cocos y, detrás de él, lo perseguía el cipote visitante. La playa apenas estaba, más o menos, a cien metros de distancia pasando un pequeño bordo de arena.

Al llegar a la parte más alta, ambos se detuvieron y se quedaron observando la inmensidad de aquel mar. Era mágico, romántico y, hasta, soñador. Era la primera vez que el Juancho miraba el océano y, sus ojos mostraban, su admiración. No se lo podía creer. No tenía nada parecido con lo que había escuchado. Era algo inimaginable o descriptible. Las palabras se quedaban *cortitas* y el sentimiento desierto. Unas ganas de llorar inundaron su corazón; en ese momento, hubiera deseado que su madre y su tía estuvieran con él.

— ¡Es hermoso! — Dijo sin mirar a su compañero.

— ¡Y eso que no has visto un atardecer! ¡Es de película!

— ¡Prométeme que un día, traerás a mi madre!

— ¿Por qué no te prometes que un día, vendrás: y juntos vendrán?

— ¡La verdad! No sé si un día, volveré; tengo la sensación que me voy para no volver.

— Entonces, aleja esa sensación y haz la promesa de volver.

— ¡Está bien!

Sin embargo, el Roro le dijo que haría todo su esfuerzo para que su madre conociera el mar. Juancho sabía que Sofía estaría fascinada. Luego, se quitó los zapatos y se sentó al borde del tronco de un coco. Mientras tanto, el Roro no lo pensó dos veces y se quitó la ropa para irse a meter al mar.

Al rato, el Juancho decidió meter sus pies en el agua. El Roro no sabía que el joven no sabía nadar, para él eso no se discutía. Todo el mundo sabía nadar. Más no sabía que la gente de la ciudad no acostumbra buscar los ríos para aprender a nadar.

A pesar de estar con el agua hasta la cintura, el Juancho no se atrevía a meterse más adentro. El Roro, en cambio, se había metido hasta *la reventazón*. Desde la distancia, lo llamaba para que se le uniera, pero el jovencito se negaba.

Para no dejarlo solo, se le acercó para platicar. Cuando estaba llegando, una ola inmensa les pegó una tremenda revolcada y arrastró al Juancho a lo profundo. Cuando el Roro se dio cuenta, el cipote peleaba por no ahogarse. Ahí comprendió que no podía nadar. Sin esperar ser invitado, se lanzó de inmediato a rescatar de su acompañante. Aquella ola traicionera, se lo había llevado para lo profundo.

Cuando llegó hasta él, el joven iba directo al fondo del mar. Lo agarró, por detrás, y con mucha dificultad lo sacó a la orilla. Inclusive, el chico estaba pálido y sin reacción. Lo primero que pensó el Roro fue en la madre. Cómo le explicaba que su hijo se había ahogado. Por suerte, al estar en la orilla le dio los auxilios necesarios y lo logró revivir.

Asustado y nervioso, el joven *citadino* no supo que decir. Apenas, le dijo: «gracias» al héroe improvisado. Después de eso, cuando se habían recuperado del susto, decidieron volver a la tierra firme.

Una cosa le quedó claro al Juancho: «todas las acciones que hiciera, iban a tener una consecuencia directa. La prudencia se ponía como primordial en su vida».

Al día siguiente, se fueron a conocer «el bosque del Imposible» y el pueblo típico de San Francisco Menéndez. Para entrar al lugar, se tenía que caminar un buen trecho porque los buses, igualmente, entraban temprano y salían al atardecer. Diez kilómetros para llegar a aquel pueblo de casas de adobe, cal y tejas. El lugar estaba metido en una especie de hondonada; varias colinas le rodeaban. El parque central frente a la alcaldía se encontraba en un hueco.

La calle principal, adoquinada y estrecha, con andenes pequeños y con tejados bajos, conducían hasta el parque. Unos hermosos amates servían de sombra para los vendedores que esperaban a los visitantes, ése era el lugar donde los buses se estacionaban. La mayoría de visitantes llegan casi, obligados porque necesitaban sacar algún documento oficial en dicha alcaldía, de otra manera, quizás, se lo pensaban dos veces. Si fallaban el bus que entraba, la única opción era: caminar y esperar que durante el camino, un samaritano les diera aventón.

No lejos de la alcaldía, cinco minutos a pie, se encontraba la entrada al famoso parque. Ese día, subieron hasta el mirador más alto, se quedaron admirando el paisaje costero; en el camino, compraron, a unos indígenas, «pacayas y pitos» para comerlas con huevos. Aquella palmera silvestre, era muy apetecida en los hogares guanacos, al igual que la flor de aquella planta leguminosa que según decían se comía para conciliar el sueño.

Ese día, terminaron bañándose al pie de la montaña en el río que tenía el mismo nombre del pueblo. Ahí, con la mano, agarraron algunos cangrejos negros y unos «jutes». Con todo eso, tenían listo la cena.

Lo extraño de aquel viaje fue que, poca gente, conocía el cuento de «la virgen del Imposible». Una anciana, les contó que aquel cuento era una versión de un acontecimiento que había marcado aquel lugar. Al pie del río, un tipo, había asesinado a una madre y su hija quinceañera, porque llegaban a la alcaldía para poner una denuncia en contra de él.

El Juancho estaba cruzando el río Paz que servía de límite fronterizo con la república de Guatemala, al amanecer de aquel día. El Roro se había limitado a dejarlo a la orilla del límite territorial. Con la misma ese mismo día regresó a los estudios.

Cuando el cipote se disponía a marcharse, en un arranque emocional lo abrazó y le dio las gracias. Al mismo tiempo, le pidió que no dejara sola a su madre. El Roro, sorprendido, lo tranquilizó y le aseguró de que siempre estaría en contacto con la madre. El cipote dejó escapar unas cuantas lágrimas. Luego, agregó entre dientes: «uno no sabe lo que tiene hasta que, lo pierde».

A su regreso a la ciudad morena, se fue directo a casa de Sofía para consolarla y darle los últimos detalles. Había logrado que el hijo le escribiera una carta de despedida. Eso sí, obligado y amenazado. «Los cipotes de hoy en día, sólo aprenden a palos«, pensaba, el Roro.

Él estaba convencido que los hijos siempre deberían de ser, agradecidos, con sus progenitores. Y ese bicho más, porque su madre lo había dado para dedicarse a él. Había perdido su juventud convirtiéndose en madre y padre. A su edad, muy bien lo hubiera podido abortar. Gracias a Dios, la mujer tenía principios católicos que le prohibían atentar contra los inocentes.

«*El amor de una madre es eterno, puro e incondicional*»

APARECE EL PADRE DE ESTHER

En esos días, mientras Esther trataba de superar su problema emocional que casi la había paralizado, socialmente hablando. Apareció un fantasma en su vida, el padre de la bicha se hizo, presente a través de una carta.

Aquella introducción tempestiva en la vida de la *cipota*, la puso nerviosa porque no sabía de qué se trataba. Era verdad, una broma de mal gusto y si debía contárselo a su madre. La misiva había sido entregada por una sirvienta de la casa de sus abuelos. Éstos, no la reconocía legalmente pero, sin embargo, le siguieron los pasos desde la distancia.

El padre, se disculpó por haber estado lejos de su vida durante todo ese tiempo, se puso a su disposición y le mencionó el deseo de conocerla. Según, el tipo, se dio cuenta de su existencia, por casualidad, cuando cumplió quince años. Además, le mencionó su deseo de visitarla, lo antes posible.

Esther que siempre había añorado conocerlo, se sintió contenta. No tenía rencor ni resentimiento. En eso, su madre hizo un gran trabajo. Sin embargo, dicha alegría se nubló cuando pensó en su progenitora. Ella sabía, en carne propia, lo que había sufrido con dicha aventura.

Ese malestar la puso bastante pensativa y se abocó a Roro para pedirle consejo. Para hablar, más tranquilamente, lo invitó a un café cerca de la catedral. Desde que recibió la invitación, el chico sabía que algo se traía entre manos; sobre todo que casi no había salido de su casa después del incidente en el estadio.

La muchacha estaba en un verdadero dilema pero lo que más le aterraba era la reacción de su madre. La mamá le había prohibido tener contactos con la familia de su padre y ésta, a escondidas, había visto a la abuela. La bicha había aprovechado que la señora era muy devota y visitaba la catedral muy a menudo.

Después de que, la mujer, le contó su sentir, el Roro le aconsejó que *tomara el toro por los cuernos*. Según él, la madre se pondría enojada por la mentira pero que, al pasar el tiempo, la perdonaría. Una madre siempre quiere lo mejor para su hijo y, visto la situación actual de la *cipota* y del país, salir del terruño era la mejor decisión.

Dicho y hecho, ese día, Esther le contó a Ruth toda la historia de principio a fin. La reacción de la madre fue prevista: se enojó con ella, le retiró la palabra y se encerró en su cuarto a llorar. Esther, con el corazón partido, terminó en su cuarto esperando que aquel dolor pasara pronto. La chica sabía muy bien que, en cierta manera, había roto un principio fundamental entre las dos, la confianza. Un castillo se había derrumbado por dentro.

Por suerte, aquellas horas de lloriqueo sirvieron para sacar del alma mucha tristeza. Como previsto, al día siguiente, Ruth sentó a la hija para hablar *duro y pelado*. Luego, en un abrazo se reconciliaron. La madre, no era tonta, sabía que aquello algún día aparecería.

La mamá, le propuso que dijera al padre que, si deseaba verla, primero tendría que poner la cara porque creía, justo, escuchar algunas justificaciones. A la hija le pareció sensata la idea y le dijo que se lo diría al padre. Ambas querían verlo frente a frente y, quizás, escuchar, sus razones.

El Roro sabiendo que no era prudente estar en casa, ese día, decidió irse para la casa de Sofía. Y esa decisión fue la más acertada porque, esa noche, tuvieron una visita inesperada.

Mientras cenaban, un ruido en el tejado los alertó. Eran unos tipos que trataban de entrar al local y cómo no tenían armas con qué defenderse, utilizaron la inteligencia. Mientras, Sofía tenía en sus manos un perol de lámina, el Roro encontró unos fuegos artificiales, más específicamente una ametralladora. Al estar listos, pusieron su plan en ejecución que consistía en: hacer mucha bulla y quemar los cuetes cerca de ellos. El relajo que armaron, provocó que los tres tipos que estaban en el techo salieran saltando por los tejados. Por suerte, para los de la casa, una patrulla de soldados que, andaba cerca, se apresuró a responder y agarró a los tipos en infraganti, cuando éstos estaban bajando de los tejados.

Por los mismos policías, se darían cuenta de que los bichos eran miembros de la pandilla que buscaba al hijo de Sofía para cerrar cuentas. Al enterarse, el Roro se lo comunicó a un miembro de la pandilla del Juancho; éste le había indicado como contactarlos en caso de problemas. Éstos tomaron las cosas por su cuenta y, al parecer, dejaron todo muy claro. Desde ese día, Sofía no recibiría más visitas sorpresas. El Roro, siguió quedándose en el lugar de manera más seguida con la finalidad de protegerla. Claro que aquella ayuda iba acompañada de beneficios mutuos.

Al mes, recibieron la noticia que el retoño había logrado atravesar la frontera americana y se encontraba en Los Ángeles, California. Al mismo tiempo, el Ministerio de Educación le avisó al Roro que su destino para hacer las prácticas, era un lugar llamado: «Citalá», en el departamento de Chalatenango.

Aquel pueblo fronterizo con Honduras tenía un nombre de origen Maya que significaba: «*lugar donde abundan las estrellas o río de estrellas*». Por suerte, para el joven, Sofía tenía familiares en ese lugar y, al saberlo, le ofreció hablar con ellos para que lo acogieran durante su estadía que no sería por más de tres meses.

En ese tiempo, el padre de Esther, se puso en contacto con ella. Tomó la propuesta con mucha seriedad y decidió volver al país, en una visita relámpago. La noticia tomó por sorpresa a medio mundo. Según él, el destino le daba una segunda oportunidad de poder ponerse en paz con su pasado. El papá tenía esposa y dos hijos, menores que Esther. El tipo, siempre, había querido tener una hija y parecía que, el destino, se la había negado. La verdad era que no era eso, él ya la tenía.

Todo pasó tan rápido que, cuando menos lo pensaron: el pasado, se había hecho, presente. El padre había llegado y estaba con su familia. Les habló para ponerse de acuerdo para llegar a visitarlas.

Aquel día de reencuentro, Ruth estaba que no se aguantaba ni ella misma. Más nerviosa que una *gelatina recién sacada del refrigerador.* La mujer decía en broma que sentía que hasta su ropa interior se le deslizaba del cuerpo. Ese día, el Roro desapareció de sus vidas para dar todo el espacio necesario a la familia.

Fue un encuentro muy emotivo porque tanto el padre de Esther como la madre, tenían mucho que decirse. La familia del tipo había tenido mucha culpa de su distanciamiento porque le ocultó el embarazo por mucho tiempo. Los tres se pusieron en paz y, a la semana, volvía a su hogar con todos los papeles de la hija, con la finalidad de asentarla y sacarle los papeles para que pudiera viajar en el mes de agosto.

A esas alturas, Ruth se había hecho una pequeña idea del futuro de la hija. La mujer, no era tonta, y sabía que en el país, su retoño, no tenía muchas posibilidades de avanzar ni económicamente ni profesionalmente hablando. La guerra que consumía, poco a poco, al pequeño país centroamericano no cesaba de producir muertes innecesarias. La desesperación de la gente se veía en la fila de personas que pasaban por las fronteras tratando de buscar nuevos caminos en busca de paz, esperanza y oportunidades para sus hijos.

«Las segundas oportunidades existen pero es necesario, buscarlas»

II - REALIZANDO LA PRIMERA PRÁCTICA

En el plan de estudios de su carrera profesional, Rodrigo sabía que, después de la teoría; vendría, la práctica de lo que había recibido. La noticia llegaría sin muchas fanfarrias, sobre todo que lo enviarían a una *zona caliente*. Mientras tanto, en Santa Ana, varias situaciones darían varios cambios importantes.

EN LAS FIESTAS JULIAS

Las fiestas patronales de la ciudad en honor a La Señora Santa Ana, patrona de la ciudad, se realizaban entre el 17 y el 26 de julio de cada año. Según, los historiadores, los pipiles llamaban a esta zona « Sihuatehuacán» que, traducido al español, quiere decir: *ciudad de las sacerdotisas*. Según cuentan, un obispo mandó a construir una ermita en el lugar en honor de la madre de la virgen María y, a partir de ahí, decidieron cambiarle nombre a la ciudad morena.

También, es conocida, como: «*la ciudad de las mujeres her*mosas» y la razón no tenía mayor explicación. Bastaba con salir, los días domingos, para observar la cantidad de mujeres bellas que salían o llegaban de los pueblos cercanos. En su mayoría era mujeres color chocolate o morena por ser descendientes de los indígenas.

Las fiestas comenzaban con el «*desfile de correos*» y seguían con los juegos mecánicos, donde, «*la Chicago*» hacía de las maravillas de los jóvenes. Las ferias de los ganaderos, los artesanos y el «*desfile de carrozas con las candidatas*» eran eventos que no se podían perder. Las fiestas terminaban siempre con la verbena «el carnaval juliano» y el desfile de artistas que llegaban de todas partes, nacionales e internacionales. Igualmente, para esas fechas, el obispo llegaba para celebrar el sacramento de la confirmación.

Por esa razón, Esther se había preparado todo el año y se confirmaría en esa oportunidad. La madrina, cómo era de costumbre, sería su madrina de bautismo. Una señora muy piadosa y que la adoraba, se podría decir que había sido su segunda madre porque siempre estaba pendiente de la ahijada.

En esas fiestas, Ruth y Sofía la pasaron metidas en sus negocios porque era uno de los momentos más fructíferos del año. Como decía: « era el momento de hacer su agosto». Expresión que daba a entender que se tenía que aprovechar cuando se podía para ayudarse en días de las *vacas flacas*.

Esther estaba bastante complicada, emocionalmente, a causa del mal rato vivido en el estadio y la visita sorpresa de su padre. El Roro queriendo ayudar, la invitó a ver el desfile de carrozas y a visitar el lugar de las ruedas. Estando ahí, hasta, se atrevió a subir a la rueda «*Chicago*». Él no era muy amante de las ruedas porque se mareaba y tenía un miedo a salir volando por algún desperfecto mecánico.

Curiosamente, en esos días, los enfrentamientos entre soldados y guerrilleros, cesaron. Ni una bala ni un enfrentamiento. Como si se pusieron de acuerdo para darse una pequeña tregua y disfrutar de unos días de alegría y paz.

El día del sacramento, en esa fiesta religiosa, la catedral retumbaba de gente. Se podría decir que no cabía ni una aguja en el recinto. Las personas que recibirían el sacramento y padrinos, tenían reservados los asientos pero no así, los invitados. Sofía siendo parte de los catequistas, igualmente, tenía su lugar apartado. Al chico, le tocó vivir aquella celebración casi afuera del templo.

Después del sacramento, casi tres horas después, se fueron a la casa de la madrina. La dama había preparado un almuerzo en honor a la festejada e invitó a todos. En ese momento, la abuela quiso cambiar de planes y le pidió a la nieta que mejor se fueran para su casa. Ella, igualmente, había preparado un festín. En otras palabras la puso entre la espada y la pared.

A Ruth, no mucho le gustó aquella petición porque lo habían hablado. Las tres se separaron del grupo y pusieron las cosas en claro. Se veía que comenzaba una guerra de posesión entre los dos clanes. Al final, se pusieron de acuerdo y, en esta ocasión, perdió la abuela. Decidieron ir primero donde la madrina y terminarían en la otra casa.

Por su parte, el Roro se comprometió a ir a la casa de la madrina pero con la condición de retirarse después. Aquella excusa, tenía dos razones: primero, no le caía muy bien a la abuela para ir a la casa de ésta; segundo, le había prometido a Sofía acompañarla en la tienda porque estaba muy ocupada.

Mientras tanto, Sofía se quedó en la catedral porque necesita poner en orden todas las cosas porque la nueva catequesis comenzaría meses después. Claro que detrás de aquel pretexto, la chica escondía un pequeño secreto. Ambos quedaron de verse frente al parque de la catedral unas horas más tarde.

A la hora indicada, Rodrigo estaba esperando a la catequista en el parque. La mujer se tardó un poco más de la cuenta pero al rato llegó, un poco nerviosa. El joven y le preguntó si le pasaba algo. La mujer, le respondió con un pequeño coqueteo diciéndole que se le había olvidado que la estaban esperando.

El muchacho aceptó la respuesta pero le quedó cierta duda en su espíritu. La mirada de la mujer la delataba y el hecho de apartar los ojos, confirmaba que algo raro le pasaba. Juntos se fueron para el negocio de la mujer.

En el camino, Sofía hizo algunas preguntas al joven que en el fondo lo dejaron, con un sabor, raro. La mujer, le preguntó su parecer referente a un tema un poco delicado. Se lo dijo, poniendo a una amiga suya, en aquel problema:

—¿Qué piensa de los curas, como hombres? Aquella pregunta capciosa lo dejó en las nubes. Por esa razón, trató de exponerla de otra manera diciéndole: En otras palabras ¿cree que los curas deben de casarse? Pienso que ellos también son hombres. No veo nada de malo a que tengas una pareja; hasta, podrían ser mejores curas porque comprenderían mejor a sus feligreses. Si fuera, cura: ¿Podría vivir sin estar con una mujer a su lado?

Aunque no sabía, por dónde se dirigía *el bolado*, el chico trató de salir de aquel rollo de la mejor manera posible. En su interior, sentía que cualquier respuesta que diera, no sería la correcta, y que, al final, le caería en plena cara. Sin embargo, no *podía echarse atrás ni jugarle la vuelta* porque preguntaba muy seria.

—La verdad, me toma desprevenido y no sabría que responderle. Pienso, y esto es algo personal, lo aclaro: para que no haya malos entendidos. Para mí, los curas son hombres como cualquiera y, diciéndolo vulgarmente, se les para igual. No sé cómo hacen para aguantarse las ganas. Por eso, no me veo en ese puesto. No sería capaz de estar con una mujer hermosa como usted, no podría mentir.

—¿De verdad? Entonces, yo sería una piedra de tropiezo en su camino. Eso no me gusta mucho. —Puso el rostro de tristeza.

Aquella expresión en el rostro de la mujer sorprendió al joven y lo puso algo pensativo. Un sentimiento extraño le picoteó el espíritu y, aunque no quiso hacerle mucho caso, trató de matizar sus argumentos.

—Como le digo, no soy quién para juzgarlos. Según, entiendo, los sacerdotes hacen unos votos de castidad, pobreza y no sé, ¿qué más? Por lo que sé, no son obligados; supongo que lo hacen por vocación. Entonces, cuando hay verdadera vocación, el resto sale sobrando.

— ¡Sí, verdad! Sin embargo, si mi amiga *se mete* con un sacerdote ¿qué pasaría?

— Nada. ¿Qué puede pasar? Ahora bien, si lo hace a la fuerza por ser menor de edad, el hombre se mete en un *guevo* porque en este país es prohibido y penalizado. Segundo, él estaría faltando a su promesa. Tendría que ser sacado del sacerdocio. —Dejó una pausa y luego, agregó: Pobre de la gente que lo tendría como guía porque se sentirán, traicionados. Por otro lado, su amiga siempre será señalada como sacadora de curas.

— ¡Eso, le he dicho! Ella me dijo que le gusta mucho y él le corresponde. ¿Y si fuera un amor verdadero? Usted ¿qué haría?

Lo volvió a poner contra la pared. Y en esta ocasión, se sintió más incómodo con la pregunta. No comprendía la razón de ponerlo contra las cuerdas. Parecía que buscaba una respuesta favorable al problema de su amiga. Entonces, decidió ser un poco salomónico y le dijo:

— Alguien me dijo que: cuando hay amor, no hay nada que pueda evitarlo. Según, el amor es fuerte, duradero, perenne, fiel, sumiso y, hasta, condescendiente. Perdona todo y se ofrece, completo. Entonces, si estuviera en esos zapatos, dejaría todo por el amor de mi vida y lucharía porque ese amor, triunfe. Eso, sí. Estaría consciente del pago que tendrán que hacer. Yo, al traicionar mi promesa; y, ella, por ser piedra de tropiezo. Lo único que salvaría esa situación sería que, ambos, crean en un Dios de amor. ¡Espero que sea el caso de su amiga y el sacerdote!

— ¡Creo que sí! — La muchacha se quedó meditando aquella respuesta.

— ¡Una cosa es cierta! Los hombres, quizás, fallemos; porque nos creemos dioses y jueces, en esta vida; Creo que, el de *arriba,* es más misericordioso.

Un silencio se instaló en aquella conversación. El rostro de la mujer se perdió en una duda razonable. El Roro quiso excavar en aquel sentimiento oculto. Todavía no sabía por dónde navegaba aquel *bolado*. Así que le preguntó:

— Sí, usted, estaría en el lugar de su amiga. ¿Qué haría?

La pregunta sorprendió a la joven y se puso, algo, nerviosa. Sus ideas se embadurnaron de confusión. Un poco asustada, contestó con otra pregunta:

— ¿Por qué me pregunta eso? ¡No es mi caso! —Lo dijo de tal manera que dio la impresión de estar investigada. Luego, reaccionó y quiso matizar la respuesta para salir de aquel pequeño atolladero en el cual se había, metido, sola. — ¡Bueno, no sé! Quizás,… lo pensaría dos veces antes de meterme en esa situación. Ambos tienen mucho que perder.

— ¡Y mucho que ganar, si es un verdadero amor!

— En todo caso. Eso significa que mi amiga está en un buen problema sentimental.

— ¡Así parece!

— Mejor hablemos de otra cosa. Este tema me puso mal. Digo, por mi amiga. —Sonrió, levemente. ¡Le cuento que hablé con mis familiares y no hay problema para darle posada durante los tres meses que estará por aquellos lugares!

— ¡De verdad, gracias!

— Verá que no tendrá ningún problema con ellos. Lo único que no mucho me gusta; según, me cuentan: esa zona *está muy caliente*. Esas montañas son, el escondite perfecto para *los muchachos*. Mi familia dice que han hecho un montón de cuevas que atraviesan las montañas.

— ¿Tanto, así?

— ¿Y usted va a creer? Me dicen que entre los guerrilleros hay muchos extranjeros. ¿Será verdad?

— ¡No lo sé! Los rumores andan por ese lado. Por otro lado, mejor cuénteme algo positivo de la zona. Lo bueno es que solamente son tres meses de práctica.

— ¡Qué le digo! No hay mucho que ver. Citalá es un pueblo pequeño. Muy cerca está, la aduana del «Poy». El comercio con Honduras es bastante bueno, pero sin embargo no está muy desarrollado.

— ¿Hay algún lugar que pueda ir a visitar en mis horas libres? Pueblos, lugares, atractivos.

— Desde ahí podrá visitar el punto más alto del país: «El Pital» que se encuentra en la cima de una de las montañas cercanas. También podrá visitar el pueblo de «La Palma» famosa por sus artesanías en copinol. En lo personal, me encanta, las pinturas de un tal «Fernando Llort» porque sus colores son llamativos y sus dibujos expresan nuestra vivencia. Cómo está cerca de Honduras, podrá darse una *vueltecita* por tierras *catrachas*. ¿Quién sabe y se consiga una bicha por esos lados?

— ¿Está segura de que no es molestia para sus familiares?

— ¡Para nada! Ellos saben que es mi amigo y lo atenderán como rey. ¡Ya, lo verá!

— Con que me traten como un amigo, me basta. Trataré de no defraudarla. ¡Se quedará sola! ¿Espero, no hacerle mucha falta?

— Me hará falta, eso es indiscutible pero seguiré viviendo. De todas maneras, los dos sabíamos que esto llegaría. Creo que lo contrario es más fácil que ocurra. El que me olvidará pronto, será usted. En esas tierras hay mucha mujer bonita. Me vendrá a visitar cuando regrese, verdad. Recuerde que esta casa, es su casa; además, somos socios en la tienda.

— ¡Olvidarla, jamás! Usted es parte de mi historia, la tengo grabada en mi corazón.

— Entonces, lo que tenemos que hacer es aprovechar el poco tiempo que nos queda. ¿Qué le parece si cerramos temprano y le preparo una cena de despedida?

— Me parece, buena idea. Me pregunto ¿qué me propondrá de postre?

— ¡Ah! Es una sorpresa. El único problema es que, posiblemente, le quite el sueño. — Lo dijo con una mirada que decía mucho.

— Si ambos estamos despiertos, no me importa desvelarme.

—Entonces, creo que esta noche, la pasaré en vela. —Le regaló una sonrisa pícara y hermosa que decía todo.

—Me gusta cuando me mira así. No había tenido la oportunidad de decirle que está hermosa.

—¿Pensé que no se había fijado?

—Es imposible no fijarme en el nuevo color del cabello, el pintalabios, la manera que se maquilló y, por supuesto, el vestido que escogió para esta ocasión. Le queda muy bien. Hasta, el sacerdote que la acompañaba, se le fueron los ojos al verla.

—¿De verdad? —Preguntó de manera sorprendida y *se puso roja.*

El Roro, supuso que había sido el piropo que la había ruborizado, más no sabía que había *gato, encerrado*. Con la misma, la mujer reaccionó poniéndose seria y, aunque lo quiso disimular, lo dejó amarrando mariposas en el aire. Para retomar la conversación, la chica agregó:

— ¡Es verdad! —Sonrió muy lindo. ¡Decidí poner en práctica sus palabras y decidí ser protagonista de mi suerte! No puedo ir tirando todo lo que he construido, huyendo no se arreglan las cosas. He decidido darme una oportunidad para ser feliz. No dependeré de nadie para estar bien en la vida. Si fracaso otra vez, me volveré a levantarme y lo volveré a intentar. ¡Mientras, haya vida; hay, esperanza!

— ¡Ésa, es la mujer que quiero escuchar!

— Este negocio me da el sustento y hasta más, tengo dos empleados que necesitan su *chamba*, y en lo personal… me quise dar un cambio, aunque sea por fuera porque, por dentro, todavía *ando arrastrando la cola*, pero ahí vamos… *siempre para adelante y, nunca, para atrás*; como el cangrejo. Y usted, ¿cuénteme que ha hecho? ¡Ya tiene todo arreglado para su marcha! —La mujer muy entusiasmada le había *soltado toda la sopa* de un solo golpe.

— ¡La verdad, no tengo muchas cosas que preparar! Si le soy sincero, me preocupa más dejarla sola. Me he encariñado tanto y…sin miedo decirlo, la quiero mucho.

— ¡Gracias! ¡Creo que es mutuo el sentimiento! Ambos nos hemos ayudado. Igualmente, le aprecio y le quiero. Sin embargo, desde el inicio de nuestra relación sabíamos que esto no era algo serio que un día se marcharía. ¿O me equivoco?

— ¡Está en lo correcto! Sin embargo, no puedo negar que me hará falta.

— ¡Nos haremos falta! — Se detuvo de pronto y el joven, al verla, la imitó.

— ¿Qué pasa?

— ¡Me regala un abrazo!

Rodrigo no se hizo de rogar y la abrazó con mucho sentimiento. En aquella acera, se quedaron por unos segundos, hasta que un bicho que pasaba en una bicicleta los volvió a la realidad al gritarles: « ¡Busquen cuarto y no provoquen a los hambrientos! »

Se separaron inmediatamente y, entre los dos, nació una sonrisa cómplice. Retomaron el camino hacia la tienda sin decir nada. A los segundos, el Roro en son de coqueteo, le tocó la mano con el dedo índice, una y otra vez. De manera discreta y con una sonrisa pícara en su rostro. Al inicio, la bicha no se percató creyendo que había sido por casualidad, luego al descubrir aquel gesto, le imitó. De esa manera, se iban tocándose, delicadamente. A veces, con la cadera, los hombros o con un pequeño golpe de puño sobre el hombro del joven.

Mientras caminaban, la madre le habló de su retoño. Le contó que se había comunicado con ella por carta porque no tenía, un teléfono, pero que estaba trabajando en un campo recogiendo verduras. Sonrió y agregó: « mi hijo, trabajando en el campo. Jamás, de los jamases, imaginé escuchar eso, pero ¡qué bueno! Creo que eso ayudará a valorar el trabajo de las personas».

— Dicen que el trabajo enaltece a la persona.

— ¡Eso es verdad!

Dejó pasar unos segundos y, luego, *se destapó,* entusiasmada, contándole sobre su hijo. El retoño la había hecho soñar despierta y, quizás, se había dejado querer con las palabras. Lo cierto era que, según el bicho, había una posibilidad de obtener los papeles. Si ése, era el caso, la incluiría en su pedido para darle los papeles. De ese modo, se reunirían en el norte muy pronto. También, le contó que aquella ciudad era muy bella y no necesitaba hablar inglés porque todo el mundo hablaba español, bueno: chicano. Una mezcla de mexicano y americano.

Al final de todo, la madre, sonrió con cierta ternura. Quizás, en ese momento, se imaginó a su hijo en alguna parte del Oeste en el país del tío Sam. En ese instante, estaban llegando a las puertas de la tienda. La realidad, los atrapó de inmediato, y sin tardar, se *pusieron manos a la obra*.

A eso de las siete de la noche, le estaban poniendo candado a la puerta. Desde ese momento, la actitud de seriedad, en ambos, cambió. La mujer le tomó de la mano y lo invitó a pasar a la casa. Le dijo:

— ¡Ahora sí! De aquí para adelante, soy toda suya. Le prepararé la cena que le prometí y, luego, veremos. —Le volvió a soltar aquella bella sonrisa.

— Yo soy todo suyo. Dígame que hago y me pongo, *al toque*, en marcha.

— ¡Creo que primero me daré un baño! Me siento un poco sudada.

— Entonces hágalo, mientras tanto, me pondré a preparar alguna cosa para la comida. Luego, será mi turno.

— ¡Me parece bien! Si me quiere ayudar, usted sabe que las cebollas no son mi fuerte.

— ¡Entiendo! No se preocupe, me encargo de ellas.

Mientras, la mujer, se metía al baño, el joven buscó las verduras en la tienda. Mojó las cebollas siguiendo un pequeño truco de cocina para que el sumo no lo hiciera llorar. Cuando, comenzó a meter cuchillo en aquellas bolas rojizas, las lágrimas comenzaron a rodar por su rostro. Al rato, salió aquella dama solamente con una toalla rosada alrededor de su talla. Al verlo, en ese estado, le dijo:

— ¡No me diga que llora por mí! — Le dijo de manera romántica y se acercó con mucha malicia de mujer.

— ¿Le gustaría que, fuera, así? —Le respondió con una pregunta dándose media vuelta y abriendo sus ojos, *de par en par*, para no dejar escapar ningún detalle de lo que tenía enfrente.

— ¡En el fondo sí, por el ego de mujer; pero no me gustaría verlo sufrir por mí!

— ¡A mí tampoco! ¡Sabe que se ve hermosa!

— ¿Lo dice porque me ve vestida así o porque lo piensa en verdá?

— ¡Por las dos! Se ve… ¡Um! ¡Cómo, le digo! Hermosa, divina. ¡Una mujer… exquisita! Y usted sabe que siempre me ha gustado, desde el primer día que la vi.

— ¿Desde el primer día? ¡*Mentirosillo*! ¡Ni *me tiró bola*!

— ¡Claro que sí! Me acuerdo que tenía un vestido con tirantes gruesos, de flores alegres, un escote en forma cuadrado pero que su primer botón estaba, suelto. Que cuando se cruzó los brazos debajo en su cintura, sus senos florecieron un poco. ¡Es imposible que no hayan visto eso, mis ojos! Me atrajeron como la miel. ¡Cómo en este momento!

— ¡Recuerdo! Y me dio un poco de pena por su prima. Inclusive me puse un poco nerviosa porque lo hice sin querer. Mis senos son muy grandes y, a veces, no me doy cuenta. —La mujer tenía agarrado el nudo de la toalla con una mano y debajo de su sobaco, mientras la otra sostenía su calzón mojado. Bajó la mirada en signo de vergüenza.

— ¡Sabe que se ve hermosa, cuando hace eso! —Se acercó a la dama y levantándole la barbilla, se le acercó y le dio un beso suave en la boca.

Aquella expresión varonil provocó un terremoto en todo el cuerpo de la mujer. Y suspirando fuerte, le dijo:

— ¡Me hará mucha falta!

— ¡Usted también! ¡Sabe que la quiero mucho!

— ¡Lo sé y no sabe cómo lo agradezco! —Suspiró otra vez — ¡Iré a ponerme algo!

— ¡Me da permiso de darme un baño! ¡Estoy que apesto a sudor y cebolla!

— ¡Claro! ¡No faltaba más! Le traeré unas toallas para secarse. Ya vengo, váyase desvistiendo.

— Sí, pero antes regáleme una *miradita*. Digamos, cómo para abrir el apetito.

— ¡No, lo sé! Me da un poco de pena. —Se le quedó mirando con ojos de niña buena.

El chico se le acercó y poniendo su mano, sobre la mano de la dama que, sostenía el nudo de la tolla, le dijo suave:

— ¡Me encanta verla desnuda!

— ¡Sí! ¿En verdad, le gusto?

— Mucho.

— ¡Entonces, míreme! —Abrió la toalla y le mostró aquel cuerpo en perfecta configuración. Casi de inmediato volvió a colocarse la toalla al ver que el joven intentaba acercarse para tocarla.

— ¡No, no, no! Usted sólo dijo que quería ver. Ahora *tranquilito* váyase al baño, se echa agua helada y, al rato, le daré el postre, pero no antes de la cena. —Le sonrió.

El joven le puso cara de niño, defraudado. La mujer se acercó, poniéndole un dedo en los labios y, después de haberlo besado, le dijo:

— ¡Esto es para que me quite esa carita!

El Roro aprovechó que se acercó a él para tomarla por la cadera y pegarse a su cuerpo para que lo sintiera.

— ¡Me tiene encendido! —Le dijo besándole el cuello.

— Entonces, manténgase así. Usted sabe que el olor de la cebolla no es mi atractivo. — Le puso la mano en el pecho y lo alejó despacio.

El muchacho, muy juicioso, se metió a bañarse. Al rato, Sofía llegó con la toalla, la colocó sobre la cortina. La curiosidad, obligó a echarle una *miradita* y abrió, un poco, aquella tela de plástico. Mirándolo con ojos de mujer, le dijo:

— ¡Um! ¡Sabe que me encanta verlo así!

Al escuchar la voz, se dio media vuelta y sonriendo, le dijo:

— ¿Le apetece bañarse conmigo?

— ¡Ganas me sobran! ¡Pero mejor me voy! —La mujer se saboreó de deseos y cerró su mano, en señal, de desear acariciar aquel cuerpo desnudo.

Sofía se puso a preparar la comida y, al rato, el Roro salió *fresco como una lechuga*. De inmediato, se puso a ayudarla en la cocina para terminar de preparar la cena. Mientras trabajaban, la chica le dijo:

— ¡Sabe! ¡Me encanta hacer esto, en pareja!

— ¡Sí! ¿Y eso?

— Es más agradable.

— ¡Pues, qué bueno! ¡A mí también me gusta mucho, aunque no soy muy dado a la cocina!

— ¡Lo importante es la intención! Y a todas éstas… ¿Se dio cuenta de todos los cambios que he realizado en el negocio?

— ¡Claro! Me di cuenta del portón de hierro en puertas y ventanas. También hizo una nueva organización dentro del negocio.

— ¡Y no sólo eso! Decidí incluir los cigarros y las bebidas alcohólicas.

— ¡De verdad! ¿Y qué no estaba en contra de todo eso por ser católica, pues?

— ¡*La necesidad tiene cara de hereje*! Es lo que más se vende, por estos lados; y además, lo consulté con mi orientador espiritual. Él me dijo que las tentaciones siempre estarían ahí. Dice que cada persona es responsable de sus decisiones. Ahí estriba la libertad del individuo. Claro que, definitivamente, la venta a menores será prohibida.

— ¡Por lo que veo, ha hecho muchos cambios!

— ¡No se crea! Tengo mucho que cambiar pero ahí vamos. Como dicen, *en el camino se arreglan las cosas*. Hoy, quiero disfrutar de su presencia, no sabemos hasta cuándo volveremos a vernos.

— ¡El tiempo nos lo dirá! Por mi parte, solamente, tengo agradecimientos que darle, muchos deseos de que sea feliz y *diosito* me la socorra cuando no esté por estos lados. Además, no sabemos si su hijo la mandara a traer.

— ¡Yo también! Me ha hecho tanto bien, me ha mostrado un lado de la vida que no conocía y que, en cierto modo, le tenía miedo. No tenía la intención de estar con ningún hombre después de lo que me pasó con el padre de mi hijo.

— ¡Pues qué bueno que lo superó y lo mejor, ha sido, conmigo! Sabe que es muy hermosa. El cambio de cabello del negro al castaño le va bien, pienso que armoniza con el color de sus ojos. Me fascinaba largo, pero cortado hasta los hombros le da otro semblante. Me gusta el color que se ha puesto en sus labios —Se los tocó con la punta de sus dedos y, luego, bajando la mirada, agregó: ¡Sabe que sin *brasier* se ve bien sensual!

— ¡No siga que me está poniendo nerviosa! ¡Sabía que *tiene, buena labia,* con las mujeres!

— ¡No! ¿Con usted la tengo? —Se acercó para besarle cerca del cuello.

— ¡Claro que sí! ¡Mire cómo me tiene, *tontita*! —Se puso a acariciarle el pecho hasta bajar su mano hasta llegar entre las piernas. ¡Y usted, está cómo quiero! —Se ruborizó — ¡Mejor comamos antes de que pase otra cosa! De todas maneras, tenemos toda la noche para despedirnos cómo se debe.

La chica se apartó del joven con una sonrisa pícara y, tomándolo de la mano, lo llevó hasta la silla.

— ¡No se mueva de aquí! ¡Déjeme atenderlo cómo yo deseo!

Sofía llevó, cada cosa, a la mesa mientras el muchacho la miraba trabajar. Cada vez que se acercaba, estiraba su mano para tocarle alguna parte del cuerpo con el permiso de la mujer que se prestaba al juego de la seducción.

Se sentaron, oraron y se dispusieron a comer. Ella, al costado del chico, quien estaba en la cabecera de aquella pequeña mesa rectangular. El juego continuó durante toda la cena y, al final, no llegaron a terminar de cenar. Dejaron todo y se fueron al cuarto, como dos enamorados queriendo hacer realidad todos los deseos escondidos que los estaban quemando.

Ese día, se quedó ahí porque se lo pidió de favor la mujer. Siguieron la despedida, cuando las puertas del negocio se cerraron y aunque, tuvieron tiempo para seguir hablando, no durmieron casi toda la noche. Por la mañana, se fue en dirección de la casa de Ruth con la intención terminar de arreglar sus cosas y el cuarto. El día siguiente saldría de la ciudad morena.

Como llevaba sueño, entró por la puerta del hospedaje y, con la misma, se echó a dormir. Se despertó con hambre, a eso de las ocho de la noche. A esa hora, se dirigió a la cocina de la casa y, para su sorpresa, Ruth estaba a punto de meterse al baño. Ambos se sorprendieron al encontrarse.

— ¿Cuándo volvió? — Le preguntó sorprendida.

— ¡Hola! Hoy, por la mañana pero venía tan cansado que me *fundí de un tiro*.

— ¡Pensé de qué no vendría a despedirse! ¡Cómo me dijo que se iría el viernes!

— ¡Por eso estoy acá, para dejar todo en orden! Para el próximo inquilino.

— ¡Ah! ¡Gracias! ¿Sabe qué? Estoy pensando en no alquilar el cuarto. Con esto de la guerra, quizás sea mejor tener una entrada interior.

— No me parece mala idea. La pregunta es: ¿No le hará falta ese *dinerito*?

— ¡Claro que me hará falta! Lo he pensado, pero con el viaje de mi hija todo cambia, sólo necesitaré para mí.

— Hablando de su hija, ¿no está en casa?

— ¡No! Está con la abuela. Fíjese que a la señora le ha dado «*nietitis*».

— ¡Qué lástima! Me hubiera gustado despedirme de ella.

— A ella también, pero supuso que no volvería cuando se marchó.

— Nunca me hubiera ido sin despedirme. Con todo lo que me han dado, no hubiera sido justo. Han sido muy amables, cariñosas y serviciales. Se me metieron en el corazón.

— ¡Igual, pienso! Lo queremos mucho. Vino a ponerle alegría a esta casa. Sin contar la bendición de su presencia en los momentos difíciles. — Lo decía por lo sucedido con ella y con su hija.

— No fue nada. Por suerte, pude estar cerca para ayudar. Me hubiera dolido tanto que, ese tipo, le hiciera daño.

— ¡No quiero, imaginarlo! Lo bueno de esa historia fue que me sirvió para volverme a sentir mujer.

— ¿De verdad? ¡Qué bueno! Aunque, honestamente, no me explico cómo una mujer con sus características haya pasado tanto tiempo, sola.

— ¡Supongo que por mi hija!

— Entonces, ahora que su hija se irá; a lo mejor, el caballero que la visita tenga más suerte.

— ¡No lo creo! Cómo le dije, en su momento: Estos años me han demostrado que soy capaz de valerme por mi misma; que la libertad de decidir es hermosa y que no voy a cortar mis alas por simples palabras.

— ¿No cree lo que le dice?

— Las palabras son bonitas, pero tengo suficiente experiencia para saber distinguir entre una conquista y la realidad. Por mucho que lo desee, el señor no puede darme lo que promete.

— ¿Y si lo ve, cómo algo pasajero? Digo, sin ánimos de ofender, para calentar la cama un rato.

— No me ofende. Lo he pensado, pero no creo que el tipo sea para una sola vez. Es bastante temperamental y si le doy entrada, capaz no lo saco de la casa.

— ¡Comprendo!

— No digo de esta agua, no beberé porque no estoy cerrada a una relación. Por el momento, prefiero elegir mis momentos y la persona.

— ¡Qué bueno! No sabe cómo me gusta escucharla hablar de ese modo. Se ve segura y hermosa.

— ¡Hermosa! No me lo creo, pero gracias.

— Esa parte si tendrá que trabajarla. ¡Venga! —Le tomó de la mano y la llevó frente a un espejo.

La colocó delante del mueble para que viera su imagen. Le colocó las manos en la cintura, por atrás y agregó:

— ¡Véase! Le aseguro que cualquier hombre daría cualquier cosa para ganarse el corazón de una mujer como usted.

La mujer se recostó sobre el pecho del chico y, mirándose, le dijo:

— Usted lo dice porque me quiere.

— Le diré un secreto. —Acercó su boca al oído. Cuando la vi por primera vez, lo primero que dije fue: y esa mujer hermosa qué desea conmigo. Me conformaré con quedarme con su nombre. Es demasiado hermosa para que se fije en un bicho como yo.

— ¿De verdad?

— Luego, aquí en la casa. Me pellizcaba para saber que no estaba soñando. La miraba de reojo porque su cuerpo es muy bonito. Me fascina cuando camina con zapatos altos porque sus nalgas se levantan y se ve tan elegante.

— Sabe una cosa. Quizás, ha sido la manera de expresarse que me gano. Sus palabras siempre me han levantado la moral. Y por mucho que lo piense, no me arrepiento de haberme acostado con usted. ¡Lástima que se tenga que marchar!

— Lo mismo digo, pero no tengo otra opción si deseo ser profesor. Sólo serán tres meses y le prometo que vendré a visitarla.

— ¡Eso, espero!

— ¿Cuándo regresará Esther del norte?

— ¡No lo sé! Aquella pregunta provocó que sus ojos se llenaran de lágrimas.

— Véalo por el lado positivo. Su hija tendrá mejores oportunidades en tierras del tío Sam. Y quién sabe, a lo mejor un día se la lleve.

— ¡Eso dice, ella! ¿Y mientras tanto?

— Tendrá tiempo para usted.

— ¡Para mí! Sabe que la mamá del padre de mi hija quiere que me vaya a vivir con ella para acompañarla. Dice que ahí no me faltara nada.

— Y usted ¿qué piensa?

— No lo sé. Sería ¡cómo estar en una jaula de oro! Aunque… —No quiso terminar la frase dejando a entender que no le disgustaba la idea.

— ¡Piénselo bien!

— ¡Lo, haré! Cambiando de tema: ¿En verdad se va mañana?

— Me voy mañana por la mañana.

— No sé, me hará mucha falta. —Suspiró profundo.

— ¡Ustedes, también!

La mujer agarró las manos del joven y se enrolló con ellas.

— ¿Me regala un abrazo?

— ¡Pensé que nunca me lo pediría! — Ambos se abrazaron de manera muy emotiva.

Se quedaron pegados por algunos minutos y, luego, soltándose, le dijo:

— ¡Creo que me daré un baño! —Suspiró profundo, pegándole suave en el pecho, y se dio media vuelta.

El Roro la vio meterse al baño sin decir nada; luego, comenzó a escuchar caer el agua. De repente, escuchó un lloriqueo y se imaginó lo peor. Se puso de pie, y así cómo estaba, se dirigió al lugar. Abrió, la cortina de plástico y encontró a la mujer llorando pegada a una pared. Al verlo meter la cabeza, simplemente, lo vio y, con los ojos, lo invitó a entrar.

El muchacho no esperó dos veces la invitación para unirse al baile. Las palabras no aparecieron y, después del abrazo, sus cuerpos desnudos comenzaron a expresarse de la mejor manera posible. Después, pasaron directo a la habitación de la dama para seguir gozando de la última noche.

Por la mañana, desayunaron juntos y, a eso de las ocho, se dieron la despedida, cerrando con broche de oro aquella despedida. A eso de las diez, el chico estaba agarrando el bus en dirección de Chalatenango. Aquella noche quedó marcada en la historia de ambos.

CITALA, RIO CUBIERTO DE ESTRELLAS.

Aquellos tres meses habían pasado volando y, el Roro, estaba a punto de regresar a la ciudad morena. Él deseaba pasar a saludar a Sofía y Ruth para ver cómo iban las cosas.

Desde que había salido de la «ciudad de las sacerdotisas» no había vuelto por diferentes razones: primero, porque la escuela, a la cual, lo habían asignado no estaba precisamente en el pueblo fronterizo de Citalá; segundo, porque deseaba sacar el máximo provecho a las enseñanzas del profesor Max; tercero, porque quería poner una especie de distancia con aquellas ellas. Él sabía que su presencia, de alguna manera, condicionaba el mundo de aquellas dos damas.

Sentado, como muchas veces, bajo la sombra acogedora de aquel amate, esperaba que «Don Jere» llegara al lugar. El viejo canoso tenía la costumbre de sentarse frente a la iglesia del Pilar y rezar su rosario. Aquel hábito, lo había adquirido después de que su sexta mujer se había muerto. Él había jurado no volverse a unir a otra dama y recordaba con nostalgia a su primera mujer con quien se había casado en esa parroquia. Él decía que tenía grabada la imagen de cuando salió del lugar de la mano de su amada, en esa ocasión los amigos y familiares los saludaron con un puñado de arroz y pétalos de rosas.

Aquel anciano había sido la primera persona que había encontrado en la ciudad fronteriza con Honduras. Fue ese personaje, quien, le explicó el significado de aquel nombre extraño que venía del dialecto de los antiguos maya-chortis. Ellos llamaban a esa población Kujkaijá y al traducir ese nombre, al náhuatl, los toltecas lo llamaron: Citalá, «río de estrellas», pues proviene de *kujkai, kujk' ai,* estrella, lucero; y *já*, agua, río.

Aquel señor, desde el primer encuentro, le cayó muy bien. Era un periódico ambulante o mejor dicho, la enciclopedia del pueblo. Se conocía, todos los rincones del lugar y a cada persona que la componía; según, sus cálculos, no pasaban de los dos mil habitantes.

En uno de sus encuentros domingueros, cuando el Roro bajaba del pueblo, le contó un poco sobre la historia del pueblo y los eventos que la habían marcado. Le comentó que antes que construyeran el puente, en 1986, había un puente colgante que cada vez que crecía el río, se lo llevaba.

En ese entonces, varios tenían canoas que utilizaban para pasar a la gente de una orilla a la otra, un buen negocio, según comentaba nostálgico. Con la modernización, todo se vino abajo. Esos empleos tuvieron que adaptarse. Igualmente, le comentó sobre la historia de la iglesia en honor a la Virgen del Pilar. Su fachada blanca con la estatua de la virgen en lo alto, en medio de un arco, ponían en relieve su estilo neoclásico. Según el señor, en el país era una de las más antiguas, siendo construida allá por los años 1804. Además, la cruz pintada de blanco que se encontraba frente a ella, había sido construida por el año 1892.

Tiempo después, supo que las fiestas eran, en honor de San Francisco de Asís y de la virgen de la Concepción. Por esa razón, antiguamente se llamaba al pueblo, san Francisco Citalá. Además de la historia, el viejito lo puso, al tanto, de algunos chismes calientes del pueblo. También, le habló de diferentes temas que eran como el pan de cada día en aquella frontera: los contrabandos de todo tipo, los puntos ciegos, los caminos de los muchachos y las horas que el ejército llegaba.

En definitiva, don Jeremías, había congeniado, desde el principio, con el nuevo profesor. El Roro recordaba, con cierta sonrisa, aquel primer encuentro. Por un instante, se escapó al pasado. Aquel día, lo encontró rezando el rosario en aquel lugar. El chico se había bajado del bus y, aunque, pidió información, no se la supieron dar. Así que sin querer llegó al parque. Basándose en su experiencia anterior, en Santa Ana, decidió ir al parque. En su pensamiento, se dijo: «sé que a las iglesias no van, solamente, santos; pero, tal vez, me encuentre alguna angelita, como Sofía».

Al llegar, no quiso, interrumpirlo y se sentó, no muy lejos. Se puso a observar la fachada de aquella pequeña iglesia. El señor, al terminar de rezar lo volteó y le dijo, de una:

— ¡Así que anda, perdido!

— ¡Qué come que adivina! ¿Es tan obvio?

— Si lo dice porque parece un pollo comprado, es *verdá*. Sin embargo, por estos lados lo novedoso no pasa desapercibido. Mírese: ropa diferente, mochila y, hasta, lentes de sol.

— ¡Tiene razón! Acabo de llegar y ando buscando a un señor. Tal vez usted me pueda echar la mano. En el pueblo no me han sabido dar razón.

— ¡Dígame las gracias y le diré el milagro!

El joven extranjero, le dio el nombre de pila de don Alfredo y, *al toque*, el anciano le dio razón del señor. El problema era que, el señor, era más conocido por su sobrenombre que por verdadero nombre. Estaba dándole las indicaciones de cómo llegar, cuando se presentó otro de los personajes importantes en su estadía en ese lugar. Se trataba del hijo de crianza del familiar de Sofía: el Cipitío.

Al verlo, supo del porqué de aquel sobrenombre: era pequeño y panzón. Igual que el personaje del famoso cuento popular. Así que el Roro, pensó para sí, esbozando una sonrisa pícara: « Me pregunto ¿dónde andará la Ciguanaba?» Ese otro personaje sacado de las leyendas urbanas del pueblo guanaco, era la madre del cipote panzón.

El hijo putativo era una persona muy especial, casi nunca se enojaba. Su carácter servicial era excepcional, nunca arrugaba al trabajo y era todo terreno, como dicen por ahí: «*barril sin fondo*» porque siempre tenía hambre. Inclusive, decían que se manejaba una tremenda culebra *mazacuata* en su estómago.

El cipote, con su sonrisa pícara a flor de piel, llegó con paso cansado y, hasta, baboso. Se colocó a unos cuantos metros de distancia de los dos hombres y, con mucha confianza, se dirigió al anciano, con cierto aire burlón:

— Y entonces, mi querido «p*asa con patas*» ¿Sigue, contando los minutos para ver si *la Pelona,* se lo viene a llevar?

— ¡Ya apareció *el Moco* que buscaba! Este bueno para nada, le indicará el camino.

El chiquillo se le quedó mirando, al visitante y, sonriendo, dijo:

— ¿Usted debe ser el perdido? —Sonrió y agregó: ¡Se debe ser… para perderse en un chiquero! Aquí se conocen, hasta las moscas. Verdá mi querido quinceañero.

— ¡Es correcto, burro con patas!

Los dos personajes se trataban con bastante familiaridad y sin enojarse; aunque, para el gusto del visitante, rozaban los límites del respeto entre un adulto y un cipote.

— ¡Hola! ¿Puedes llevarme con tu papá? ¡Te lo agradecería!

— Ni más faltaba, para eso me han enviado. Por allá, lo están esperando *como agua de mayo*. Desde que la niña Sofía les escribió, se pusieron a limpiar el cuarto utilizado como bodega. Los *chainiaron* y, hasta, pusieron, *mata ratas*, para que no tuviera problemas por las noches.

— ¡Entonces, no los hagamos esperar! ¡Gracias por todo don…! —Se le olvidó el nombre.

— ¡Jere! Dígale o, mejor, el «trompudo» porque se la sabe todas y sino, las inventa. — *Metió la cuchara,* el bicho.

— ¡De nada, joven! Bienvenido a este pequeño *rinconcito* del *Pulgarcito*. ¡Y vos, baboso! Me las vas a pagar todas, juntas, cuando encuentre a tu tata postizo.

El Cipitío se *chiveó*, un poco, al escuchar aquellas amenazas porque su padre era bastante severo y no dejaba pasar ninguna. En esa ocasión, no respondió para no echar más leña al fuego y salir chamuscado. Se apresuró a quitarle la mochila, de la mano, al profesor y se puso en marcha. El Roro se le trató de pegar al paso, pero el cipote caminaba rápido; parecía que deseaba llegar rápido a su destino. Así, para que pusiera pausa en su marcha, le preguntó:

— ¡Así que te llamas: Cipitío! Ése es tu apodo, pero ¿cuál es tu nombre?

— Agusto de Jesús, pero prefiero que me llame Cipitío.

— ¿Por qué?

— No estoy, a gusto y no quiero ser crucificado.

— Me parece buena razón. —Lo expresó con cierto *brindis* de sonrisa. Me llamo Rodrigo Rodríguez pero mis amigos me dicen: Roro.

— ¿Cree que puedo ser su amigo?

— ¡Claro que sí! No faltaba más.

— Entonces, Roro. Aquí tiene un verdadero *chero* para toda la vida. — Le extendió la mano para cerrar aquella afirmación.

— ¡Venga ésa, mano! ¡*Chócala*! — Le ofreció la mano y cerraron con una gran sonrisa aquella amistad incipiente.

Aquellas palabras amables causaron buena impresión en el cipote; por lo general, la gente del pueblo lo trataba mal. Le decían: «arrimado, garrapata, parásito, bueno para nada, estorbo, moco y, hasta, basura ». Y, a pesar de todo, el bicho mostraba un positivismo digno de imitar.

En el camino, rumbo a la casa del familiar de Sofía, el bicho agarró, poco a poco, confianza. Se puso a contarle, *el teje y maneje* de todas las cosas por esas tierras. Le habló, un poco, de su familia que lo había adoptado cuando pequeño, del pueblo y sus alrededores; inclusive, dejó entender que había una bicha que lo tenía babeando. Otra cosa que comprendió rápidamente, fue que el hijo adoptivo respetaba enormemente a su padre y que, sus otros hermanos, lo trataban con cierto desprecio. Siempre le sacaban en la cara que era, adoptado.

Por su nuevo chero, supo que la escuela, a la cual, lo habían enviado a hacer las prácticas, no era la del pueblo; sino que ésta se encontraba a unos kilómetros arriba en las montañas.

Al llegar, se apresuró a ir a saludar con mucho respeto a su padre. Se quitó, la gorra que llevaba puesta y bajó la mirada al saludar. Don Alfredo, le acarició la cabeza y, con la misma, lo envió a darle de beber a unos terneros. Juntos al amo de la casa estaba, la esposa y sus dos hijas. Los varones, andaban en el campo.

La familia lo acogió con mucha alegría y se pusieron a disposición. Le mostraron la casa y lo invitaron a almorzar. Mientras comía se pusieron a conversar de todo y de nada. Historia de entrar en comunicación. De entrada, la familia le cayó muy bien. Al darse cuenta del nombre de la escuela, se sintieron un poco apenados porque estaba, algo, retirada del lugar. A primera vista, le tocaba caminar un buen tramo para llegar al lugar, pero le hablaron maravillas del profesor, encargado.

Más tarde, se unió el resto de los hijos y, por la noche, hicieron una especie de asado. Pagó el precio de la bienvenida un pobre, cerdo. Sacaron unas guitarras y, alrededor de una fogata, se pusieron a cantar.

Al día siguiente, el Cipitío fue el encargado de llevarlo a la escuela. Desde ese día, aquel cipote se convirtió en su mejor «*chero*» y, casi, en su sombra. Fue, sin lugar a dudas, su guía por aquellas tierras. El chico conocía todos los rincones y cuevas que se encontraban en los alrededores. Fue, precisamente, este bicho, quién lo puso al tanto de los corredores que utilizaban los *muchachos* para escapar del ejército. Igualmente, de aquellos que alzaban su bandera a escondidas y, lo más importante, de los campos minados para evitar las bombas artesanales llamadas popularmente «caza-bobos».

Por alguna razón, Citalá no había sido tocada por la guerra; a pesar, de haber mucho movimiento de ambos bandos. Los rumores decían que era porque había gente de los dos bandos y que, por eso, no la tocaban.

El pito de un vehículo alertando a una manada de patos que atravesaban la calle, lo volvió a la realidad. Don Jeremías, se había retrasado un poco. Bajo la sombra de aquel árbol, en medio del parque, el Roro esperaba un poco impaciente. El Cipitío había querido acompañarlo hasta el último momento. La amistad los había unido en esos tres meses. Mientras esperaban que apareciera el anciano, se pusieron a jugar «*chibolas*». El bus que lo llevaría a la ciudad de Santa Ana saldría dentro de una hora.

A los quince minutos de esperar, apareció Don Jere, como siempre, muy sonriente. Su bastón hechizo marcaba su paso en la distancia y sus anteojos gruesos, como «*culos de botella*» le daban el aspecto de un pez «*cuatrojos*». Su curvatura y su pelo blanco no dejaban mentir la edad. Su voz pausada, siempre, daba un sentimiento de sabiduría.

Al verlos, al pie de aquel amate, el señor sacó una sonrisa suave. De entrada, le dijo, al Roro:

— ¡Así que, de regreso! Pensé que no lo vería.

— ¡Pues, mire! Aquí estoy, tal y cómo se lo prometí. Se acuerda de aquel primer día cuando me dijo: «muchos han venido y ni su adiós nos han dejado». Pues, no he querido ser como ésos.

— ¡Cómo pasa el tiempo, no! Parece que fue ayer que lo vi llegar; como pollo recién comprado.

— ¡Cabal! Mejor, no lo hubiera expresado.

— Espero que las enseñanzas del profesor Max, le hayan ayudado.

— ¡Vaya que sí! Cómo dicen por ahí, «no hay mejor escuela que la calle». No pude encontrar mejor maestro.

— ¡Qué bueno! Y ahora, ¿para dónde lo enviarán?

— ¿Quién sabe? El Ministerio de Educación es quien tiene la decisión. Por mi parte, solamente, tengo que presentar mi reporte de la práctica y, si apruebo, me nombraran maestro temporal hasta que tenga una plaza fija. ¡Creo que así, es la cosa!

— ¡Entiendo! ¿Imagino que ahora va para su casa?

— No. Como le digo, tengo que presentar mi reporte. Por eso, voy primero a Santa Ana y, quizás, después iré a mi pueblo, cerca del mar.

— Pues, qué puedo decirle sino que le vaya bien. No le digo hasta luego porque ¿quién sabe si lo vuelva a ver? No creo que me falten muchos años de vida.

— ¡Hierba mala, nunca muere! — Soltó burlándose el Cipitío, quien no perdía palabra de la conversación.

— ¡Miren, este *chute*, pues! ¡Quién, le tiró el hueso!

Aquella replica belicosa iba acompañada con un lanzamiento de bateo de su bastón. Con la agilidad de un gato, el bicho se quitó el golpe y, muriéndose de la risa, lo seguía molestando.

— ¡Por qué se enoja Don Jere! Mire que el que se enoja, pierde; si no, se arruga. Claro que a usted, una más no le quedaría mal. Ya parece «nuégado».

— ¡Espera que te agarre dormido! No, mejor se lo digo a Don Fredo.

— ¡No, no por favor! ¡No, le diga nada! — El *bicho* tenía mucho miedo a su padre, adoptivo.

— ¡Vez que el nudo aprieta en lo más delgado!

Todos, los presentes, se pusieron a reír por el rifirrafe de los dos contrincantes.

— ¡Entonces, Don Jere! Solamente, quería despedirme y agradecerle su amistad. Créame que, sus consejos y enseñanzas, las llevo grabadas en mi corazón. ¡Yo si espero verlo un día no muy lejano! Creo que usted es como los buenos vinos, entre más viejos, mejores.

— Por mi parte, le deseo: buena suerte. Métale ganas a la enseñanza que es una profesión muy noble. Recuerde que: «aquel que, tiene el conocimiento, conoce el significado de la palabra: Libertad. Un pueblo ignorante es fácil de engañar. Ayude a tanto analfabeto a avivar, un poco; para que, éstos políticos, *no se lo bajen* con tanta *paja*».

Aquellas palabras parecieron tocar las cuerdas sensibles del joven. Le dio la mano y, al mismo tiempo, recibió la del anciano. En un gesto de amistad y respeto saldaron aquella relación. Se miraron de manera fraterna y, como sucede entre los hombres, con un gesto en su rostro, se desearon buena suerte.

El Roro, junto a su acompañante, se alejaron rumbo a la parada de buses. Mientras caminaban, por aquellas calles empedradas, bajo la mirada de las personas curiosas, el silencio se hizo un pequeño espacio. Ninguno de los dos encontraba las palabras justas para entablar una conversación sincera. Todos los caminos, los llevaban a una despedida. Aunque, aquel momento, se acercaba, minuto a minuto, y la hora fatal se aproximaba a ritmo de caballo *desbocado, sin rienda*; ambos sabían que, quizás, nunca más se volverían a ver.

Para romper aquel momento incómodo, el Roro le preguntó:

— ¿Quieres que nos echemos la última *minuta,* con miel milagrosa? —Era costumbre entre ellos, disfrutar de aquel dulce de hielo picado con jarabe.

— ¡Claro! Eso nos da tiempo de matar, los minutos. Se miraron como diciéndose «me harás falta».

— ¡P*onte las pilas* en la aduana! Mira que he puesto mi reputación en tus manos. ¡Cuídate con los «*transeros*»! Vos sabes bien que por ahí pasa mucho contrabando.

— No se preocupe que no lo haré quedar mal.

El Roro había conocido y entablado una amistad, con el *mandamás* de la aduana. Como un favor especial, le había pedido que le diera «*chamba*» a su amigo. Claro que durante ese tiempo, se había tomado la molestia de enseñarle a leer y escribir. Lo preparó para que no tuviera problemas en el puesto de ayudante en la oficina de trámites migratorios.

Después de disfrutar de aquella golosina helada, retomaron el camino hacia la terminal. Caminaban, lado al lado, sin mirarse; quizás, para no mostrar el rostro de tristeza. De repente, el Roro, dijo:

— ¡Gracias por todo! Te sigo debiendo, una.

— ¡No me debe nada! Con todo lo que ha hecho por mí, es suficiente.

— La vida, no tiene precio. Haber, salido, de aquel fuego cruzado, siempre merecerá mi gratitud.

— La verdad, mi aporte no fue mucho; su coraje y valentía tuvieron mucho que ver.

— Sí, pero sin los conocimientos del lugar. Todo eso no me hubiera valido.

— ¡Bueno! Digamos que: *estamos*, *mano a mano*.

Los amigos se dieron un apretón de manos para sellar aquella afirmación. Por un momento, ambos jóvenes, esbozaron brevemente aquella noche. Habían ido a pescar al río Lempa, en un lugar algo solitario, muy poca gente lo conocía. El Cipitío era el único que lo conocía y sabía de la riqueza de pescados que se podían capturar.

Todo iba a pedir de boca, habían agarrado una buena *matatada* de peces y camarones. A eso de las ocho de la noche, con la luna murmurando estrellas en el cielo, decidieron volver a la casa. No había camino, tenían que abrir una brecha por los montes. El *Cipitío* hacía honor a su nombre con aquel sombrero de copa ancha y el *matate* sobre la espalda. Con la *colima* en su mano hacía camino entre los arbustos y guiaba la caminata.

De repente, el chico se paró y se puso a cabecear como venado arisco. Levantó su mano en señal de parar. Se volteó y mirando a su compañero de pesca, le indicó que regresara por dónde venían, en silencio. El Roro que, no se daba cuenta de nada, se quedó, extrañado. Quiso preguntarle, pero le indicó que no dijera nada. Suavemente, le dijo:

— ¡Vámonos a la mierda de acá!

No había terminado de decir aquella frase grosera, cuando se escuchó una voz que decía: « ¡No dejen escapar a esos desgraciados!» Las balas comenzaron a zumbar por las «chontocas» de aquellos pescadores que, al escuchar las primeras balas, se tiraron al suelo y comenzaron a moverse como *garrobos* afligidos. *La atarraya* y la pesca quedaron varadas en alguna parte de aquel monte.

Por suerte, para ellos, una fila de guerrilleros andaba cerca y creyendo que los atacaban, respondieron el fuego de inmediato. En un momento dado, los dos jóvenes no sabían para dónde correr porque habían quedado en medio de una batalla. Deslizándose entre la hierba y los matorrales, hicieron camino mientras las balas pasaban sobre sus cabezas. No había tiempo para pensar, simplemente para actuar. El Cipitío tomó el mando y se movía buscando un lugar dónde resguardarse. El Roro, como podía, trataba de no perder el paso de su chero; él sabía que, si lo perdía, quién se *jodía* era él porque no sabía ni dónde estaba parado.

En cierto momento, se comenzaron a escuchar unos zumbidos parecidos a los que provocan los zancudos al estar cerca del oído. El guía, al escucharlos, le metió quinta a los movimientos porque sabía del peligro que se aproximaba. Cuando las balas se calmaron, él, igualmente, se detuvo. Era como si todo el mundo esperaba algo.

A los segundos, apareció un helicóptero volando a baja altitud. Comenzó a disparar hacia ciertos blancos no muy lejos de ellos, teniendo la respuesta de inmediato. El aparato militar se alejó al sentir las balas pero, con la misma, regresó más belicoso.

En ese lapso, el Cipitío comenzó a moverse con la desesperación de un condenado a la muerte y su compañero, no le perdía la huella, siguiéndolo de cerca. La experiencia le había enseñado al cipote que, el mentado, zancudo volador regresaría con una sorpresa de mal gusto. El Roro que hacía su máximo esfuerzo por no perderlo, siempre le decía que no se detuviera que siguiera moviéndose.

De repente, el tanque volador apareció lanzando unas luces blancas e intensas que iluminaban todo a su alrededor. El Roro nunca las había visto. Cosa contraria pasaba con su acompañante que al sentirlo aproximarse, se detuvo de improviso y provocó que su perseguidor chocara contra él. Le dijo, suave: « ¡No se mueva! ¡Quédese completamente quieto!». Sin preguntar nada, el aprendiz de profesor se quedó inmóvil. A los segundos, se comenzaron a escuchar unos, silbidos penetrantes que provocaron que el cipote se pusiera las manos en la cabeza. Eran unas bombas que venían en camino.

El Roro, simplemente, se le quedó mirando sin comprender nada pero, rápidamente, supo la razón. Las bombas hicieron temblar todo a su alrededor. Al pasar, los efectos de la luz, los ataques continuaban; según, los movimientos observados.

El guía, de aquel escape en fuego cruzado, levantó la cabeza para ubicarse y luego, dijo: « ¡Sígame y no se pare! Ya sé dónde nos protegeremos». Siguieron arrastrándose y, luego, para avanzar más rápido se pusieron a caminar a cuclillas. Saltando, entre piedras y arbustos, subieron una montaña. Llegaron a una especie de cueva y se metieron rápidamente. El Cipitío, sólo, verificó que no hubiera nadie en el lugar y caminando pegado a la pared, avanzó teniendo al Roro muy cerca.

El chico parecía conocer el lugar muy bien. Caminando a ciegas, llegaron a una grieta, algo, estrecha. Se metieron y, como pudieron, se deslizaron por aquella caverna. En ese momento, parecían dos lagartijas buscando guarida. En cierto momento, el Roro se percató que no se escuchaban ruidos. Cuando llegaron a una cueva más o menos acogedora, el bicho se detuvo. Ahí, aprovechó para preguntar:

— ¿Dónde estamos?

— En la nariz. — Aquella respuesta lo dejó en la luna.

— ¡Sígame! Creo que estaremos, mejor, en los ojos.

— ¿Qué? — El acompañante seguía *dando varas*.

Aquella pregunta, no tuvo respuesta. Luego, al ver que, el bicho, se introducía por otra grieta, subiendo hacia algún lugar, no espero palabra para ponerse a perseguirlo. Llegaron a una especie de cueva y se sentaron.

Ni siquiera se había colocado, el aprendiz de profesor, cuando el *bicho* le dijo que no hiciera ruido. Se puso a *caminar a gatas* y se acercó a una especie de enredadera. Con las manos apartó algunas hojas y ramas; abrió una especie de ventana. Desde donde se podía observar todo.

— ¡Aquí, estamos, a salvo! — Le dijo, el Cipitío, con aire de seguridad.

— ¿Dónde estamos?

— Debajo de una montaña.

— ¡Eso, lo sé! ¿Cómo se llama?

— Ni idea. La llamo: «la *chontoca* loca». Es una montaña que tiene todas las características de la cara de un animal. Oídos, boca, nariz y ojos. El lugar por dónde entramos era: el oído. Esa cueva atraviesa la montaña, subimos por la boca, la nariz y estamos en los ojos. ¡Acérquese! Desde aquí podemos observar la batalla entre esos *dos ciegos* locos. Ninguno sabe exactamente dónde está el otro, pero dispara como loco.

Al despejar, el monte que cubría los ojos de la montaña, se veían las luces de las balas al salir de la boca de los fusiles. También, los movimientos del helicóptero y las luces provocadas con cada disparo. Inclusive, vieron como los subversivos lo averiaron porque se marchó echando humo.

Al ver lo que hicieron con aquella nave voladora, el aprendiz de profesor dijo:

— ¡Parece de que, los muchachos, no están mal equipados!

— Si supiera el material que se manejan. Yo he visto atravesar por el río cantidades de cajas. Alguien me dijo que vienen de los países comunistas. Aunque, según los chismes: son los mismos militares que se los venden. ¡Usted sabrá! Don Jere dice: «el mono baila según el color que le pinten y, los verdes, hacen bailar a cualquiera».

— ¿Conoces, algún, guerrillero?

— Están más cerca de lo que imagina. —Ése es el problema de *los milicos*. No saben, con quién, están peleando.

— ¡Eso, es verdad!

— En esta zona usted no puede ser de un bando. Se tiene que mover entre los dos, por eso hay que ser prudente. Usted sabe ¿cuál es el animal amarillo más peligroso del mundo?

Aquella adivinanza lo sacó de aquel tema por completo. Se le quedó mirando y le contestó a sabiendas que detrás de aquel chascarrillo había una moraleja.

— No es ni el león, ni el tigre ni la culebra. —Sonrió con cara de pícaro. Es un pollito con una ametralladora automática. Agregó: en esta guerra cualquiera que tenga un arma, es peligroso.

Aquella respuesta bastante filosófica de aquel bicho chorreado, dejó un poco perplejo al profesor.

Reflexionando estaba, cuando un pequeño golpe en el hombro, lo volvió a la realidad.

— ¡Se volvió a perder! — Le dijo, el bicho, en son de broma.

En ese momento, pasaron frente a una columna de soldados que tenían el aspecto de jovencitos. Ambos, se vieron y dijeron en son de broma:

— ¡Pollitos amarillos!

Sonrieron de buena gana y continuaron su camino. El bus, en el cual se marcharía el Roro, estaba en la terminal esperando a los viajeros. El bus se estaba llenando rápidamente porque había visitantes. La aduana fronteriza « el Poy», se encontraba cerca. El alto tráfico comercial se hacía sentir en todos los pueblos cercanos: La Palma, San Ignacio, Tejutla y La Reina. También, los turistas se hacían sentir porque querían descubrir las ruinas mayas del cerro «el Inciensal» o subir al pico del cerro «El Pital» que, según decían, tenía el punto más alto del país.

Mientras esperaban sentados al borde de *un andén* un poco elevado de una casa de estilo mixto: bahareque y ladrillos. Llegó corriendo un joven que trabajaba con Don Fredo, traía una bolsa de plástico que contenía algo dentro. Desde que lo vieron, ambos, sabían que el patrón había olvidado algo.

— ¡Don Rodrigo! Aquí le envía esto el patrón. Dice que es para que se lo lleve a su sobrina. Es una botella de miel de abeja sin aguijón. —Le soltó de una, el *mandadero*.

— ¡Dile que no hay problema! Con mucho gusto, la llevo.

— Ahí tiene otro pretexto para visitar a la niña Sofi. — De esa manera conocían a Sofía.

— No tengo necesidad de pretextos para llegar a donde ella. Sin embargo, es mejor que, llegar con las manos vacías. — Sonrió de manera pícara.

En ese momento, la hermosa figura de la muchacha floreció en su espíritu como una luna enamorada. Su rostro se dibujó con lujos de detalles y los ojos, café-claros, se le clavaron. Sintió que le reclamaban su ausencia y lo hizo sentirse un poco incómodo.

— A ver, ¿cuándo vuelve por estos lados?

Aquella pregunta, lo sacó de su fugaz escapada.

— Al rato menos pensado te doy la sorpresa. Cuídate y recuerda que, si me necesitas, solamente tienes que buscarme.

— ¡Gracias! Yo no pienso moverme de aquí. Seré como Don Jere, aquí he nacido y aquí moriré.

En ese momento, el bus se puso a pitar avisando que pronto se marcharía del pueblo. Ambos se pusieron de pie y dándose un buen apretón de manos, se despidieron. Aquella despedida fue breve y, hasta, insípida. Ambos, por el machismo, no deseaban dejar ver un sentimiento auténtico pero la grandeza de una amistad quedaba plasmada en aquella terminal de buses.

Mientras el cipote quedaba sentado sobre el andén viéndolo irse, con los ojos llenos de lágrimas; el otro, le decía adiós con un gesto de su mano. Al salir del pueblo, el rótulo que lo recibió al llegar que decía «bienvenidos a Citalá», lo despedía con un «hasta luego».

Mientras el bus se alejaba en dirección del pueblo de la Palma, el Roro recordaba con nostalgia su pequeña estadía en ese lugar. De repente, la imagen de su mentor o padrino profesional, el profesor Max, llegó tan clara como el agua. Aquel individuo lleno de sabiduría, profesionalismo y, sobre todo, el amor por su profesión, le mostró el verdadero rostro que debe tener un maestro. Sonrió, delicadamente, recordando su torpeza en sus inicios.

En aquel momento, el chico quiso aparentar algo que no dominaba. Se presentó como un profesor sin haber dado una sola clase. Había sido, el Cipitío, quien lo había llevado a aquella escuelita de dos aulas, sin piso y con techo de teja roja. La clase había comenzado horas antes.

Cuando estuvo en la puerta, con cierto aire de fanfarrón, se presentó saludando:

— ¡Buenas! Mi nombre, es: Rodrigo y me han enviado para trabajar como profesor en esta escuela.

El profesor Max, quien estaba escribiendo algo en la pizarra de color negro, se le quedó mirando y, con una sonrisa de bienvenida, se aproximó para saludarlo.

— ¡Muy buenas! Mi nombre, es: Max, para servirle. Así que usted es el nuevo profesor. ¡Bienvenido! ¡Niños saluden a su nuevo profesor!

Los cipotes se pusieron de pie y en coro, lo saludaron. Aquel saludo provocó que su corazón se pusiera a palpitar a mil por hora.

— ¡Ha llegado en buen momento! Pase por favor, le dejo la clase por unos minutos porque el otro grado me está esperando.

Sin decir más, el señor se fue para el salón que se encontraba al costado. Rodrigo entró en el salón de clases y, al estar frente a los alumnos, sus piernas comenzaron a temblar. Intentó saludarlos y la voz, no ayudó mucho, no le salió de la forma que hubiera deseado. Su acompañante, al verlo trastabillar, intervino para cambiar el ambiente. Los cipotes se habían quedado, callados: sus ojos abiertos no daban crédito al nerviosismo del joven profesor, esperando las palabras no se atrevían a decir nada.

— Ustedes saben ¿cómo me llamo?

— El Cipitío. — Gritaron en coro.

— Les presento a mi amigo: el Roro. Así, le gusta que, le digan, sus amigos. ¿Quieren ser sus amigos?

— ¡Sí!

— Entonces, háganle preguntas. A los amigos hay que conocerlos. No les parece. —Le hizo un guiño, al chico, para *darle la pelota.*

Desde ese momento, el hielo se había roto y el aprendiz de maestro tomó confianza y el mando de la situación. El profesor Max lo había hecho con la intención de bajarlo de las nubes, él sabía que era apenas un estudiante de profesorado.

El Roro quiso seguir con la clase pero se dio cuenta de que *andaba en pañales* con relación a la profesión. Se defendió como *gato pansa arriba* y aceptó su inexperiencia. En el momento del primer recreo, ambos se pusieron a hablar y, ahí, comenzó su verdadero aprendizaje.

El profesor Max le propuso un método suave y, por etapas, para convertirse en un buen profesor. Le mostró su manera de enseñar y algunos pequeños trucos para motivar a sus alumnos. Eso sí, le preguntó, sin rodeos, la razón por la que había escogido seguir dicha profesión. Todo el mundo sabía que no era fácil, sacrificada y, muy poco, valorada por las autoridades superiores. Los maestros estaban, en continua, lucha por las reivindicaciones de su profesión. Pasaban meses sin recibir salario. Luego de una breve, explicación. El mentor propuso ayudarlo, con una condición: que le metiera duro al aprendizaje en esos tres meses.

Rodrigo se recordaba que aquellas preguntas, a pesar de habérselas hecho antes, lo dejaron: *bailando, sobre vidrios de botella y saltando en una sola pata.* Le contestó de manera honesta y sincera. Pareció que las respuestas estuvieron acertadas porque aquel padrino de enseñanza, le ofreció hasta un lugar dónde dormir. Una hamaca en el corredor de su casa. El señor le abrió las puertas de su hogar, su familia y, hasta, de su perro.

Con él aprendió que un maestro era más que un, simple, trabajador del estado porque para los alumnos y la gente humilde de los pueblos, el maestro se convertía en: médico, abogado, albañil, juez y, hasta, consejero espiritual. Con él, descubrió la nobleza de la profesión.

Le mostró, verdaderamente, el camino correcto y, lo hizo, desde lo más básico hasta su base filosófica. Se recordaba lo difícil que había sido escribir en la pizarra, sus primeras líneas parecían que jugaban a buscar el suelo o la luna. La caligrafía fue una de las materias que tuvo que practicar durante muchas horas y los fines de semana. La letra estilo «Palmer» no quería entrar en la dinámica de su mano y los dibujos, menos. Sucedía que, el profesor, antes que sus alumnos llegaran, les preparaba un cuadro representativo de la clase, aquel dibujo más parecía una obra de arte hecho con tiza de colores. Tuvo que aprender a hacer diferentes tareas: agrícolas, jardinería, fontanería, carpintería y, hasta, decoración.

La preparación de cada clase fue otra de las materias que tuvo que dominar. Poner en papel una idea y, luego, llevarla a la práctica, no era tarea fácil. Uno de sus mayores éxitos fue: enseñar a leer y a escribir a su *chero,* el Cipitío. Le puso todo el empeño porque de eso dependía que le dieran la *chamba* en la aduana fronteriza.

El profesor Max fue toda una inspiración a nivel personal como profesional. Su familia se encariñó tanto que todos lloraron cuando tuvo que marcharse. Los gemelos se le colgaban de las piernas para no dejarlo salir. Hasta «Lobo», el perro de la casa se puso a ladrar con sentimiento.

Sus alumnos se encariñaron tanto que le hicieron una despedida muy linda y sentida. Le escribieron una carta demostrándole que habían aprendido a leer.

Además, los padres prepararon una de las comidas más ricas que había comido en su vida, quizás por la bondad con la cual había sido preparada.

El tapado, como lo llamaban, se preparaba haciendo un hueco de dos metros de hondo dentro de la tierra, le metieron: arena, piedras, troncos de árboles y le pusieron fuego; cuando las brasas estaban en su mejor momento, le colocaron en lámina y, encima de ella, la carne de gallina, cerdo, *chumpe*, venado, cabra y ternero. Además, le metieron verduras: papas, ayotes, plátanos y yuca. Le colocaron hojas de plátano, otra lámina y enterraron el hoyo. Al día siguiente, destaparon aquel guiso que con el olor que despedía martirizaba a las tripas.

Aquel recuerdo provocó que una sonrisa fresca brotara de su rostro y una imagen fotográfica se plasmara en el centro de su pensamiento. Luego, su recuerdo se trasladó a la puerta de madera de aquella casa de paredes blancas y techo de teja colorada. Era el profesor Max, quien estaba sentado en su silla de Caoba, mirando extasiado a su hijo jugar con su perro. La hija, por su parte, se encontraba sentada en el andén jugando con su muñeca de pelo castaño y ojos azules. Mientras tanto, su mujer se perdía en sus quehaceres diarios tratando de terminar una jornada de trabajo. Un deseo petulante, le arrebató la razón y le ofreció la visión de formar una familia. Claro que, de inmediato, la desechó para no quedarse en el arrebato de una posibilidad.

De repente, el bus en el cual viajaba disminuyó la velocidad. Los murmuros se comenzaron a escuchar en aquel vehículo. Las cabezas de los pasajeros queriendo descubrir la razón de aquella súbita disminución, lo sacó de su pensar.

Al comprobar que se trataba de un retén militar, todo el mundo comenzó a buscar la cédula de identificación personal. Unas personas comenzaron a poner en duda aquel retén sospechando que se trataba de una trampa. Los subversivos, a veces, se disfrazaban para confundir. En aquellos días, varias anécdotas callejeras hacían mención de esas estrategias.

En esa ocasión, no había duda porque los militares se encargaron de clarificar las ideas de manera rápida. Pusieron, a todos los hombres, manos arriba mirando el vehículo. Con la experiencia del caso, el Roro se colocó y abrió sus piernas antes que le golpearan con el fusil. Otros, no tuvieron suerte y salieron con golpes en sus piernas. Luego, media hora después, continuaron el camino y, mientras, se alejaban, las protestas con los *milicos* no se hicieron esperar.

Por alguna razón, aquellas voces, lo llevaron al lado de Don Jere. El señor, un día le dijo: «Esta guerra nos tiene jodido, personalmente, me encuentro entre fuego cruzado. Tengo hijos en ambos bandos, pase lo que pase, estoy seguro de que algún día, lloraré por uno de ellos. Todavía no entiendo como dos hermanos pueden llegar a matarse defendiendo una idea que nos les pertenece. La bandera de la sangre debería ser mar fuerte que aquella de una ideología».

El profesor Max pensaba de la misma manera, él decía: «no puedo estar ni con uno ni con otro; en ambos bandos tengo alumnos y, a ambos, los quiero mucho. No se le puede acusar a nadie por el hecho de alzar la voz. Aunque, muchos callemos, por miedo a la represalia de un poder que no acepta críticas. En lo personal, prefiero formar parte de aquellas voces que callan por temor a perder lo más valioso, la vida. Aunque, en el fondo, me da miedo terminar como muchas voces muriendo en el silencio».

Aquellos dos hombres habían, sido, como luces en su camino. Le habían inspirado para continuar su destino. Todas aquellas ideas compartidas con esa gente, comenzaron a revolotear en su mente, en su alma y en su corazón. Ambos personajes, habían marcado, de alguna manera, su forma de ser, pensar y actuar.

Antes de llegar a la ciudad morena, se acordó de una de las frases que Don Jere le dijo, un día de tantos: « Aquí, uno aprende a vivir entre fuego cruzado y, en cierta manera, se muere viviendo». Aquella especie de profecía, la había dicho bajo el manto sagrado de un cielo estrella y una luna blanca que se engrandecía con cada mirada.

Por su parte, el profesor Max, le dijo un día: « no deje que otros tomen decisiones en su nombre; sea protagonista de su destino y no, un simple, observador de su realidad. En los cipotes, de ahora, reposa el futuro y, según como van las cosas, más específicamente en las mujeres. Tratemos de darles alas para que, un día, ellas puedan sacar este país adelante ».

«*Hay que tomar la decisión de ser protagonista de nuestra suerte*»

III - OCTUBRE QUE TODO LO DESCUBRE

El mes de octubre siempre se había caracterizado por los vientos fuertes que azotaban a todo y a todos. En broma se decía que era capaz de destapar hasta lo más oculto. La época lluviosa comenzaba a dar paso al calor insoportable; sin embargo, el calor era signo de alegría. El final de las clases escolares se acercaba dando paso a las fiestas de fin de año. Las ráfagas de vientos llegaban poniendo todo al revés como bichos inquietos sin tener nada que hacer.

Era la época de los cortes de café en las montañas, de sacar las *piscuchas* para enviar mensajes al cielo en forma de corazón y para gozar viendo, las piernas de las *cipotas,* al levantarle las faldas de sus vestidos. También, ponía un punto de reflexión en los corazones de todos los dolientes que en tropel se reunían en cada una de las tumbas de sus difuntos. Los cementerios se convertían en encuentros familiares llenos de colorido y nostalgia, pintando o adornando cada cruz. La guerra se había encargado de hacer miles de cementerios clandestinos que, solamente, el tiempo y, quizás, los vientos se encargarían de desenterrar.

Rodrigo, regresaba de la ciudad donde había realizado sus prácticas de docencia, Citalá. Desde que se había marchado no había vuelto a poner los pies en la ciudad de las sacerdotisas. Quizás, deseando, dar un espacio a Sofía y a Ruth, dos mujeres que, en cierta manera, le habían enamorado la vida.

EN LA CIUDAD DE LAS SACERDOTISAS

Aquel día, cuando llegaba a la ciudad morena, sintió una sensación rara en su espíritu. Una mala vibra le recorrió todo su cuerpo. Moviendo su cuerpo, quiso deshacerse de aquella negatividad y desasosiego corporal. Sin embargo, aquella espinita se quedó incrustada en su alma.

Se bajó de la nave hasta que el último pasajero salió del vehículo. Como siempre, en la terminal tenía que andar «*ojo al Cristo*» porque, de lo contrario, *se lo bajaban en un parpadear*. La ciudad morena, no había cambiado en lo absoluto y, mientras se hacía paso entre la multitud, logró divisar las puntas de la catedral.

El chico se dijo: «primero visitaré a Sofía para darle *los encargos* que le enviaron y aprovecho para verla. De seguro de que debe estar, muy bonita. Espero que, en estos tres meses de ausencia, no me haya olvidado» — Se dejó cautivar por el lugar y siguió su rumbo sin mayores pormenores. En ese momento, el reloj marcaba un poquito más de las tres de la tarde.

Al estar a unas cuadras de la tienda, su corazón comenzó a palpitar y se dijo que era la emoción de volver a verla. Apresuró el paso y, al llegar, quiso hacerlo discretamente para darle una sorpresa. Preparó su mejor sonrisa y, al poner un pie en la tienda, se quedó un poco sorprendido.

La tienda había cambiado para bien, nuevos mostradores, productos y hasta empleados. Un tipo, al verlo entrar, se le quedó mirando y salió a recibirlo con una sonrisa de buen vendedor, poniéndose de inmediato a su disposición. Aquel hombre le pareció, conocido, pero no logró identificarlo en ese momento.

Cuando le dijo que no llegaba a comprar sino que buscaba a la dueña, el señor le preguntó el nombre y la razón de la búsqueda. El tono de la voz del dependiente cambió. Al decirle el nombre, el tipo lo reconoció y le dijo con tono sorpresivo que lo esperara que, iría a buscarla.

Desde ese momento, algo no mucho le pareció. Aquel tipo actuó de manera diferente, algo así como el dueño del lugar porque, a su paso, comenzó a dar órdenes a los otros trabajadores.

A los minutos Sofía venía con paso rápido y, hasta se podría decir que un poco nerviosa. Su sonrisa, la delató de inmediato, y cuando le tocó el antebrazo a su acompañante, el Roro supo que entre los dos había algo, se dijo: « ¡*Miércoles*, éstos tienen algo!» Trató de disimular su sentimiento y mostrando una sonrisa diplomática, la saludó con un movimiento de su rostro.

— ¡Hola! —Le dijo en un tono suave.

El Roro, al ver la expresión corporal de la mujer, decidió mantener la distancia. Sus brazos cruzados, sonrisa nerviosa y ojos brillantes, le indicaban que algo le ocultaba. Además, normalmente, Sofía era más expresiva con él.

— ¡Hola! ¿Está bien? —Se le quedó mirando directo a los ojos.

— ¡Sí! ¿Por qué? —Le respondió con otra pregunta y su rostro, cambió.

— ¡Por nada! Fue una simple, pregunta.

— ¡Ah! No lo esperaba ver tan pronto. ¿Ya terminó sus prácticas?

— ¡Sí! Tengo que presentar un resumen y, terminar, lo que falta. ¡Gracias por la referencia con sus familiares! Me trataron muy bien, me sentí cómo uno más. Aquí le enviaron unas frutas y miel de abeja sin aguijón. — Al darle las cosas, quiso tocarle la mano y, la chica, reaccionó de manera inconsciente.

El muchacho había hecho, ese gesto, con la intención de verificar dicha corazonada. La respuesta había sido contundente e irrevocable. En ese momento, sabía perfectamente que algo había cambiado pero todavía no sabía ¿qué era? Fue entonces, cuando el tipo que lo había atendido y que esperaba no muy lejos de ellos, se acercó y lo saludó. Inclusive, se atrevió a preguntarle sobre sus prácticas. Quizás, con la idea de demostrar que dicha relación estaba bastante avanzada.

Aquella intervención, lo sorprendió por la confianza y el conocimiento de su persona. Le respondió de manera normal diciéndole que todo había salido a la perfección. Luego, para rematar la faena, le colocó la mano, sobre el hombro, a la mujer de manera cariñosa. Sofía se puso, un poco, nerviosa. Su sonrisa, la volvió a traicionar.

El Roro comprendió, rápidamente que aquel joven estaba *marcando terreno* y que, entre ellos, había algo serio. En ese instante, una chica que trabajaba, le dijo: «padre» y el joven, le volteó a ver. Quizás, su rostro le dijo algo a la dependiente que, casi de inmediato, pidió perdón, diciéndole el nombre de pila.

El Roro que, no *era ningún bajado de las montañas, cazó al vuelo* aquella indiscreción. Su memoria hizo una retrospectiva fulgurante y lo llevó de inmediato a la catedral. Se dijo: «es el sacerdote que la veía fijamente en aquella celebración». Al mismo tiempo, dirigió su mirada a su amiga y, quizás, sus ojos se dijeron todo porque la chica sonrió nerviosamente. Rodrigo musitó una breve sonrisa, diciéndole: «te agarré».

Las palabras callaron porque no había necesidad de decir nada. Ambos sabían que su relación había sido pasajera y nunca habían firmado nada. El Roro, comprendió que en aquel momento, estaba, de más en el lugar y decidió echar marcha atrás.

El joven, la miró con una sonrisa tranquila y respirando profundo, le dijo:

— ¡Bueno! La saludé, veo que se encuentra bien. Le entregué los encargos y es hora de marcharme.

— ¡Sí! —Le respondió sin mayores palabras pero dejando en el aire un deseo de gritarle que se quedara un poco más.

— ¡Entonces, nos vemos otro día! —Le dijo mirándola fijamente.

Después, saludó al tipo que se encontraba, a cierta distancia, cómo queriendo escuchar la conversación. Dejó escapar unos segundos en un silencio misterioso. Se armó de valor para decirle «adiós». Se dio media vuelta y se marchó por dónde había llegado.

La mujer que se había quedado sin decir nada, como helada, no reaccionó rápido. Quizás, no esperaba aquella respuesta. Se le quedó mirando y luego, al verlo caminar varios pasos, cayó en cuenta de que aquel «adiós», había sido una despedida definitiva. Se le quedó mirando a su novio y, con la misma, salió de prisa a la puerta del negocio. Al verlo en la distancia, no dudó en salir detrás de aquel amigo.

Al estar a unos pasos, lo llamó, por su nombre de pila para que se detuviera.

— ¡Rodrigo! ¡Espere, por favor! — La voz de la mujer tenía un tinte melancólico y triste.

El muchacho se detuvo y, sin darse vuelta, la esperó. La mujer lo alcanzó y lo sobrepasó, poniéndose delante de él.

— ¡No se puede ir así! ¿Tenemos que hablar? ¿Dónde se quedará a dormir? ¿Está enojado?

— ¡Son muchas preguntas! —Le sonrió. Creo que no hay mucho de qué hablar; no se preocupe por mí, tengo dónde llegar y no estoy enojado.

— ¡Lo siento! Sí, estoy viviendo con él. Me prometió que se saldrá y desea hacer hogar conmigo.

—No tiene, porque darme explicaciones. Somos amigos y si eso la hace feliz, no pasa nada. Son adultos y pueden tomar decisiones. ¡Me preocupaba que estuviera sola!

— ¡Gracias! Temía que no me comprendiera. Además, somos socios en el negocio.

— No soy nadie en su vida para juzgarla. Repito, somos amigos. Con relación al negocio, no se preocupe. Siga trabajando y, al rato, arreglamos cuentas. No, mejor acéptelo como mi regalo de boda.

— ¡No me he casado! Y no puedo aceptárselo. ¡Le devolveré el dinero y los intereses! Solamente deme un poco de tiempo.

— ¡Cómo, quiera! ¡Cuídese! Le deseo lo mejor.

— ¿Lo volveré a ver?

— ¡Tal vez! Aunque lo dudo porque pienso ir a mi pueblo y luego, no sé a dónde me mandarán. No está en mis manos.

— ¡Sí! Cuídese usted también. ¡Gracias por todo! —Le tomó las manos.

— Al contrario, ¡soy yo, quién le debe dar las gracias! —Suspiró y agregó: Solamente, tengo buenos recuerdos.

— ¡Yo también!

La mujer le sonrió y, al levantar la mirada, observó al sacerdote que la miraba desde la puerta. Al ver que lo vio, éste se metió a la tienda. La chica soltó las manos y, dando un paso al costado, le dijo que lo echaría de menos.

El Roro se marchó en dirección de la casa de Ruth y Esther. Al poco tiempo después, se encontró frente a la catedral y recordó su primera visita. Buscó una banca en el parque y se sentó tranquilamente, casi cómo queriendo comprender algo. La imagen de su amiga no dejaba de flotar en su pensamiento. Luego, se dijo: «ojalá que, la razón por la que se salió de la religión, no sea la misma que lo aleje de su pasión». En ese momento de su vida, los sacerdotes no tenían mucho peso. Siempre los había visto con un ojo crítico porque, según él, no reflejaban lo que deberían reflejar. Su abuelita, un día le dijo: «los sacerdotes son: la imagen de Cristo en la tierra».

Después de varios minutos, viendo comer maicillo a las palomas frente a la parroquia bautizada en honor a la madre de la virgen María. Se levantó, con la energía de aquel que necesita ponerse en camino para espantar sus males. Pensó: « Espero que no me lleve otra sorpresa con Ruth » Él sabía que un *picaflor andaba detrás de sus huesos* y que Esther, según las propias palabras de la bicha, no volvería rápido del país del tío Sam.

Cuando llegó a la esquina desde donde se podía ver la tienda de Ruth, la primera señal que algo había cambiado lo puso, un poco, curioso. A esa hora del día, normalmente, una puerta del portón metálico estaría abierto. Eso significaba que el negocio estaba cerrado.

Se rascó la cabeza en signo de inquietud. «A lo mejor cierra temprano al estar sola», pensó. Siguió caminando y al estar en el lugar, comprobó que, en verdad, estaba cerrado. Se acercó a la puerta metálica y golpeo de manera suave para saber si alguien estaba, adentro. Como nadie le respondió, volvió a intentarlo. Esta vez con mayor fuerza. Esperó unos segundos y cuando se disponía a ejecutar una tercera vez aquella acción. Unos pasos de tacón le indicaron que una mujer se acercaba. La primera imagen fue: recordarla de tacones altos y con vestido tallado al cuerpo. Aunque, luego, aquella imagen le recordó que siempre se vestía de ese modo cuando quería impresionar al sexo opuesto. Se dijo: «Debe estar con alguien y es un hombre ».

El ruido de la puerta al mover la llave, lo volvió a la realidad. Preparó su mejor sonrisa para saludarla y se apresuró a abrir la puerta con la idea de pegarle un pequeño susto. Cuando hizo aquel movimiento, abrió la puerta asustando a la persona que abría. La puerta se resistió y quedó, media, abierta. Ambas personas quedaron sorprendidas al verse.

— ¿Quién es usted? ¿Qué quiere? ¡Juan! — La mujer que abrió se asustó y llamó a su marido.

— ¡No se asuste! ¡No le voy a hacer nada! ¡Creo que me equivoqué de casa! —Se quedó mirando para todos lados para verificar que era el lugar correcto. Luego, agregó: ¡Perdone pero ésta es la casa de Ruth! ¿Se encuentra ella? — Se alejó un paso de la puerta para darle confianza a la mujer.

En ese momento, llegaba el esposo con algo en la mano.

— ¿Qué pasa? —Preguntó, el esposo con cara de pocos amigos.

— ¡Tranquilo! Me asusté un poco. ¡Este muchacho, pregunta, por una tal Ruth!

— ¡Ruth! —Dejó escapar unos segundos indicando que estaba pensando. ¡No se llamaba así la antigua dueña de la casa!

— ¡Creo que sí!

— ¿Hace cuánto compraron la casa?

— Nos pasamos hace unos días.

— ¡Entiendo! ¿Por casualidad no saben dónde vive? ¡Ella es mi tía!

Los nuevos dueños de la casa no supieron darle noticias de su familiar. El Roro se disculpó por el susto y se despidió con la idea de buscar un lugar para dormir. Súbitamente, aquello le recordaba su primera visita a la ciudad morena.

Se puso a caminar pensativo y, un poco, extrañado de aquella situación. Tantos cambios, en poco tiempo, le *daban mala espina.* No lograba asimilarlo fácilmente. Se perdió en su pensamiento por unos segundos. Cuando estaba llegando a la esquina. Chocó con una chica que caminaba de prisa con un montón de bolsas en sus manos. Las compras cayeron al suelo desparramadas por todos lados. Ambos pidieron perdón al creerse culpables de aquel incidente. En ese momento, se reconocieron.

— ¡Roro! ¿Es usted? Pensé que estaba en sus prácticas.

— ¡Hola Isa! ¿Qué tal? Terminé y vine a entregar mis reportes para terminar el *mandado*.

María Isabel era una de las hermanas que alquilaba uno de los cuartos del mesón de Ruth. Ella y su hermana eran las únicas que habían quedado en ese caserón.

— ¡Y veo que ya se enteró del cambio!

— Parece que Ruth vendió la casa. ¿Y el mesón también?

— La vendió y se fue a vivir con la suegra. Eso fue lo que nos dijo. Historia de hacerse compañía porque según parece Esther se quedará un buen rato por el norte. *Suertuda*, la bicha porque *el tata* le está tramitando papeles. Imagino que, luego, se llevará a la madre. ¿No sabía nada de eso?

— ¡No! Me vengo a enterar por usted. En estos tres meses han pasado tantas cosas por estos lados. ¿Y ustedes todavía viven juntas?

— Todavía pero mi hermana, no lo sé. Se me hace que está pensando en volar a la *capirucha*. A mí, no mucho me gusta la idea; pero, luego, veremos. Y usted ¿qué piensa hacer?

— Por el momento, buscar dónde quedarme esta noche, luego veremos. La verdad, solamente, me quedaré dos semanas para terminar mis estudios. Luego, volaré a mi pueblo a esperar la decisión del Ministerio de Educación para conocer a dónde me enviarán.

— ¿Ya tiene dónde quedarse? Si gusta, le puedo hacer un lugar en el cuarto, digo para mientras encuentra un lugar más cómodo.

— ¿Por mí, encantado? Esperaba que Ruth me diera posada por estos días, pero pareciera que no podré contar con su hospitalidad.

— ¡Entonces, no se diga más! Venga, usted sabe que con nosotras siempre tendrá un apoyo.

— Y Luisa ¿estará de acuerdo? —María Luisa era el nombre de la otra hermana.

— ¡No se preocupe! Ella piensa cómo yo. Después de aquel día que nos pasamos platicando casi toda la noche, nuestra opinión cambió.

— ¡Ah sí! ¿Y eso?

— Lo que pasa es que Esther es un poco subida de humos y cada vez que hablábamos con usted nos hacía, una cara. Se creía su dueña y casi su mujer. Por eso, para evitar preferíamos mantener cierta distancia con usted. ¿Ustedes dos no tenían nada, verdad?

La mujer tiró la piedra tratando de sacar humo pero el Roro no era extraño a ese tipo de artimañas utilizadas por las mujeres para sacar cosas a los hombres. Así que, sonriendo, le respondió:

— ¡Es mi prima! —Con aquella frase quiso apagar el fuego de la curiosidad.

— ¡Cómo dicen por ahí que entre primos se arriman! ¡Uno no sabe! —Sacó una sonrisa burlona, pero luego agregó: ¡Si no, dígamelo a mí! Mi primer amor fue uno de mis primos.

— Entonces, cómo dicen: « El León juzga por su condición» La verdad, no pasó más de lo que no tenía que pasar. —Con aquella frase diplomática quiso enterrar la curiosidad.

— ¡Entonces, algo pasó! — La mujer era muy perspicaz.

— Mi padre me dijo un día: «*un secreto deja de ser secreto cuando se comparte; antes de contar un secreto muérdete la lengua. Si alguien quiere saber tu secreto, mejor proponle hacer juntos sus propios secretos*»

— ¡Su padre es un hombre muy sabio! Entonces, hay un secreto. —Le abrió los ojos en forma pícara.

— ¿Quiere que hagamos, nuestros, propios secretos? —Se le quedó mirando con ojos retadores de un seductor.

— ¿Es una propuesta? Mire que la tentación tiene cara de perro hambriento.

— ¡La tentación no es problema, si no deja de ser tentación!

— Entonces, dejemos eso en el piso de la tentación, por ahora. —La última frase le salió entre dientes y, bastante, suave.

Recogieron juntos las cosas tiradas y caminaron, lado al lado, hasta la entrada de la casa. La mujer, abrió la puerta del zaguán y lo invitó a seguir, cerrando la puerta a su paso. A eso de las siete de la noche, Luisa, la hermana menor, llegó con cara triste, había llorado. Sus ojos no la dejaban mentir y la hermana, lo notó enseguida.

Luisa no se esperaba encontrar una visita en la casa. Por eso, la expresión de sorpresa en su rostro. Según ella: llegaría, se iría directo a la cama y le contaría, lo sucedido, a Isa hasta el día siguiente.

La joven no contaba con el sexto sentido de su hermana. Antes de su llegada, mientras platicaban, mostró signos de inquietud en relación con ella. Según, le había comentado, Luisa era muy puntual y, ese día se había pasado de la hora. En esos tiempos de guerra, cualquier cosa podía pasar en la calle. Uno salía pero no sabía si regresaba. Luego, en un estirón de pensamiento, había agregado que después de haber comenzado a salir con un novio, su hermana había cambiado. Por esa razón, no mucho tragaba al cuñado. Inclusive, Isa, había dicho de manera sarcástica: «los hombres nos cambian, sobre todo cuando se dan cuenta de que les entregamos el corazón. Por eso, presiento que en esa aventura mi hermana va a salir llorando».

Aquella escena entre los tres, los había dejado entre signos suspensivos. Al verla, la hermana mayor sabía que había *dado en el clavo* y, en ese instante, vio al invitado con cierta sonrisa triste. Le decía, sin hablar que aquello que había presentido, se había hecho realidad.

Luisa se quedó un poco sin saber qué hacer o qué decir, por unos segundos, bajo el marco de la puerta. Sus ojos rojos no la dejaban mentir, pero la presencia del Roro, la retuvo. Ella no lo esperaba ver en su casa. La sorpresa fue tal no pudo ocultar su descontento. Su situación sentimental la tenía al borde del colapso. El pleito con su pareja había sido muy fuerte y parecía que habían roto relaciones.

El chico se sintió un poco incómodo, pero la hermana mayor pudo suavizar la tormenta que se avecinaba. De una, le dijo a la hermana que había invitado al chico a quedarse porque no tenía dónde dormir esa noche. Aquellas palabras parecieron tocar a Luisa y cambió su semblante. Lo saludó y, con la misma, se disculpó marchándose al cuarto. Isa hizo señas al invitado en son de disculpa y la siguió. El chico decidió salir al patio y aprovechó para lavar sus prendas sucias; la intención era: darles tiempo para hablar.

Al rato, salió Isabel y se unió al chico. Le explicó la situación y, luego, lo invitó a preparar algo de comer. Mientras hacían la cena, Luisa se les unió con mejor semblante y se disculpó con el invitado. Mientras cocinaban, comenzaron a bromear y, poco a poco, el ambiente entre los tres, se puso agradable.

Después de la cena, se escucharon unos balazos en la ciudad y el silencio tomó las riendas de la noche. A pesar de que faltaba una hora para el «*toque de queda*», la ciudad parecía muerta. Algunos vehículos se atrevían a circular pero tranquilamente todo iba quedando en un silencio misterioso y profundo. Inclusive, los perros se abstenían de ladrar porque ni ellos se salvaban de morir si interrumpían la noche.

Cómo era costumbre, las chicas se bañaban antes de meterse a la cama. La más pequeña, Luisa, se levantó de la mesa y se dirigió a uno de los armarios para sacar ropa limpia. Les dijo que se daría un baño para tratar de calmarse, aunque con el agua fría sería un poco difícil. En aquel lugar, el agua caliente solamente se utilizaba para calentar la comida.

Isa y el Roro aplaudieron aquella iniciativa. La hermana mayor, le aconsejó que no se tardara mucho para que no se acabara toda el agua de la pila porque la municipalidad había decidido de racionalizar el líquido. Agregando con tintes de sarcasmo « cada día estamos más jodidos y, todo, parece ir en dirección de *guatepior*»
El Roro, al escucharla hablar, simplemente soltó una sonrisa de aprobación. Isabel, esperó unos segundos en silencio y, al ver que su hermana había desaparecido de su presencia, le dijo al invitado:

— ¡Discúlpela! Su novio la cortó por otro. — Hizo énfasis en la última palabra.

El joven pareció no comprender aquella expresión e hizo cara de desconcierto. La joven, comprendió y agregó:

— Sí, fue por otro del mismo sexo. Pareciera que no era *«muy hombrecito»* que digamos. Yo sabía que tanta belleza, no era muy bueno.

— ¿Ella no sabía?

— A veces, uno solamente escucha lo que quiere escuchar.

— ¡Qué mala onda!

— ¡Sí, verdad! No es bonito que nos agarren cómo pararrayos.

A Isabel, desde el inicio no mucho le había parecido aquella relación. No era normal que un hombre dedicara tanto tiempo al aseo personal y siempre anduviera bien pulcro. Sin contar, el hecho que admirara las prendas femeninas y, según Luisa, la respetara demasiado en el campo íntimo. Las insinuaciones indirectas y directas no mucho avanzaron en su caso.

En pleno *chambre* estaban, cuando escucharon los pasos de la susodicha que regresaba envuelta en una toalla. Su pelo mojado se desparramaba entre su espalda y su pecho.

Al verla, ambos, mostraron una sonrisa porque se veía que el semblante de la mujer había cambiado con el agua fría. Al verlos, les dijo:

—Y ustedes dos ¿qué se traen? Esa sonrisa de bobos, sólo muestra picardía. —Dejó unos segundos en el aire y agregó: ¿Estaban hablando de mí, verdad?

— ¡Claro que no! No eres el centro del universo. Ni que fueras la última «Coca-Cola» en el desierto.

— ¿Y de qué hablaban, sino? A ver, suéltenla pues.

La hermana se le quedó mirando, al Roro, como pidiéndole ayuda. El muchacho sonrió y, tocándose los cabellos, dijo:

— ¡*Del corte de mi pelo*! Le decía a su hermana que tuve que pasar por la peluquería, ésa que está cerca de la Catedral porque parecía un *mico greñudo*.

— ¿La Central? Nosotras conocemos al dueño. Muy buena gente y no es *chapucero*.

— Isa me decía que, por poco, me hacen el corte estilo militar. El *corte «raso* o de *morro»*, ése que hacen a los reclutas. Me lo dejaron muy corto.

— ¡Yo lo veo bien! No le quedó mal… me gusta… parecer muy… —dejó en el aire la expresión.

— ¡Varonil! No tengas miedo de decirlo. El Roro tiene lo suyo y espero que bien puestos — Bromeó.

Todos rieron de muy buena gana y, en el fondo, los tres sabían por dónde se colaba el agua.

— ¡Tengo frío! ¿Qué toman?

— ¡Una tizana de manzanilla! — Agregó, la hermana.

— La mía es de yerbabuena y un poco de leche.

— ¿Con leche? ¿Puedo probar?

— ¡Claro! —El chico se la ofreció.

Luisa, agarró la bebida y la apretó con sus dos manos. La probó y dijo:

— ¡No está mal! Aunque no muy caliente. Necesito algo que me caliente un poco más. —Se frotó las manos.

— ¡Vos lo que necesitas es un buen trago de licor! — Propuso la hermana.

— ¡Al rato! Aunque puede causar otros males. —Lo decía porque le causaba un lloriqueo de película.

— ¡*Es verdá*! Mejor quédate con la tisana. Mientras tanto, es mi turno para darme una buena *bañadita* porque este *cuerpecito* lo necesita. Por la tarde hacía un calor tan fuerte que, creo que sudé por todos lados.

— ¡Entonces sí, debes bañarte! Mira que tenemos invitado y, por la noche, ese olorcito lo puede asustar.

— Si lo dicen por mí, no se moleste. Si hablan de lo que pienso, me fascina.

— ¡Míralo ve! Nos salió, adelantado el bicho. — Agregó sorprendida Luisa, haciendo muecas a su hermana con el rostro.

— ¡Así, parece! ¿Qué tanto habrá caminado después de la pubertad? — Sonrió la hermana mayor.

— Si el camino hace al caminante, hace rato dejé de ser misionero para convertirme en pordiosero.

— ¡Pareciera que tiene hambre el mosquetero!

— Después de tres meses en el monte, cualquier choza es casa. — exclamó Luisa.

— Cómo dicen: hay comida en la mesa y sin poder comer. —Susurró el muchacho con cara de hambriento.

— La comida no es buena cuando está desabrida. —Agregó Luisa con aire melancólico.

— No se preocupe. Caras vemos, corazones no sabemos. Todos llevamos nuestra procesión por dentro.

— ¡Ah, no! Otro con la capa caída. Yo que me esperaba una mejor yunta. Mejor me voy a bañar, así les dejo para que machuquen su cola. —Dijo Isa en son de broma y se marchó al baño.

— ¡Ni para tanto! Por lo menos, en mi caso. Eso, es agua pasada.

— Yo sí, lo confieso. Me muero de rabia por tonta.

— ¡Tranquila! No quiero golpes en la pared ni locuras en la cabeza. Simplemente hay que decir: Eso, también, pasará. Ahí, la dejo. — Hizo señas al invitado.

— ¡Tonta, quizás; pendeja, nunca! Como siempre, el tiempo me ayudará a salir de ésta. De peores he salido. —Agregó Luisa queriendo demostrar positivismo y fortaleza espiritual.

— ¡Así se habla chiquita! Hombres, hay por montones y a escoger. Sólo levanta la *faldita* y verás que caen como moscas en la miel.

El Roro, en son de broma, se inclinó para ver debajo de la toalla, con la intención de ver las piernas.

— ¡Ves! El agua no estaba muy profunda.

— ¡Claro que no! Y por lo que veo, hay buen material para crear una buena obra de arte. — Les sonrió el muchacho al lanzarles el piropo que iba dirigido a la menor.

— ¡Uuu! —Expresaron las dos mujeres al unísono en son de admiración.

— Mejor los dejo porque se está calentando la sopa y me puedo quemar. — Isa dio media vuelta moviendo su trasero en guisa de coqueteo.

Los otros dos participantes se pusieron a reír. Luisa, aprovechó para meterse al cuarto y ponerse su ropa de dormir. Mientras tanto, el Roro salió al patio y comenzó a observar el lugar. Muy pocas veces había estado de ese lado de la casa a pesar de que dormía al lado.

Al rato, Isa salió buscándolo porque no lo encontró en la habitación.

— ¡Aquí está! — Dijo con cierto aire de sorpresa. Se me hizo raro, no encontrarlo en la sala. ¿Está, nostálgico?

— Quería darles un poco de privacidad. Sé que les he venido a privar un poco la libertad de movimiento y de expresión. Le prometo que buscaré algo lo más rápido posible.

— ¡*No se haga bolas*! Si lo dice por mi hermana, no se preocupe. Ella lo que tiene es una pequeña decepción y, quizás, un mal sabor en la boca. Es algo así cómo saber que pasará algo y, cuando sucede, duele tener razón.

— La comprendo, pero igualmente pienso buscar algo para estas dos semanas que tengo que pasar por estas tierras.

— ¡Cómo, quiera! En lo personal no me molesta darle una mano. Cuando llegamos, Ruth nos la dio. Confió en nosotras. Además, pienso que la presencia masculina, en cierta manera, nos da seguridad. Imagino que es el lado machista que nos han inculcado.

— Por ese lado, no lo había pensado. No me molestaría ser su guardaespaldas, aunque solamente sería por las noches. — Se lo dijo bromeando en doble sentido.

— ¡Mi guardaespaldas! ¡Interesante! El único problema sería que durante la noche, casi siempre no tengo nada puesto. — Le respondió de manera más coqueta.

— ¡Interesante! — Le subió las cejas y le sonrió coquetamente.

— ¡No! En serio. No nos molesta que se quede, será un poco incómodo pero dos semanas se pasan rápido.

— La incomodidad no me molesta, estoy acostumbrado a dormir en hamaca y en el suelo.

— ¡Ya veremos dónde le hacemos un espacio! ¡Eso, déjemelo a mí!

— De antemano, les doy las gracias. Si hay algo que pueda hacer para ayudar, no duden en pedírmelo.

— ¡Gracias! — Se quedó cómo meditando, luego, agregó: ¡Quizás, hay algo que podría hacer! A lo mejor, puede ayudarme a levantar la moral de mi hermana. ¡Cómo, le explico! Ese problema le ha provocado que su estima esté por los suelos, si le puede regalar unos cuantos piropos para hacerla sentir bonita, no estaría mal.

— ¡Veré qué puedo hacer! ¿Y por usted?

— ¿Yo qué?

— ¿No quiere que la piropee? No me molestaría, lo haría encantado.

— Cuando le apetezca, no se retenga. Esas cosas nunca caen mal en una mujer.

— Le puedo hacer una pregunta pero usted decide si me la contesta, *okey*.

— ¿Hágala? Luego, veremos si vale la pena contestarla. — Le sonrió coqueta mente.

— ¿Hace cuánto tiempo no tiene novio? Pregunto, porque imagino que una mujer tan bonita cómo usted, le llueven los pretendientes. ¿Es muy exigente?

— ¡Gracias por lo de bonita! Aunque me hubiera gustado que dijera, hermosa. — Le bromeó para no responderle.

— ¡Perdón! Corrijo mi palabra… Una mujer tan hermosas cómo usted.

— Digamos que estoy en mi año sabático; mejor dicho mi segundo año de abstinencia masculina.

— ¡Guau! Parece que fue grave el asunto.

— ¡Algo!

En ese momento, Luisa la llamó desde dentro de la casa. La mujer aprovechó para marcharse, diciéndole: « me salvó la campana».

Rodrigo se quedó, sentado sobre el andén del corredor; apoyándose, con la espalda, sobre un horcón de madera. El viento que se había calmado, comenzaba a retomar fuerza. Una brisa fresca se hacía sentir en lo quieto de la noche.

Al rato, la que salió de la casa fue Luisa. Llegaba con dos vasos en la mano vestida con pijama, un camisón flojo. Al verlo, le dijo:

— ¡Quiere! Es chocolate caliente.

El Roro agarró la taza y la colocó entre las dos manos. La mujer aprovechó para sentarse a su costado. Luego, agregó:

— Isa vendrá pronto, se quedó arreglando una cama y creo que se dará un chapuzón.

— ¿Y, usted, cómo sigue?

— ¡Bien! No es nada. Tuve un bajón emocional. Usted sabe cómo somos las mujeres, muy emotivas. ¡Ya pasó!

— ¡Qué bueno! No me gusta ver llorar a una mujer y, sobre todo, las hermosas.

— ¡Gracias! —Dejó escapar unos segundos. ¡Sabe! Le comentaba a mi hermana que, es bonito, tener la compañía masculina cerca. A veces, nos da un poco de miedo estar aquí las dos, sin ninguna protección.

— ¡Las comprendo! En esta guerra sin cuartel y sin guarida en cualquier momento se pierde la vida. Estamos entre fuego cruzado y, como siempre, seguimos pagando los platos rotos: los más pequeños, los más indefensos y los que no pueden decir ni «pío».

— Lastimosamente, ésa es la realidad del pueblo común. Los *riquitos* tienen cómo pagarse la protección. Nosotros que Dios nos socorra.

Dejaron escapar varios segundos, en un silencio bohemio. El canto de un grillo matizaba con el brillo de la luna que, cerca de la cornisa, colgaba.

— En verdad, esta casa es enorme. ¿Ahora comprendo por qué se sienten solas?

— Sobre todo, después de que somos las únicas en la casa. Antes nos cuidábamos porque al rato menos pensado, entraba, el señor que vendía seguros. Era tranquilo y su presencia, en cierta manera, nos ayudaba.

— ¿Alguna vez les tiró el anzuelo para ver si caían?

— Los hombres nunca dejan de ser hombres. ¡Conmigo no pasó nada, con mi hermana no puedo meter las manos al fuego! Es *grandecita* y, cómo dice mi *papi*, está en edad de votar. Aunque lo dudo, porque mi hermana todavía no ha superado lo de su novio.

— ¡Imagino que fue duro!

— Digamos que difícil de aceptar. Pienso que son los remordimientos los que la atan.

— ¡Por eso trato de vivir el presente sin ponerle alas al futuro ni trabas con el pasado!

— No es fácil. No todas las personas podemos actuar como usted.

— Según, tengo entendido, el tipo tenía varias sucursales.

— Eso, dicen pero dígame que hombre, hoy en día, no las tiene. ¿Usted debe tener docenas por ahí?

— No se crea eso. Primero, soy soltero sin deseos de juntarme; segundo, trato de ser honesto en mis relaciones. No prometo lo que no puedo cumplir. Trato de ser realista, como por ejemplo: aquí estaré dos semanas. Sería tonto prometer un amor eterno a alguien. Lo más que podría ofrecer es mi compañía y una relación agradable.

— Viéndolo así, me parece que, hace, bien. La honestidad es importante en una relación por muy corta que sea. Me hubiera gustado que mi ex hubiera actuado de esa manera. — La mujer cayó en un silencio como aquel que mira el precipicio antes de lanzarse al vacío.

Rodrigo, al ver a la chica, trató de cambiar de tema para sacarla de aquel lapso sentimental. Quiso volver al tema del vecino.

— ¡Sabe! Me cuesta creer que el tipo no quisiera buscar algo con alguna de ustedes dos. Ambas tienen lo suyo y bien puesto. Usted por ejemplo, vestida así es una tentación andante.

— ¡Claro que hubiera deseado, tener algo! La verdad, habíamos decidido, no darle de comer al hambriento para evitar sorpresas. Pero el tipo siempre fue correcto con nosotras. Y eso que, a veces, andamos en unas fachas. Le pusimos los puntos sobre las «ies» y, desde ahí, nunca tuvimos sorpresas de mal gusto. Mi hermana, a veces, bromeaba diciendo que habíamos perdido el encanto con los hombres.

— ¿No era del otro lado? ¡Perdón, metí la pata! — El joven hizo signos de disculpas por la metida de pata.

— ¡Ya le contó mi hermana! Ésa, lengua floja. La verdad, no lo creo; según, nos dijo, él tenía su *bolado* bien guardado y para rematar, varias sucursales en otros puertos. La verdad, nunca trajo una mujer al cuarto. ¡Eso, creo! — Se quedó pensativa.

— Si usted, lo dice. Sería muy ciego si no admirara la belleza del jardín. Las flores están, muy bonitas.

— Admirar, si lo hacía. Uno sabe cuando un hombre nos desnuda con la mirada. Por ejemplo, usted no ha dejado de vernos los senos y las piernas.

— ¿De *verdá*? —Se tapó los ojos con una mano en broma.

— Imagino que los hombres, igual, lo saben.

— A veces. Creo que las mujeres son más sensibles en ese aspecto. Tienen, desarrollado, el sexto sentido, cómo dicen por ahí.

— ¡Puede ser!

— Dígame, ¿a quién le pagan la renta?

— A doña Ruth.

— ¿Qué no vendió la casa?

— Según, supe, solamente vendió la mitad. Esta parte todavía le corresponde. La verdad, la comprendo. Después del espectáculo que le hizo el tipo que andaba detrás de sus huesos.

— ¿Y eso?

— ¡No le contó mi hermana! Mire, según nos contaron los vecinos, porque no nos consta. El señor que la visitaba todos los días, se le declaró después de que Esther se marchó para el norte. Cómo que la señora, lo había aceptado y, el tipo, quiso alargar la mano en el asunto. Y por la reacción de la dama, parece que le puso un, hasta, aquí. Lo cortó de una. El viejo, no aceptó, el rompimiento, y se puso muy insistente. Le metió *al trago* y, todas las noches, comenzó a acosarla. Creo que todo eso la desesperó y terminó aceptando la invitación de la suegra.

— ¡Entiendo! Es decir que se fue forzada por las circunstancias.

— Según, sé, solamente se llevó su ropa y cosas personales. El resto se lo dejó a los nuevos dueños. Inclusive, creo que metió unas cosas en ese cuarto. —Le mostró el cuarto dónde él dormía.

En ese momento, Isa salía del baño y, al verlos en el patio, les preguntó:

— ¿Qué hacen?

— ¡*Cociendo botones para los preguntones*! —Le respondió la hermana haciéndole muecas de burla. ¡Curiosa!

— ¡La curiosidad hace avanzar el mundo!

— La curiosidad mató al gato.

—Tratábamos de arreglar el mundo y aclarar, un poco, las aguas con relación a la dueña de la casa.

— ¡Ya le soltó el cuento, ésta! ¡Pobre Ruth! Ese tipo se *la hizo de cuadritos*. Por eso, yo desconfío de los *intensos o arrebatados*.

—También de los tibios. ¡Nos salen con unas!

— ¡*Deja ese maíz para otro cerdo*! Piensa que eres guapa y que alguien más te apreciará. Y si no, pues. Nos quedamos para vestir santos, pero contentas.

— ¡Yo no serviría para ser monja! Sería un atentado para los sacerdotes. ¿Te acuerdas de aquel sacerdote joven que llegó al pueblo?

— ¡Cómo no me voy a acordar si estaba para comérselo vestido! ¡Era, un *papasito,* en miel!

— Sí, esos tipos no deben ser *curas*. Son, demasiada, tentación para las mujeres.

— ¡Dicen que el *bicho* de la Tere, es de él!

— ¡*Por la pinta del cachorro, se conoce el linaje del tigre*! ¡Si se lo llevaron del lugar, por algo fue!

Las mujeres se habían dejado llevar por el tema sin percatarse que, el Roro, las escuchaba con mucho detenimiento. Aquella conversación se había puesto interesante y sabrosa. De repente, las chicas *cayeron en la cuenta* y al verlo, se pusieron a reír.

— No se preocupe que así nos ponemos, cuando estamos solas.

— Ya veo. Está, interesante, lo que hablaban. ¡Yo tampoco tengo alma de cura! Me gustan demasiado las mujeres y sería una piedra de tropiezo para las monjitas.

— Para qué complicarse la vida, no.

— Los dejo porque tengo frío. ¿Usted se quiere bañar? ¡Necesita toalla!

— Sí. ¡Me presta una!

— ¡Claro que sí! Tráele una, Luisa. —Le ordenó la hermana mayor a la pequeña.

Las dos mujeres se fueron en dirección del cuarto, mientras que el muchacho se les quedó mirando. Al llegar casi a la puerta, Isa que iba por detrás, medio empujó a Luisa para que se apurara, en son de broma. La chica al sentir el empujón y ver, la risa burlona de la hermana, se le quedó mirando. Un brillo de picardía, se le dibujó en el rostro y, de un jalón, le arrebató la toalla que la cubría, dejándola en pelota. Al verse desnuda, Isa no le quedó de otra que entrar *rapidito* a la casa. Mientras, una se moría de la risa; la otra, apenada le gritaba «babosa». El Roro, por su parte, gozaba con las ocurrencias de aquellas hermanas. Le gustaba ver cómo se llevaban.

Con una sonrisa en la cara, el joven se metió al baño; eso sí, degustando la imagen desnuda de Isa. Cómo Luisa parecía *andar en las nubes*, la hermana, al ver que no le había llevado la toalla, le reprochó su falta de atención. Agarró la manta de tela de algodón con un estampado especial, la escena de una mujer echando pupusas, y se apresuró a llevarla al invitado.

La mujer tenía la intención de lavar su ropa íntima, la que había utilizado para bañarse. Colocó la pieza de algodón sobre la puerta del baño y saludó bromeando al muchacho:

— ¡Aquí le pongo la secadora corporal!

— ¡Gracias, por la *toallita*!

— ¿*Toallita*? Um… ¿No sabía que las utilizaba? — La chica le respondió en doble sentido porque de esa manera, llamaban a las toallas sanitarias utilizadas por las mujeres en sus períodos menstruales.

— ¡No se mande! Porque tendría que probarle mi hombría. ¡Y eso es peligroso porque me han tenido en cuarentena forzada!

— ¡No, le creo! ¿Acaso no hay mujeres lindas por esa zona?

— Muchas pero había decidido tomarme un tiempo de abstinencia. Algo así como alguien que desea alejarse, un poco, de un vicio.

— ¡Vicio! Eso quiere decir que las mujeres se han convertido en un vicio. ¡Interesante! Es la primera vez que escucho a un hombre decir eso. Dicen que el primer paso para sobreponerse de algo, es reconocer que se está fallando. ¿A lo mejor estaba enamorado o es un Puto?

— Enamorado… ¡No lo creo! Puto… Según, sé; se le dice a un tipo que se aprovecha de las mujeres. Algo así como el «chivo» de las prostitutas.

— También se le dice al hombre que, solamente, piensa en hacer el amor con una mujer sin importar si es fea o bonita. — Replicó la muchacha mientras lavaba su ropa.

— ¡Creo que a ese rango todavía no he llegado! Dejémoslo, en el nivel que me gustan las mujeres. No se vaya a equivocar, mi abstinencia sexual no fue por falta de deseo.

— Entiendo… sólo estaba bromeando.

— ¡Lo, sé! Y usted, según, me dijo un pajarito, hace mucho que no involucra su corazón. ¿Dejaron de gustarle los hombres o también está en periodo de abstinencia?

— Me gustan, pero el hecho de no haberme despedido de mi ex, me dejó un poco mal. Él quería hacer un hogar conmigo y, por eso, habíamos decidido no hacer el amor hasta nuestra luna de miel.

— Entiendo.

El chico no quiso ahondar en el tema porque Luisa le había contado lo sucedido con el novio. Un día, mientras celebraba con sus primos en una tienda, unos hombres armados llegaron y mataron a todos. Dijeron que fue un grupo paramilitar, el que se encarga de eliminar a los guerrilleros y simpatizantes. La gente lo llamaba: « el escuadrón de la muerte».

El silencio se hizo, pesado, para la mujer y casi, cómo pensando en voz alta, dijo:

— ¡Ésta, maldita, guerra se llevó a mi amor! Él, simplemente, acompañaba a sus primos y no andaba en esas cosas. ¡Ellos, no lo sé!

— Sí, eso sucede al estar entre fuego cruzado. Los inocentes son los que pagan el plato roto. Ambos bandos están preparados para el pleito, los que estamos en medio, no. Por esa razón, yo soy de los que no quieren esta guerra.

— ¡Creo que somos bastantes, los que no queremos esta guerra! Honestamente, no veo el fin a corto plazo. Inclusive, creo que va para largo. Escuchó la última, dicen que en *chalate* ejecutaron a unos jóvenes y que fue la policía de Hacienda. ¡Quizás, esa noticia me recordó lo de mi novio! ¡Cuántos inocentes no habrán muerto! La mayoría, son hombres. Al rato menos pensado, nos quedaremos a corto de *rejeros*.

— Es verdad que son muchos, los hombres y jóvenes que caen a cada momento, pero se sorprenderá de la cantidad de mujeres que matan. El femicidio es un cáncer que se las está llevando en silencio. Recuerde que, las leyes, han sido hechas por los hombres, somos un país machista.

— ¡Eso es verdad! Con guerra y sin guerra siempre nos dan palos y nadie alza la voz, ni la iglesia. ¡El grupo de los sin voces es cada vez más grande!

— Una buena amiga me dijo que el futuro del planeta está en la mujer y se la están acabando, por eso vamos directo al abismo. Algo de razón tenía. — El Roro trajo a su mente a la Negra.

— Es raro escuchar a un hombre hablar de ese modo; sobre todo, un joven como usted.

— Creo que es, por joven. Estoy menos influenciado por la cultura; también tengo que reconocerlo: mis amigas han sido algo especial. En esta etapa de mi vida, los amigos nos influencian mucho.

— ¡Ojalá muchos pensaran como usted!

— Eso, no es el problema, muchos lo piensan, lo aceptan pero no lo ponen en práctica. Entonces, solamente nos quedamos en el deseo. Y como dicen: «*un deseo sin acción es como una canción sin corazón*».

En ese momento, se comenzó a escuchar el sonido del viento que comenzaba a *reciar*. La fuerza con la cual llegaba, presagiaba días de polvo y sol. Las ramas de los mangos que estaban en el patio trasero comenzaron a bailar al ritmo del vals que le tocaba el *norte*. La lluvia de hojas y, algunos mangos, se escuchaba golpear los techos y el suelo.

La mujer, dijo, en voz alta:

— ¡Ahí están los vientos de octubre que todo lo descubren!

— Sí, pero ya comenzamos el mes de noviembre.

— Hasta el tiempo pareciera que está cambiando sus costumbres. —Sonrió la mujer.

En ese momento, la luz eléctrica comenzó a *pispilear* y, de repente, se fue. A los segundos volvió y el parpadeo siguió jugando a «que se iba o a que no».

— ¡Espero que no sea como la semana pasada! Se fue por varios días y, con ella, el agua potable. Se nos está haciendo costumbre. Tenemos que prepararnos. Iré a buscar unos recipientes porque de aquí que llueva; *está, verde la cosa*. ¡Y el gas propano! ¡*Miércoles*! Casi está seco. Mañana hay que ir a comprar uno.

— Si me dice: ¿Dónde? Voy a comprarlo.

— A dos cuadras, buscando al centro.

— ¡Hecho! Mañana me encargo de eso.

— ¡Gracias! No sabe el bien que nos hace porque pesa mucho, inclusive vacío.

— Mientras tanto, ¿qué hacemos para no quedarnos sin agua?

— No queda de otra que llenar todo aquello que tengamos a mano.

Se pusieron a llenar unos recipientes de plástico, mientras la hermana se hacía la desentendida en la cama. La confianza, en los *llenadores* de agua, hizo su camino y, en el trajín del acarreo, comenzaron a mojarse. Al final, ambos terminaron mojados y sudados porque, además, se les ocurrió llenar un barril de lata, esos en los cuales transportan la gasolina o el aceite. En ese instante, la luz volvió a brillar.

A eso de las nueve de la noche estaban terminando la tarea. En ese momento, se comenzaron a escuchar otros disparos pero en esta ocasión, bastante cerca; luego, le siguieron unas ráfagas y, hasta, un bombazo que hizo estremecer las paredes.

Al comprobar que aquel enfrentamiento no era nada pasajero, ambos chicos dejaron los *guacales* en el suelo y se apresuraron para asegurar puertas y ventanas. Todos los *chunches* quedaron aventados por la prisa del asunto. El hamaqueo puso nerviosa a Luisa quien se apresuró a buscarlos, por miedo.

La chica se apresuró a unirse a la pareja en la sala. En plena oscuridad, apenas se veían los cuerpos. Cuando los ojos se comenzaron a adaptar, se descubrieron con semblante serio. Sus miradas se cruzaron y una sonrisa nerviosa nació de repente. Tratando de no hacer mucho ruido, los tres se pusieron a sonreír hasta ponerse a carcajear.

De pronto, la luz eléctrica llegó de improviso y los puso al descubierto. La sorpresa, con que se encontraron, fue que Luisa estaba con un camisón transparente y mostrando todas sus bondades. Los ojos del joven no dejaron mentir lo que veía.

Isa al verla, se le quedó mirando y la puso en evidencia.

— ¡Mujer! Mira en que fachas has salido.

Luisa se volteó a ver y, al descubrirse, se cubrió con las manos sonriendo de manera inocente.

— ¡Pudo más el miedo que el pudor!

En ese momento, la luz se volvió a ir y esta vez por toda la noche.

— ¡Por mí, no se preocupe! Lo que vi, está bien puesto y agradable a la vista.

— ¡Gracias! Conste que no fue a propósito.

— ¿No, vas a ir a cambiarte?

— ¡Ya, para qué! Vio todo, lo que tenía que enseñar y, además, la oscuridad me sirve de vestido.

— ¡Sinvergüenza!

— ¡Mojigata! Ganas, te sobran. Si viera cómo anda, cuando estamos solas. Sin nada.

— ¡Cuando estamos solas y sin compañía!

— Disculpen por los inconvenientes.

— No se preocupe que dentro de poco todo volverá a la normalidad.

— Recuerden que ustedes están en su casa, yo estoy de paso. Imaginen que soy como un fantasma.

— Sí, pero ese fantasma tiene manos y, puede, tocar.

— ¡No se preocupe que no toco si no me dan el permiso!

— Eso es bueno saberlo.

— ¿Cuánto tiempo tiene planeado estar en la ciudad?

— No más de dos semanas. Entrego mi reporte y, según entiendo, me darán unas dos o tres clases más.

— ¿Imagino que pensaba quedarse en la casa de Ruth?

— Sí, pero mis planes se han venido abajo.

— Ya le dije que se puede quedar con nosotras, mientras consigue algo. ¿Verdad, vos?

— ¡Claro!

— ¡Qué lástima que no tengamos la llave del cuarto en el cual dormía!

— Sí, verdad. Aunque… ¡No, sé!...

— ¿Qué está pensando?

— Pensaba que podría intentar abrirlo, pero no sé si Ruth se enojará.

— ¡Yo no creo! De la manera cómo se expresaba de usted, parecía que lo apreciaba mucho.

— Yo, también, la aprecio mucho.

— ¿Se llevaban muy bien verdad? Y, por casualidad, ¿no pasó nada más entre ustedes? Mire que no está nada mal.

— ¡Está muy bien conservada y no tiene nada que envidiarle a otras mujeres!... —Evadió la pregunta.

— ¡Es reservado, con el asunto de las mujeres, por lo que veo! — Agregó Isa y la hermana lo confirmó.

— Para mí, es importante mantener en privado cada relación sentimental. Es algo mío y no es para compartir. Cada, momento, es un regalo eterno que lo guardo en lo más profundo de mi corazón.

— ¡Y nos salió romántico el muchacho!

— Les pregunto: ¿Les gustaría que anduviera comentando lo que pasa, aquí en estas cuatro paredes? No verdad. Lo que aquí pase, aquí se quedará.

— Sí, así tiene que ser. — Las dos mujeres lo dijeron al unísono.

Siguieron platicando sentados alrededor de la mesa de madera; luego, al ver que la luz no volvería, encendieron unas *rezadoras*, velitas que ponen a los santos.

La luz, amarilla y frágil, iluminó un pequeño altar que se encontraba en una esquina de la habitación. La imagen de un santo se había caído, quizás por la remecida del bombazo. El Roro lo notó y dijo:

— ¡Una de ustedes anda buscando novio! Tiene a san Antonio de cabeza.

— ¡No es san Antonio! Es la virgen de Guadalupe. Le rezamos a nuestra madrecita para que nos cuide. — Dijo Isa.

— ¿Son muy religiosas?

— Que digamos que bruto, no; pero, tampoco, somos ateas. Vamos a la misa todos los domingos.

— ¿Y usted?

— Cómo el noventa y nueve por ciento de la población. Católico por el bautismo pero nada practicante. Sólo voy a la iglesia por boda o muerte, también he ido por la confirmación. — El tipo se acordó de Esther.

En ese momento, se volvieron a escuchar disparos. Se quedaron callados, escuchando el traqueteo exterior; luego, las mujeres respiraron, cómo diciendo que todo seguía igual.

— ¡Creo que es hora de dormir! — Dijo Isa.

— Hemos decidido que: usted se quede en mi cama y, nosotras, en la otra. Se la prepararé, no vaya a ser que encuentre algo personal. — Sonrió Laura porque era, un poco, descuidada y, seguido, dejaba sus prendas íntimas bajo la cama o la almohada.

— No tienen ¿por qué molestarse? Me puedo quedar en cualquier rincón.

— ¡No! ¡Cómo va a creer eso!

— Además, el piso es muy duro y puede pasar alguna cucaracha. — Luisa hizo una señal de mal gusto.

— ¿Espero que no le tenga miedo? — Sonrió pícaramente Isa porque lo decía con doble sentido. De esa manera se llama a la parte íntima de una mujer.

— ¡Para nada! —Sonrió. ¡Ambas, han sido mis compañeras de toda la vida!

— ¡Es bueno saberlo!

En ese momento, Luisa agarró la velita que estaba en el centro de la mesa y, al estar cerca del cuerpo, la luz le hiciera una especie de «rayos equis». La bata se volvió transparente y mostró claramente sus senos desnudos.

El Roro se le quedó mirando sorprendido e Isa lo observó. Con cierta envidia le dijo:

— ¿No está mal, verdad?

— No es tamal. — Respondió el Roro con cierta sonrisa coqueta y jugando con las palabras.

— ¿De qué hablan? — Se les quedó mirando con aire de «*los conozco moscos*»

— De lo pendejo que fue tu novio. No sabe lo que se perdió.

— Ni me lo recuerdes que no vale la pena. — Le respondió, un poco contrariada.

— Lo quería mucho, pero dudo que estuviera enamorada. Creo que lo que tiene es que está resentida o dolida cómo mujer. ¡Ya se le pasará! — Le susurró la hermana al chico.

— ¡Lástima! Porque, viendo la obra de arte, el tipo hubiera compuesto la mejor sinfonía.

— ¿Usted se hubiera negado?

— No lo creo, no soy tan fuerte en ese campo.

— ¿Usted se lo hubiera dado?

— Antes no. Hoy, sin dudarlo. Todavía tengo el sentimiento de no haberlo hecho.

— Eso pasa en la vida. Por eso, pienso que no hay que dejar pasar las oportunidades porque puede ser que no vuelvan a repetirse.

— Creo que, en cierta manera, tiene razón. La próxima vez, trataré de no olvidarlo.

En ese instante, la hermana volvía con varias sábanas en las manos, una toalla sobre sus hombros para taparse los senos.

— ¡Creo que con esto no pasara frío!

— Con estos calores, no creo que pase frío.

— No crea, por la madrugada se pone muy fresco. Es mejor tener algo para protegerse.

— Es verdad, en mi primera visita a la ciudad, lo comprobé.

— ¡Bueno! Entonces, le deseo, buenas noches.

— ¡Gracias! Igualmente. Una pregunta.

— Diga.

— ¿No les molesta si me quedo en ropa interior? No tengo pijama.

— Para nada, si a usted no le molesta que nosotras durmamos desnudas. — al ver la expresión del chico, sonrió y agregó: ¡tranquilo! No se la vaya a creer. Mire que somos dos y está en desventaja. —Isa seguía bromeando bastante fuerte.

— Tiene razón. Mejor me quedo tranquilo. No se preocupen, dormiré, como mansa paloma.

— No nos preocupamos, debajo de la almohada tenemos un machete.

En ese momento, los tres se fueron a sus cuartos respectivos. A la media hora, aquel enfrentamiento cayó sus voces dando paso a un, misterioso, silencio. Se podían escuchar los pasos de los grillos atravesando los pasillos. En ese tiempo, las hermanas siguieron conversando mientras el invitado las escuchaba. Isa trataba de levantar la moral a la hermana y ésta, le decía que lo seguía queriendo.

Al rato, las voces de las mujeres se callaron y pareció que se durmieron. Mientras tanto, el Roro peleaba un poco con el sueño y con la cama. El problema era que en cada movimiento, los resortes de la cama se ponían a rechinar. Eso lo ponía un poco incómodo porque podría despertar a las chicas.

Al rato, se comenzaron a escuchar algunos ronquidos en el cuarto de las mujeres. Una de ellas, provocaba aquel sonido. Luego, se escuchó que alguien se levantaba; a los segundos, un bulto pasaba frente a la puerta del chico, medio se paró en la puerta y siguió su camino. La puerta de entrada se abrió y un silencio extraño lo siguió.

Al Roro, aquella actitud le pareció extraña. Paró las orejas y pudo deducir que la muchacha había salido de la casa. Supuso que regresaría por dónde había pasado, pero pasaron los minutos y no apareció.

Decidió ir a averiguar si todo estaba bien. Al salir del cuarto, la encontró sentada de espaldas a una pared de la casa mirando el cielo estrellado. El viento seguía soplando aunque con menor intensidad. Al verlo, se le quedó mirando. Sus ojos brillaron en la oscuridad y, el joven, supuso que era una secuela de problema con el novio.

— ¿Está bien?

— Sí, no se preocupe. No podía dormir. En lugar de estar dando vueltas en la cama, decidí salir a ver las estrellas. ¿Lo desperté? ¡Lo, siento!

— No me despertó. Apenas me había metido a la cama. ¿Puedo acompañarla?

— Solamente, si me ayuda a terminar esta botella y no me sermonea. —Le mostró una botella de licor que tenía escondida en medio de sus piernas.

— Si acepta unos dos tragos, me quedo. No soy bueno para beber.

Rodrigo había salido, solamente, con una camiseta blanca cubriendo apenas su calzoncillo.

— ¡Espero que no le moleste que esté, así!

— Si a usted no le molesta, cómo estoy.

— Para nada.

La mujer tenía una toalla sobre las rodillas para resguardarse un poco del sereno de la madrugada. El joven se acomodó al costado y, al hacerlo, la camiseta blanca se le subió al estómago dejando ver el color blanco del calzoncillo.

— ¡Así que está tomando! ¿Qué toma?

— ¡Espíritu de caña!

— ¡Ése es matador! ¡Vaya que quiere ahogar eso que trae encima!

— A veces, ayuda. Dicen que las penas se pasan mejor ablandándolas con el licor.

— ¡Eso, dicen! Aunque no estoy seguro. Prefiero sacarlas a volar para que el viento se las lleve.

— Ahora hay mucho. —Se quedó mirando la copa de los árboles.

— Creo que es un buen momento para sacar las *piscuchas* y enviarle los mensajes. ¿Ha elevado alguna vez, una? En mi pueblo, en estos días, es casi una tradición.

El chico se sentó al costado de la mujer y reclinó las rodillas imitándola. Luisa le ofreció, la botella, para que *se echara* el primero.

— También en mi pueblo lo hacen pero yo nunca pude hacerlas volar; menos, enviar mensajes a través del hilo.

— Es fácil, como todo en la vida es con la práctica que se logra el éxito.

— ¡Me parece muy maduro para su edad! Tiene alma de maestro.

— ¿Espero que ningún profesor le haya hecho sufrir?

— Ninguno. De todos, tengo buenos recuerdos.

— Eso me tranquiliza.

— ¿Por qué?

— Si uno de ellos le hubiera roto el corazón, por ejemplo. Mi presencia no sería muy buena que digamos.

— ¡Espere! —Hizo el gesto de pensar. Ahora que recuerdo, un desgraciado me robó el corazón. —Lo dijo bromeando.

— ¿De verdad? Espero que lo haya recuperado. —Le siguió el juego para entrar en confianza.

La mujer se empinó la botella y, después del sorbo, puso mala cara.

— ¡No sé cómo pueden tomar esto! Quema, hasta las agallas.

— Sí, es fuerte el «Espíritu de Caña». —Era la marca del licor.

La muchacha se le quedó mirando, a la botella, y se la colocó sobre las rodillas dobladas. Luego, soltó una sonrisa que llevaba mucho embrollo en su sentir. Sin mirarlo, le preguntó:

— ¿Usted cree que soy bonita? Digo, ¿piensa que un hombre se puede fijar en mí cómo mujer? ¿Por qué me pasan esas cosas? —Unas lágrimas brotaron de sus ojos.

— Eso ni dudarlo. Es muy bonita. Tiene lo suyo. Si me permite decirle algo —siguió sin esperar el permiso. En muchos casos, como el suyo, pienso. El problema no está en usted; quién tenía el problema, era su novio. No debió utilizarla para ocultar su tendencia. Imagino que fue por la presión que ocasiona esta sociedad. Usted no tiene nada que reprocharse, no se preocupe que ya saldrá alguien que la aprecie y la ame.

— En este momento, sólo, quiero que me aprecien, cómo mujer; el amor vendría después. —Se tomó otro trago. ¡Me siento mal! Casi basura. —Puso la botella entre sus piernas atrapando, con la acción, la falda de la prenda. Sus piernas quedaron, bastante, descubiertas.

— ¡No se siente mal! Usted, no es basura. Es verdad que ha caído pero pronto se levantará. Si me da permiso, le ofrezco mi mano para levantarse. —Le colocó la mano sobre la rodilla que tenía más pegada a él.

El Roro, hizo aquel gesto, con la intención de medir terreno. Luego, se puso a mover uno de sus dedos haciendo pequeños círculos. La chica quedó mirando la mano y puso la suya sobre la de él, la apretó inmovilizándola.

— ¡Gracias!

Un silencio se disfrazó de invitado, sorpresa y, en ese instante, la mujer se puso a sobar la mano de su acompañante. Luego, le dijo:

— ¡Tiene manos delgadas! No son ásperas. Pensé que eran más toscas, por ser del campo. —La volteó y, suavemente, se puso a sobarla. Después, la atrapó con sus dos manos y llevándola cerca de su rostro, se puso a olerla.

El Roro había dejado caer sus piernas desdoblando las rodillas. La mujer sonrió, y delicadamente la colocó sobre el abdomen y, dando media vuelta, buscó el rostro del joven. Al mismo tiempo, dejó caer la pierna doblada sobre las piernas estiradas del Roro. Al depositar su pierna sobre la otra pierna, le envió una señal sin rodeos. La mano del joven, con el movimiento de la pierna, se dejó caer por todo lo largo y ancho del muslo femenino. Se puso a acariciarla, delicadamente, con el borde de sus dedos.

En ese instante, las miradas se clavaron y, quizás, sin pensarlo; la mujer se puso a mover su pierna de un lado al otro, provocando que la mano se acercara a su cintura delicadamente y, con la misma, se alejara. En ese vaivén, buscó el rostro y se puso a acariciarlo.

— ¿En verdad, me quiere ayudar? —Le preguntó sonriendo con ojos seductores.

— ¡Solamente, si en verdad lo desea! — Apartó la botella que la mujer tenía entre sus piernas. Todo eso, sin quitarle los ojos de sus ojos.

— ¡Por favor no se detenga! —Le dijo bebiendo el último sorbo para no *echarse hacia atrás*.

— Con una condición, usted decide: cuando se sube.

— ¡Aceptó!

El Roro deslizó uno de los tirantes y se puso a besarle el hombre, subió su mano colocándola sobre el seno más cercano. Con el dedo índice, se puso a coquetear con el pezón, haciendo pequeños círculos a su alrededor. La mujer, al comenzar a encenderse, respiró fuerte y provocó que su seno saliera. La mano cayó, completa, sobre el volcán que crecía como la espuma, buscó los labios y se unieron en un beso sublime.

Aquel beso se hizo eterno; mientras, las manos hacían lo propio. Cuando su prenda interior estaba colgando de un pie, la mujer le pidió permiso para subirse al caballo. Bajo aquella luna blanca deseaba cabalgar como Dios la había traído al mundo.

La noche en su misteriosa, magia, los miraba con dulzura, el movimiento rítmico de aquellos cuerpos buscando un placer profano causaba envidia de la buena. Se musitaba en el tiempo, una resurrección prodigiosa; era casi milagrosa aquella escena, bajo el compás de un misterio que la vida ofrecía. No había papeles que firmar, solamente un deseo buscando florecer. No había promesa que compartir, sólo un instante del vivir; no había pasado ni futuro; solamente, el presente a murmurar.

Ambos regresaron a sus camas, casi tocando la medianoche. Los vientos de octubre arrastraban todo lo que se le ponía por delante. A su paso, llevaba algunos retazos que en su lecho sobraban. Antes de decirse «feliz noche» se unieron en un último beso sin reproche; quizás, queriendo sellar aquel momento de inspiración.

Aquella semana pasó rápido, las noches, se hacía cómplices de un encuentro deseado. La hermana mayor que no era tonta, se hizo *la del ojo p*acho y se convirtió en la *alcahueta* de su *hermanita*. Ella sabía que aquellos encuentros nocturnos le estaban ayudando mucho, el cambio se notó rápidamente durante el día. Su rostro mostraba una enorme mejoría.

Esa semana, el Roro, se las ingenió para abrir el cuarto pegado a la casa de Ruth y liberando a las chicas con una de sus camas. Eso sí, solamente lo utilizaba para dormir porque no deseaba que los nuevos dueños se dieran cuenta. Las dos semanas pasaron, tan rápido que, cuando menos lo pensaron, estaba llegando a su fin.

María Luisa, inclusive, en un arranque de sentimentalismo arrancó para su pueblo porque le agarró un deseo inmenso de ver a sus padres. Quizás, a sabiendas que el joven se marcharía, no deseaba despedirse para guardar aquellos momentos, como algo sagrado.

La última noche, Isa y el Roro cenaron juntos. Salieron al patio a tomarse el café bajo el cielo estrellado. Ese día, los vientos de octubre, tomaron descanso dejando a su paso una reguera de hojas, flores y frutos. Las balas comenzaron a murmurar un, posible, ataque; pero, la costumbre dejó sin efecto aquellos destellos de guerra.

— Los días pasan y esto no cambia. —La mujer se refería a las balas que se escuchaban en la distancia.

— ¡Parece que no!

— ¡Cree que un día podremos tener un poco de paz!

— ¡Está, verde el *bolado*! Personalmente, no veo fin a corto plazo. Lo que queda es seguir viviendo bajo las balas y rezar que una de ellas, no nos caiga.

— Debe ser horrible morir por una bala perdida o estar en medio de fuego cruzado.

— ¡Pienso, lo mismo!

— ¡Gracias por ayudar a mi hermana! —La mujer le dio a entender que sabía lo que había pasado entre ambos.

— ¡Es una mujer bella! ¡Al igual que usted!

— Me dio hasta envida, de la buena, observarla sonreír después de verla llorar.

— Debería sonreír más seguido, su sonrisa es hermosa como la de ella. Son dos hermanas muy lindas.

— ¡Creo que ella es más linda!

— No lo creo. Usted es hermosa.

— ¿En verdad, lo cree?

— No tengo dudas. Sabe, me hubiera gustado tener más tiempo para conocerla. Creo que compaginamos mucho.

— ¡También, lo pienso! ¿Mañana se va, verdad?

— Mañana.

— ¿No volverá por estos lados, verdad?

— No lo creo.

Un silencio, un poco extraño se apoderó de aquel momento. Parecía que las palabras no querían salir. De repente, la mujer se puso de pie y camino hacia el centro del patio. Se puso a ver el cielo estrellado y se puso a dar vueltas, como un pequeño trompo. El Roro la observaba deliciosamente sin decir nada. En su mente observaba una muñeca musical danzando armoniosamente. El tipo, se levantó, y se dirigió hacia la bailarina. La tomó de la cintura y, la mujer, se detuvo; lo miró y colocó sus manos sobre los hombros. Ambos se pusieron a bailar bajo las estrellas. En un momento dado, mientras la mujer se lanzaba de espaldas aprovechando que la tenían agarrada de la cintura, cerró los ojos y se dejó llevar en un círculo encantado. Poco a poco, se enderezó y la boca del muchacho comenzó a poner los labios sobre la piel de la mujer. Todo iba de maravilla, hasta que un recuerdo profano invadió el espíritu de la dama, le trajo insurgente al novio, asesinado. De inmediato, su rostro cambió. Unas lágrimas salieron a la luz y apartándose lo dejó solo para refugiarse en su cuarto.

El Roro se quedó mirándola y prefirió meterse al cuarto, un poco triste. No sabía si su actuar, le había dañado. A eso de las once, el chico escuchó unos pasos y el ruido de la puerta de la habitación de la chica. Supuso que se había levantado. Dudo en salir y prefirió que ella tomara la iniciativa. A los minutos, los pasos se acercaron, delicadamente, hasta llegar frente a su puerta. Un pequeño suspenso se apoderó del ambiente.

La puerta, no estaba cerrada. La mujer, la empujó, suavemente. El Roro que estaba atento, vio como la silueta de la mujer se dibuja con la luz de la luna, bajo el marco de la puerta. El joven, para no asustarla, prefirió hablarle.

— ¿Está bien? —Le preguntó suave.

Al mismo tiempo, se sentó sobre el borde de la cama.

— ¡Hola! ¿Está dormido?

— ¡No estoy dormido! ¿Quiere entrar?

Al ver que se tardó unos segundos, agregó:

— ¡Sabe! Estaba esperando que viniera. Hasta, parece que sueño.

— ¿De verdad? Y en sus sueños ¿qué se supone que hago?

— Llegó a la puerta y me preguntó si dormía. Luego, me pidió permiso de meterse en mi cama diciendo que no deseaba perder la oportunidad de hacer algo que ambos deseábamos. Se quitó la ropa suavemente dejándola caer a sus pies y se cobijó con mi cuerpo.

— ¿Puedo entrar? ¡Tengo frío en el alma!

Sin esperar respuesta, siguió, paso a paso, la secuencia antes descrita. Se acomodó suavemente a su costado y agregó:

— ¡Escribamos un momento inolvidable!

Desde ese momento, aquellos dos jóvenes se entregaron por primera vez a los caprichos del amor. Ambos no se quedaron con las ganas y, juntos, exploraron la belleza de una oportunidad. A las seis de la mañana, la mujer estaba saliendo del cuarto con la sonrisa fresca en su rostro.

Ese día, Rodrigo agarró rumbo a su pueblo con la satisfacción de haber finalizado un ciclo en su vida. Había finalizado su formación como profesor. Su idea era pasar las fiestas de fin de año al lado de sus padres y, porque no decirlo, recuperarse emocionalmente. Por suerte, en ese lado del país, la guerra, como tal, se había movido a las calles de las ciudades.

Al finalizar el mes, la noticia que las diferentes fracciones izquierdistas estaban tratando de unir fuerzas, dejaba presagiar un nuevo año complicado. Aquellos rumores se intensificaron cuando un grupo de subversivos, secuestró al embajador de Sudáfrica. Aquella noticia, sembró revuelto en todo el territorio nacional e internacional. Las muertes de algunos poderosos y *ricachones* del país, no habían logrado llamar tanta atención.

Todo indicaba que aquella guerra, iba para largo. La gente se sentía atrapada entre el fuego cruzado de dos bandos que, poco a poco, la asfixiaba.

«Qué horrible es gritar y que nadie, te haga caso»

EN BUSCA DE LA NEGRA

Cuando el Roro llegó a su pueblo, se encontró con varias novedades. Poco a poco, aquel lugar iba cambiando de fisonomía. Muchas caras nuevas y un flujo comercial que se hacía notar fácilmente. Lastimosamente, para el chico, sus amistades cercanas no seguían en el lugar. Ese hecho, le comenzó a provocar un poco de incomodidad. Esas primeras semanas, se las pasó trabajando, en el campo, con su padre tratando.

De la Negra, no sabía gran cosa y no había podido hablar con la madre. Curiosamente, la tienda, solamente, estaba abierta durante el día y atendida por una chica del lugar. Según, le contaron, la señora se la pasaba viajando. Los chismes decían que visitaba brujos o curanderos.

Un día de tantos, casi al finalizar el mes, su hermanita menor, le comentó que había visto en la tienda a la señora y que se miraba bastante demacrada. Parecía, enferma. Al escuchar aquella información, se dijo: « al rato me daré una *escapadita* para visitarla.

Los chismes comenzaron a volar rápidamente diciendo que la señora tenía SIDA por ser puta. El joven, al escuchar aquellos comentarios, se enojó porque la gente, *sin querer queriendo*, levantaba falsos. Ellos, no se daban cuenta de que con sus «*rajadas*», hacían mucho mal. El prestigio de una persona estaba en juego. Lastimosamente, esa manera de proceder era parte cultural del país.

Esa noche se fue directo al lugar después de cenar. Cuando estuvo frente a la mujer, se llevó la sorpresa de su vida. La descripción que había hecho la hermanita, se quedó, corta. Trató de disimular su impresión pero fue difícil ocultar aquel impacto emocional. La dama, sin hacer un drama, se lo contó de una manera tranquila y serena. Sin andar por cuatro caminos, le dijo que tenía cáncer en un seno. En ese momento, seguía un tratamiento de quimioterapia y, ésta, había comenzado a mostrar sus efectos secundarios: caída de pelo, nauseas, vómitos, pérdida de apetito, cansancio, etc. La mujer presentía que su muerte se aproximaba a pasos agigantados.

Según, le comentó, los médicos no tenían mucha esperanza porque aquel tumor se lo habían detectado un poco tarde. Morir no le causaba mucha pena, porque sabía que era una parte del ciclo de la vida. Lo que sí, lamentaba un poco era que le pasara antes de ver a su única hija. La Negra brillaba por su ausencia y, lo peor, era que ellas se habían separado, enojadas. En ese momento, ella no sabía exactamente donde se encontraba.

Le contó su versión de los hechos y su desenlace. La hija había decidido marcharse de un día para el otro. La única información que manejaba era que había estado con su amiga en el lado norte del país vecino. Cuando quiso saber de su hija, la amiga le comentó que, solamente, estuvo, con ella, unos días. Luego, se marchó sin decirle a donde iba para evitar que la madre lo supiera.

Al ver el sufrimiento de la madre, se puso sentimental y recordó la promesa que hizo a su amiga: « te buscaré hasta por debajo de las piedras, si sé que no te encuentras bien». Lo había dicho casi bromeando, pero sintió la necesidad de buscarla. Se ofreció para buscarla y armó su viaje a tierras *chapinas*.

El chico habló con sus padres y les dio las razones para su viaje. Sus progenitores no estaban totalmente de acuerdo porque según las informaciones, el narcotráfico estaba haciendo de las suyas en el país vecino. Por suerte, su hermano menor llegó a visitarlos para presentarles a su novia, Lupita, la hija del padrino. Esa visita, cambió los aires y sembró alegría en aquella casa. De paso, le contaron que Alejandra se había ido a estudiar la carrera de agronomía, a Nicaragua.

Al día siguiente, el Roro atravesó la frontera, por el lado de la Hachadura, y se dirigió a la ciudad de Escuintla. De ahí, a la capital *chapina*, para luego dirigirse a su destinación final: Puerto Barrios. Era un trayecto, bastante largo y tedioso, sobre todo si se viajaba en bus. Sin darse cuenta, en uno de los retenes del camino, perdió la dirección de la amiga de la madre de la Negra.

En sus planes, pensaba hacer un viaje de una semana, no más. Su idea era volver antes de las fiestas de fin de año para pasarlas en familia. Él no contaba con que la vida le reservaba otras sorpresas.

En su camino, el chico pensaba que, al menos, dejaría de lado todo lo relativo a la situación política del país. Esa guerra que nadie quería, salvo aquellos que *buscaban rascar* algo por medio de ella. Después del secuestro del embajador, la mirada internacional se volcó hacia el Pulgarcito de América, algo que buscaban los izquierdistas para buscar legitimidad en su lucha.

Puerto Barrios estaba ubicado en la Bahía de Santo Tomas, en el departamento de Izabal. Este puerto daba entrada a todos los barcos que entraban por el Mar Caribe. Los lugares cercanos, más conocidos, eran: Santo Tomas de Castilla, Morales, Bananera, Tenedores, Río Dulce y Livingston.

Al llegar al lugar, entrando la noche, se dio cuenta rápidamente que aquella zona era bastante agitada y alegre, los bares estaban por todos lados. Por primera vez en su vida se sintió raro, como un lunar en vaso de leche o un grano quemado en medio de un plato de arroz. La mayoría de la gente, era de raza color negro; quizás, por la cercanía de las islas caribeñas.

En la terminal de buses, pidió información sobre algún hospedaje para pasar la noche. Le indicaron, más o menos, por dónde ir para buscar los más cómodos. De ese modo, se comenzó a mover por entre la gente que transitaba la calle de tierra.

Mientras caminaba, se daba cuenta de que la zona era: *caliente*, es decir, peligrosa. Varios intentos de riña y asalto, lo pusieron un poco nervioso; por eso, decidió buscar hospedaje rápidamente. Así que lo primero que encontró, lo alquiló.

El lugar se llamaba: «La posada del viajero». Un hospedaje de mala calidad y que olía a viejo. Aquel lugar no le daba mucha seguridad, pero, como dicen, «si la necesidad aprieta, se aguanta». Queriendo darse *garabato*, se dijo: «una noche pasa rápido. En peores lugares me he quedado». —Pensó en aquella noche que pasó bajo las hojarascas del jardín de la catedral de Santa Ana.

El cuartucho de paredes de lámina y cama de resortes oxidados, no daba mucha seguridad y deseos de acostarse. La bulla al exterior era muy fuerte que parecía que estaba dentro del relajo. El chico se preguntaba si esa noche lograría pegar el ojo.

Para evitar malas sorpresas, sacudió el camastrón y colocó algunas prendas sobre el colchón. De todas maneras, con el calor que hacía, posiblemente, no necesitaría cubrirse. Se acostó queriendo dormir. Comenzó a dar vueltas en la cama y después se unieron las tripas pidiendo algo de comer. El ruido de la calle y las tripas terminaron levantándolo. Decidió salir a buscar algo para comer. Siendo un puerto se imaginó que los mariscos y pescados estarían a la orden del día.

Llegó a un pequeño comedor callejero y se sentó, como no conocía gran cosa de la comida, decidió pedir algo barato. La chica que lo atendió, rápidamente, reconoció el timbre de voz identificándolo como *guanaco*. La *mona* también era de tierras del Sur, como le decían a las personas que llegaban de El Salvador.

Le jovencita le sugirió comer un plato llamado: «*machaca* frita». Dicho plato tenía: la machaca, pescado con espinas en su cuerpo; arroz mezclado con frijoles color café. El pez había sido frito con aceite de coco.

La misma dependiente le sugiero que para la próxima vez probara un plato llamado «tapado». Ella le aseguró de que no lo decepcionaría. Cómo era el último cliente de la noche, la jovencita se le acercó para conversar un poco con el visitante. Siendo *guanaca*, le interesaba saber cómo seguían las cosas en su terruño querido. Ella había sido, una de muchas que habían salido huyendo de la guerra.

El Roro le dio su versión que no pintaba color de rosa, más bien a agridulce. Ella pensaba que era otro compatriota que había salido huyendo. El chico aprovechó para saber si conocía o había escuchado de la Negra. Ni con el sobrenombre ni con el nombre de pila obtuvo información.

Mientras platicaban, llegó un joven con algunos tragos encima. Su cara lo delataba aunque se mantenía firme. Eso, sin contar *la patada* que se manejaba, aquel olor a licor le salía de todos los poros de la piel.

La jovencita, lo conocía y, por el tono de voz con el cual lo recibió, hasta le agradaba. Se levantó de la mesa y le dijo:

— ¡Torito! Está cerrado.

— ¡Tan temprano! Mi vida, sólo quiero una «*levanta muertos*».

— No tenemos nada.

— ¡Cariño! Querer, es poder. Si me haces la sopa, te pago el doble y, hasta, en especie… si deseas. ¡Te acuerdas!

— ¡No, sé! Le preguntaré a la doña.

— ¿Está en la cocina?

— Sí.

— Entonces, déjame preguntarle.

El tipo, un moreno claro de ojos gateados, se marchó con una sonrisa pícara. La chica se le quedó mirando y puso una mirada de aquellas que *babean por alguien*. Desde que vio a la dama, el seductor, comenzó a piropearla con una sonrisa que denotaba seguridad en su actuar. Al principio, se escuchó unos reclamos airados pero, con la misma, comenzó a escucharse una sonrisa de coqueteo que terminó en un desparpajo de trastos.

El Roro que no había perdido palabra, soltó una breve sonrisa que indicaba que adivinaba todo lo que estaba pasando. La mujer al regresar a la mesa, no pudo dejar de sonreír, al sentirse descubierta. Bajo aquel alboroto detrás de cámaras, trataron de seguir la plática.

Le dijo que era un conocido de la zona y un buen tipo. Al rato, se escucharon las risas de una mujer y, casi de inmediato, los ruidos rítmicos que indicaban que una pareja estaba haciendo el amor, no muy lejos del lugar. La dependiente, simplemente, sonrió y dijo:

— ¡Éste, siempre, se sale con la suya! ¡Es un Puto, pero todas lo adoran! ¿Quiere algo más?

— No. Estoy satisfecho. Mejor, ¿dígame cuánto le debo?

El joven pagó la cuenta y se marchó del lugar. A esa hora de la noche, solamente, andaba en la calle gente enfiestada y alegre. Se fue con la idea de tratar de descansar un poco porque a esas alturas de la noche, el cuerpo le exigía un poco de reposo. En ese momento, no tenía idea por dónde comenzar a buscar a la Negra. Ahí, ya se había dado cuenta que había perdido el nombre y la dirección de la amiga de la madre de su *chera*.

Al llegar a la pensión, la situación bulliciosa no había cambiado en lo absoluto. Entró y se acostó, logró dormir cierto tiempo pero unos ruidos en la habitación contigua lo despertaron. Sus vecinos comenzaron a hacer el amor. Aquel revoloteo era muy fuerte, parecía que la cama la tenía a su costado. En verdad, una lámina muy delgada era la que servía de pared entre las dos habitaciones. Cómo a la media hora, aquel relajo se calmó.

La situación cambió bruscamente, como dicen: «Después de la calma; viene, la tempestad». A eso de la medianoche, una discusión fuerte lo despertó, con sobresalto incluido. Los insultos y golpes eran de película. Se escuchó, a un hombre, decir que lo habían jodido. En cierto momento, un golpe sobre una puerta movió, la estructura de lámina. Al pleito, se unieron las voces de otros hombres, y se armó un relajo de película.

Al Roro no mucho le gustó aquel *bolado*, se puso alerta y se sentó, en el borde de su cama. La idea de salir a ver qué pasaba, le pasó por la cabeza. Por experiencia, él sabía que: a *los metidos*, nunca les va bien. Así que se quedó a la espera, parando sus orejas. Eso sí, puso su mochila muy cerca y, como dicen: «listo y dispuesto para cualquier sorpresa». El chico puso en práctica el refrán que dice: «Hombre, preparado; vale por dos».

El pleito se puso interesante y bastante belicoso. Dio la impresión que se habían salido del cuarto y se habían puesto a pelear frente a la puerta de su cuarto. Aquello pasó de lo tibio a lo caliente. Y cómo, dicen: «A veces, uno no la busca; le cae del cielo». Aquel barullo no necesito de invitación, se invitó a su cuarto. Una patada, tiró la puerta y entraron, en tromba, *los pleititos*.

Eran tres tipos y una mujer contra un hombre en calzoncillos. Le estaban *echando la vaca*, pero el tipo se *defendía con patada y mordida.* Tenía, a uno, agarrado del cuello y con los otros, se agarraba a puño limpio. La mujer, simplemente, *ajotaba* a sus compinches para que no *le dieran agua* al tipo que trataban de joder.

El Roro no quería intervenir en el pleito, se puso de pie y se quedó observando la situación. De repente, uno de los tipos la agarró contra él. Así que no le quedó otra que defenderse. En ese momento, la mujer se metió al pleito y la riña se puso buena. Por suerte, el tipo en calzoncillo noqueó al que tenía del cuello y, con el otro, le fue más fácil. La chica, quiso pegar un botellazo al enemigo pero el tipo se quitó el pencazo por milímetros. Al mismo tiempo, le recetó un puñetazo que la mandó a la lona. Un poco *zurumba*, se levantó y salió del lugar «patas pa' qué te quiero».

El Roro, al verse inmiscuido en el asunto, no lo pensó mucho y se dijo: «Si entro, *al ruedo*; tiene que ser con todo y sin miedo». Eso lo había aprendido con el Cipitío.
Así que se fue con patada en los testículos, *mandando a la lona* al tipo. En ese momento, el hombre que había caído casi, asfixiado, se disponía a atacar por la espalda a su enemigo. Como lo tenía delante suyo, le recetó la misma medicina, rematándolo con un «puntazo del pie» entre las costillas y el estómago.

A un momento dado, ambos peleadores se quedaron quietos viendo, a los vencidos, tirados en el piso. Al verse, casi entran a puños porque el chapín pensó que era otro que enemigo.

El Roro, al ver que iba contra él, alzó sus manos para detenerlo y le dijo:

— ¡Tranquilo, *chero*! Yo no tengo nada que ver en este entierro, a mí me metieron sin avisar.

El tipo, al escucharlo, reconoció que el joven no era de esa zona. Inclusive, identificó de dónde venía y le dijo:

— ¿Qué ondas, guanaco? ¿Qué traes?

— ¡Nada, *chero*! Como, le dije: yo estoy, de pasada y se me metieron al cuarto. Para postre, se la querían desquitar conmigo.

— ¡Por lo que veo, sabes defenderte!

— Más o menos.

— ¡Yo te conozco, *patojo*! — De ese modo llaman a los jóvenes en Guatemala.

— ¡Yo, también!

Se quedaron viendo por unos segundos y, después, el guanaco cayó rápido.

— ¡Ya me acordé! Usted es, a quien le dicen: el Toro. Nos vimos cuando llegó al comedor cerca del parque.

— Ya, me acordé. Vos estabas con la Toya. — Así se llamaba la dependiente del lugar.

— Sí, soy yo.

— ¡Bueno, chero! Ya que estás metido en esta mierda. O me sigues, o te joden. Los «*cuques*» no tardaran en venir. Y eso cabrones no andan con cuentos. — Los cuques eran los soldados del ejército y eran considerados muy malos.

— ¿A dónde?

— ¡Salgamos de aquí! Por ahí tengo una «*cicle*». — El tipo utilizaba una bicicleta para movilizarse.

El chico agarró su mochila y se pegó al chapín. Al escuchar que los militares se acercaban, salieron, disparados, por las ventanas para que los militares que estaban, llegando, no los capturaran.

Desde ese momento, el chapín se hizo amigo del guanaco. Lo apodó «El *Chero*» porque no dejaba de decir esa palabra. El tipo era un «Don Juan» y tenía mujeres por todas partes. Según, le comentó, el sobrenombre venía de su afición de comer huevos de toro. De acuerdo con la creencia popular, los testículos del animal daban mucha virilidad al que los consumía. Y por lo visto, a lo mejor ese hecho tenía mucho que ver con la popularidad de aquel individuo.

Ambos corrieron del lugar saltando jardines y escurriéndose en los callejones hasta llegar a las vías del tren. Ni los perros ni los gritos de los habitantes detuvieron a aquellos fugitivos. Esa noche, no podían quedarse en el puerto porque, seguramente, los andaban buscando y no con muy buenas intenciones.

El Toro, por su experiencia en esos *andares*, se las podía todas. Por eso, le dijo:

— ¡No te *agueves*, *guanaco*! Sígueme que pronto estaremos en mi casa.

— ¿Está lejos?

— Unos kilómetros hacia el Sur pero métele a trote porque tenemos que llegar al puente, sino el monstruo nos jode.

Aquella última frase, lo dejó en las nubes. Se preguntaba a qué se refería con relación al monstruo. Claro que, la respuesta a aquella duda, muy pronto la conocería.

El Roro no se le despegó y lo llevaba a unos pasos de distancia. A pesar de que la luna estaba llena, una pequeña neblina no dejaba ver muy lejos. Lo único que sabía, el chico, era que estaba corriendo sobre las vías del tren. Él, muy bien, se hubiera podido quedar en la ciudad porque no debía nada, al menos eso creía. La duda, lo invitó a unirse a aquel extraño que, en el fondo, le daba confianza.

De repente, frente a ellos, sonó el pito, estremecedor, de un tren. No estaba muy lejos, aunque no se veía la luz de su frente. El chapín, paró su correr y dijo:

— ¡Mierda! Se adelantó este desgraciado. ¡Métele duro a la pata, *chero* que este monstruo nos mata!

Los dos tipos corrieron, lo más rápido que se pudo pero les fue imposible atravesar el puente de madera. Cuando las luces aparecieron, los muchachos estaban en medio del puente sin otra salida que saltar.

El tren se aproximó rápidamente y el Roro se quedó, paralizado, porque no sabía qué hacer. Su amigo, al verlo, corrió en su dirección y, agarrándolo fuerte, se lanzaron al vacío. Inclusive, sintieron el aire que lo lanzó con fuerza hacia un lado.

El Roro, simplemente, dijo: ¡Dios mío! Esperando caer en algo suave. Aquellos segundos de vuelo en plena oscuridad le parecieron eternos. Sintió que, sus testículos, subieron hasta el cuello y, de repente, se escuchó el *platanazo* de ambos cuerpos al caer en una poza de agua. Aquel golpe, sobre el agua, retumbo hasta con eco.

Por suerte, aquel lugar estaba profundo y sin embargo, tocaron fondo. Con la misma, salieron a la superficie pero el Toro, salió, mal parado porque al caer, el golpe le sacó el aire. Sin contar que andaba con sus tragos, el tipo se puso a tragar agua.

En ese momento, el Roro, como pudo lo saco a la orilla que no estaba muy lejos. Al recuperarse, el Toro, la agarró al suave y en broma, diciéndole:

— ¡Puta, Chero! Por poco nos lleva el *cachudo*.

El Roro, apenas pudo sonreír y dio gracias a Dios por haber salido vivo de aquella experiencia. Volvieron a las vías del tren y mojados siguieron el camino, al rato estaban llegando a la casa del guatemalteco. Como la familia estaba dormida, le ofreció al invitado una hamaca que estaba en el patio de la casa.

La casa estaba construida a unos pasos de la vía del tren pero curiosamente elevado sobre unos troncos de madera, casi como a metro y medio del suelo. En ese momento, le pareció, curiosa, aquella manera de construcción, pero luego se daría cuenta de la razón de aquel proceder.

Al día siguiente, con el canto del gallo, todo el mundo se estaba poniendo de pie. En ese momento, se llevó la primera sorpresa, la casa estaba casi nadando sobre el agua. Según, le comentaron, todas las madrugadas el río «Motagua» se salía de su cauce inundando todo a su paso. Por esa razón, todas las casas, gallineros, graneros y bodegas, estaban construidos de esa manera. La otra sorpresa que se llevaría sería al descubrir el puente de donde se habían lanzado. Estaba altísimo, *en su sano juicio*, nunca se hubiera atrevido a poner un pie en aquellos maderos podridos y, mucho menos, lanzarse. Desde lo alto, el río se veía pequeñito.

Siendo cómo era, el Roro se adaptó, rápidamente, al lugar y a la familia de su nuevo amigo. Ahí se quedó esa semana y compartió con ellos, le abrieron las puertas de su hogar y de su corazón. Ellos, también, habían llegado del Sur; de un lugar llamado: Escuintla.

Su *chero*, el Toro, salía a trabajar muy temprano del hogar y el Roro lo acompañaba hasta el puerto. El tipo era supervisor de los embarques y tenía acceso directo a casi todas las embarcaciones. Por esa razón, el chico tuvo la oportunidad de abordar varios barcos de carga y cruceros. Era la primera vez que veía de cerca esos mastodontes marinos.

Durante el día y en las horas laborales, el guanaco se dedicó a buscar a su amiga sin mayores logros. Cada pista que le daban siempre lo llevó a un callejón sin salida. Por las noches, siempre se unía a su compinche y juntos comenzaron a recorrer todos los bares de esa zona. Era la primera vez que tomaba tantas cervezas en su vida. Las cervezas marca «Gallos» eran las más comunes, aunque en algunos lugares encontraron una marca mexicana «Tecate».

Cómo dicen en la calle: «el que con lobos anda, aullar aprende». En menos de una semana, el guanaco había recibido una formación acelerada de *catrín, bolo y tamal*. El chico había salido bastante avanzado y aprendía con facilidad las mañas de su amigo.

El Torito era «buena gente» y nunca se arrugaba al trabajo, las mujeres y al, relajo. Por esas características, el tipo, era muy apreciado por el sexo femenino y, hasta cierto punto, envidiado por sus semejantes. La verdad era que no había prostituta desconocida, todas habían gozado con su presencia. La reputación que se maneja con las mujeres rozaba lo ridículo. Sus dotes, físicas, parecían que tenían algo que ver en el asunto. El Roro, claro, comenzó a mojarse en ese *chorrito* de agua.

El tipo tenía una debilidad con las mujeres de las autoridades. Según, parecía, le gustaba la fruta prohibida. Era un juego muy peligroso porque, según los comentarios, lo tenían en jabón. Es decir que varios personajes con poder político lo tenían entre ceja y ceja. La mujer de un ex alcalde, la hija de un militar y la amante de un capitán eran algunas de sus conquistas más sonadas. Hasta, ese momento, comprendió el motivo de salir huyendo la primera noche que se encontraron.

Esa primera semana fue muy agitada porque no estaba acostumbrado a trasnochar seguido; sin contar que se tenía que levantar con el canto del gallo. La familia del Toro era muy trabajadora. Una actividad que el grupo familiar practicaba todos los fines de semana, era destazar animales.

El Roro se puso a la disposición de la familia para hacer cualquier tarea doméstica. Y al ver que, hasta el más pequeño se ponía a trabajar, no le queda otra que echar para adelante. Con ellos aprendió: a matar *tuncos*, a marcar ganado vacuno y a poner un aro en el hocico a los marranos.

Curiosamente, aquella actividad le recordó a Claus, su compañera de estudios que se había ido con la guerrilla. La chica se había tatuado una flor en la espalda y siempre llevaba un arete en la nariz y otro en la lengua. El chico pensó en el dolor que habría sentido su amiga; y todo, sólo para llevarle la contraria su familia adinerada.

Aquel lugar era muy fértil, era fácil adquirir plátanos, bananos, piñas, anonas, mandarinas gigantes, naranjas, limas y, hasta, *jocotes*; solamente que estos últimos eran grandes y la semilla tenía unas especies de puntas.

Esa semana, pasaron revisión a todos los burdeles de los dos puertos de la costa, Atlántica: Puerto Barrios y Santo Tomás de Castilla. La Negra parecía que nunca había pasado por aquellas tierras. El chico comenzó a suponer que estaba buscando una aguja en un pajar.

El único punto negativo de aquella búsqueda era que estaba comenzando a beber demasiado, para su gusto. Nunca se había puesto borracho pero, en esa ocasión, casi estaba a punto de claudicar. Trataba de mantenerse al límite pero la insistencia de su compañero de búsqueda era demasiada.

A los quince días de estar por aquellas tierras, el sábado, se dirigieron en tren hasta la ciudad de Morales, ahí la familia haría algunas compras. Como el Toro siempre andaba olfateando los bares, le dijo a su acompañante que iría a visitar a una «*traída*» que tenía un bar, llamado: «*el Rinconcito alegre*». Era una amiga de años.

Ambos fueron, abriendo, camino por aquellas calles sin pavimento. A los pocos minutos, llegaron al lugar y éste estaba solo. No había ningún cliente sofocando sus penas. Las «*chicas alegres*», al verlo llegar, aplaudieron aquel acontecimiento y lo comenzaron a molestar diciéndole que las había, abandonado. La única que, apenas, levantó la mirada fue una jovencita que se encontraba en una mesa en el fondo. Ella escribía algo e ignoró a la visita.

Se sentaron en una mesa cuadrada que tenía unos manteles de plásticos y, en el centro de la mesa, unas servilletas de papel. Dos chicas, mostrando la hermosura del borde sus senos, se sentaron sobre las piernas del Toro. El tipo comenzó a «*trastear*» la mercancía metiendo, las manos, bajo la falda de cada una de las mujeres.

Las mujeres preguntaron si iban a utilizar sus servicios porque el día había comenzado mal. Les respondió que andaban en negocios e iban de pasada. Mentira, era una de sus artimañas para darse un poco de importancia. Las mujeres comenzaron a seducirlo haciendo caso omiso del invitado. Claramente, las chicas iban detrás del famoso amigo.

A los segundos le preguntó a su acompañante si deseaba estar con una de las muchachas. Al responder, el joven se delató y descubrieron que era guanaco. Una de ellas, dijo que era igualmente del *Pulgarcito*, mientras que la otra: *Catracha*. En ese momento, se presentó otro tipo y la hondureña se levantó del lugar para atenderlo.

Mientras conversaban, los tipos pidieron un par de «*chelas*» y unas *boquitas* para acompañar. La mujer se levantó para buscar el pedido. Mientras quedaron solos, se pusieron a platicar:

— Chero ¿la *neta*, no quieres desahogar tus ganas con una de estas chicas? Mira que, están: buenas y sanitas. La dueña del lugar es mi amiga y cuida, sus trabajadoras, para no tener problemas.

— ¡Creo que es muy temprano para eso! ¡Mejor paso! Una pregunta: ¿Y esa joven que está en la mesa del fondo es también trabajadora del lugar?

— ¡No! Esa «Ishta» es la hija de la dueña. Demasiado, creída, para mi paladar. Y mira que soy de los que piensan que «el orgullo de la mujer queda reducido a una encamada».

— ¿Quiere decir que le tiraste los perros y te los ahuyentó?

— Ella sí, pero su madre no. —Sacó a relucir su sonrisa de Puto.

— A mí, me gusta. Tiene algo de especial y no está nada mal.

— No te lo aconsejo porque, según sé, un «*cuque*» anda detrás de sus huesos y ésos, desgraciados, son malditos.

— ¡Entiendo! Sin embargo, tiene «buen lejos». Me pregunto si así como se pinta, baila.

— Si es, cómo la madre, «mi hijito»; esa potranca es buena para montarla.

— ¡Lástima que, esté, comprometida!

— Mientras, no tenga, argolla y, aún así, si ella quiere, *no hay peros que valgan.*

— Te voy a mostrar cómo relincha esa yegua.

El Toro se levantó y se dirigió a la mesa dónde se encontraba la muchacha estudiando.

— Y entonces, ¡mamacita! ¿Cuándo me lo darás?

La chica no respondió y se hizo la desentendida. El conquistador se sentó en una silla y se sentó a su costado. Cruzando sus brazos, colocó su quijada sobre los antebrazos y la observó, sin decir nada. A los minutos, le dijo:

— ¡Sabes que cada vez estás, más linda!

La chica apenas volteo los ojos para verlo sin dejar de escribir.

— ¿Por qué estás enojada conmigo?

— No estoy enojada, estoy estudiando. — Le respondió con la voz baja.

— Entonces, regálame una sonrisa; para no quedar mal con mi chero.

La muchacha volteó su rostro y miró, al Roro que observaba atento la escena.

— ¿Y eso que andas con guanacos?

— Ayudo a buscar una amiga.

— ¡Ah! — La chica se puso a estudiar.

En ese momento, el Toro bajó su mano y la metió bajo la mesa con la intención de acariciarle una de las piernas a la bicha. La chica al sentir los dedos que buscaban su cintura. Lo detuvo en seco y le dijo:

— ¡Cálmate, o te calmo! — Sacó la mano del tipo.

— ¡Siempre, arisca! No sabes de lo que pierdes. Podría subirte al cielo y ponerte a volar sin alas.

— ¡Lo sé pero no me interesa; tengo otras maneras de hacerlo! Por favor, vete que necesito concentrarme en estas matemáticas.

— Mira ¡qué casualidad, mi chero es profesor!

— ¡Ah sí! Ahora hazte humo. — Le dijo moviendo la mano y los dedos que se alejara.

— ¡Está bien! Solamente porque me lo pidieron esos labios carnudos. — le agarró los labios y se los apretó suavemente con los dedos.

La muchacha le clavó la mirada sin mostrar mucha emoción y el hombre se alejó sonriendo. Al volver a su mesa, le dijo, al invitado:

— ¡Te diste cuenta! Está cómo quiere la *desgraciada*. No pierdo las esperanzas de *comérmela* un día de éstos.

En ese momento, la trabajadora llegó con las cervezas y las *boquitas*. El Toro, se empinó, una, hasta *dejarla seca*. Mientras tanto, el Roro, apenas, tomó un trago. El guanaco estaba frente a la mesa de *la patoja* y, por alguna razón inexplicable, sentía una extraña, atracción, hacia la mujer. La cabellera ondulada colgando sobre la espalda refleja la ternura de u riachuelo al correr. Al verlo clavado en la chica, el Torito, dijo:

— ¡Qué rica está, la condenada! Hasta, me abrió el apetito. — Se refería a la cerveza. Agarró a la chica por la cintura y abriéndole las piernas, la sentó sobre él. Le comenzó a besar los bordes de los senos; mientras, la mujer hacía lo propio para entonarlo.

— ¡Creo que, al final de cuentas, si utilizaré los servicios! — Sonrió pícaramente. Agarró a la mujer por las nalgas y levantándola, como una pequeña pluma; sin dejar de besarla, se dirigió a uno de los cuartos. A los segundos, apenas, se escuchaban las risas en el cuarto.

La otra trabajadora se había quedado atendiendo al otro cliente para tratar de motivarlo a seguir consumiendo. Ésa, era una de las funciones de la trabajadora; la otra, era tratar de llevarlo a utilizar sus servicios.

Mayra, la hija de la dueña, seguía los *desmanes* del Toro de manera disimulada. Aunque lo negara tácitamente, el joven le atraía enormemente. Los comentarios de sus amigas, las trabajadoras del lugar, hacían babear a cualquier mujer. Ellas hablaban maravillas del hombre durante sus visitas en la cama. Cómo ellas, decían: «el tipo sabía moverse y utilizar cada uno de sus miembros a la perfección. Estaba bien dotado y tenía una resistencia de toro».

La chica que, a escondidas de su madre, había hecho sus primeros pasos en el mundo de los adultos, no era indiferente a las seducciones del Toro. En el fondo, le gustaba aquella seducción. Aunque, no le agradaba como hombre; quizás, por eso no le daba entrada. Siendo cómo era, decidida en sus cosas, no hubiera puesto muchos reparos en aceptarle una invitación.

Al quedarse solo, el Roro se quedó mirándola, casi cómo contemplando una obra maestra. La chica seguía en sus cosas y, al querer alcanzar el vaso con agua, tiró al suelo un lápiz que rodó bajo la mesa. La joven se levantó de inmediato y agachándose se metió bajo el mueble. Al hacer ese movimiento, mostró su parte trasera. Aquel pantalón de lona dibujó armoniosamente su «*portasuegras*» o, sea, su cubierta trasera.

Una sonrisa pícara se le dibujó en el rostro y cuando, el pantalón se deslizó un poco mostrando el color del calzón. Su corazón comenzó a palpitar como un loco. La mujer, quizás, sitió la mirada porque al incorporarse se subió el pantalón, bajándose su blusa. A todas éstas, en ningún momento, lo volvió a ver.

Se colocó de nuevo en la mesa y colocó el vaso de vidrio en cierta posición estratégica. Con el reflejo podía observar fácilmente a la persona que la miraba. El Roro había agarrado cierta pose para no perderse detalle y, quizás, en cierto momento, se perdió en sus pensamientos porque se quedó, clavado en el tiempo.

La mujer, al verlo fascinado y perdido, volteó a verlo. Le clavó la mirada y al ver que no reaccionaba, le dijo:

— ¿Qué? Nunca ha visto, una chica, estudiando. Deje esa cara de tonto y deje de verme así que me va a desgastar. Si quiere una foto, le regalo una. ¡Baboso!

El guanaco reaccionó al escucharla en ese tono sarcástico y molesto. Le agarró, desprevenido. Sin soltar su sonrisa, le respondió:

— ¡Perdón! ¿Me decía algo?

— Y además, me salió *sorbete*. — Murmuró entre dientes.

— ¡Um! ¡Tan hermosa y con ese genio!

— ¿Qué dijo?

— ¡Nada!

— *Nada dijo la venada.* ¡Sea valiente y repítalo! — La muchacha había *salido con el corvo desvainado*.

El chico sonrió y un mostrando cierto nerviosismo, le respondió de manera tranquila.

— Decía que usted es muy hermosa y que tiene un temperamento fuerte. Le pido perdón sí, hice mal al verla. La verdad, viéndola por atrás me hizo acordar de una amiga que tiene un cabello como el suyo.

— ¡Mi pelo!

Mayra parecía no creerle y, agarrando su pelo, lo acarició; luego, delicadamente colocó parte de él, sobre sus pechos. Regresó a su posición de estudios e hizo el mate de seguir estudiando pero no le quitaba la vista porque lo seguía por el reflejo del vaso. Al ver que le seguía mirando, le dijo, sin verlo:

— ¡Si no tiene otra cosa que hacer, mejor póngase a tronar los dedos! — La mujer, levantó su mano y se puso a tronar los dedos. Aquel gesto indicaba que se fuera o que hiciera algo rápido.

El joven, sonrió y, sin pedir permiso, se acercó a la mesa de estudios. Agarró una silla de madera y se colocó frente a la jovencita. En ese lapso de tiempo, Mayra al verlo reaccionar y dirigirse hacia ella, esbozó una sonrisa que significaba que estaba dominando la situación y la llevaba por dónde ella deseaba. Un juego de seducción había comenzado.

— ¿Qué hace? No le he invitado a que se siente en mi mesa.

— ¡Claro que sí! Cuando me llamó: sorbete, mal educado y ciego. No la culpo, algo de todo eso, pueda que tenga. En mi defensa, le diré que soy nuevo y no conozco los modales ni modismos del lugar.

— ¡Eso es, cultura general!

— Entonces, parece que necesito más cultura. — Sonrió.

La joven estudiante no respondió y fingió, seguir estudiando. El muchacho al ver que lo ignoró, estiró su cuello para tratar de ver lo que estudiaba. Sonrió, al comprender que se trataba del Álgebra de Baldor.

— Me parece que mi amigo cubano, la trae de cabeza.

— ¡Perdón! ¿De qué habla? — Se lo dijo con un tono sarcástico.

— Me refiero al escritor del libro. ¡Es cubano!

La mujer se puso a ver el libro y buscó la cubierta trasera. Ahí encontró la biografía del escritor. Al darse cuenta de que conocía del tema, le preguntó:

— ¿Qué tan bueno es con los números?

— Puedo sumar, restar, multiplicar y restar. — Quiso bromear.

Al ver que, la joven, hizo cara de pocos amigos, se disculpó y dijo que ya había pasado por esa materia. La chica, *le clavó*, una mirada interesante. Casi se podría decir que en su mente se iluminó un foco.

— Entonces, a lo mejor me puede ayudar con éste, problema.

— Haré mi mejor esfuerzo sin prometer nada. Mire que hace ratos crucé ese río.

— Las matemáticas son como la bicicleta, nunca se olvidan si se aprende bien.

— ¡Cómo hacer el sexo! — El Roro, lo dijo, sin voltear a verla, esperando que no se enojara.

— Solamente que, lo último, se hace con mejor disposición. Los números no son mi fuerte. — Respondió sin inmutarse, demostrándole que no le daba miedo tocar ese tema.

Al ver que no había reaccionado con la frase. El Roro se sintió cómodo ante la situación. Se puso a analizar el problema y, después de varios minutos de reflexión, su rostro se iluminó. Todo indicaba que lo había resuelto. En esos instantes de estudio, la muchacha lo observó sin decir nada.

El joven, enderezó su cuerpo y, moviendo su cadera, provocó que la silla se acercara a su acompañante. La mujer lo observó y, manteniendo su calma, dejó que traspasara los límites del círculo de protección. En ese momento, ella era la que necesitaba ayuda y si le solucionaba el problema, daría un gran paso en la comprensión de sus estudios.

El Roro, adoptando una actitud de profesor, se dispuso a explicarle la manera de resolver aquel dilema. Lo hizo de manera lógica y práctica; luego, le propuso que lo hiciera ella misma. Según sus aprendizajes, a los alumnos hay que enseñarles cómo hacer las cosas y no hacerle las cosas.

Mayra se puso a resolver, la prueba matemática, siguiendo los lineamientos dictados. Para su sorpresa, no tuvo problema en encontrar la respuesta. Sus ojos se abrieron, de par en par, cuando constató la buena noticia.

El joven al ver la reacción de la mujer, simplemente sonrió complacido de poder ayudar. En un arranque de emotividad, la muchacha le colocó su mano sobre el antebrazo. Sonriendo, le dijo, en son de broma:

— ¡Parece que no le regalaron el diploma de maestro!

— ¿Cómo lo sabe?

— El Toro me lo dijo. ¿Hay un problema? ¿Es un secreto?

— Para nada. Simplemente, me sorprendió que lo supiera. Sin embargo, es verdad. ¡Soy profesor!

— Antes no lo creía pero, con lo visto, estoy segura de que así es.

— ¿Y usted que estudia?

— Estoy por terminar mi plan básico medio.

— Luego, ¿qué piensa hacer?

— Quiero entrar al magisterio. Quiero ser maestra, cómo usted.

— ¡Qué bueno! Será, entonces, mi colega.

— ¡Así, parece! — le volvió a regalar una hermosa sonrisa y, al mirarse, sintieron que una corriente eléctrica recorrió sus cuerpos.

Aquel sentimiento los cohibió y, ambos, tuvieron la reacción de alejarse.

— ¿Si tiene otros problemas, le puedo seguir ayudando? Mire que, estoy, de pasada.

— ¿Qué anda haciendo? ¿Si se puede saber?

— ¡Claro que sí! Inclusive, tal vez, me puede ayudar. He venido a buscar una amiga porque su madre está enferma de gravedad.

— ¿Debe ser alguien muy especial para buscarla tan lejos?

— ¡Sí, así es! La aprecio mucho. Prometí que, si me necesitaba, la buscaría hasta el fin del mundo.

— ¿Qué bonita amistad tienen?

— Imagino que, usted, tiene muchos amigos y amigas. — El joven puso especial énfasis al separar los sexos.

— La verdad, no. A los padres, no les gusta que sus hijas tengan una amiga de mi clase. Que vive en un bar. Y, los hombres, pues… ¡Piensan que por ser hija de la dueña de la cantina y estar, todo el día, con prostitutas, soy como ellas! Por eso, prefiero tenerlos de lejitos.

— ¡Entiendo! Complicada su situación.

— ¿Puedo hacerle una pregunta?

— ¡Aproveche! Mire que estos frutos no caen todos los días del árbol.

— ¿Cómo o cuándo decidió ser profesor? — Se lo dijo esbozando una sonrisa por la ocurrencia del joven.

— Muy buena pregunta. Al principio lo hice porque, según mi situación económica, era la más corta y accesible al bolsillo. Luego, en mis prácticas, me descubre profesor.

— ¡Qué, bueno! A mí, me encanta porque adoro los niños.

En ese momento, unos militares entraron al lugar. La chica cambió la expresión de su rostro y dijo en voz baja: «Ya, viene, ese *chute*». El Roro se dio media vuelta y observó que uno de los «*cuques*» se dirigió a la mesa con mucha prestancia y decisión.

Al ver que el militar se acercaba, el Roro prefirió alejarse. Le dijo suave: «fue un gusto conocerla; buena suerte en sus estudios». El chico se dirigió a su mesa. Él sabía que no debía hablar porque lo reconocerían. Al estar cerca, el *cuque* dijo:

— Y este *pisao*, ¿quién diablos es?

— ¿Qué te importa? ¡Yo no soy nada tuyo! Así que deja de joder. Te dije que no deseo nada contigo. Vete y déjame estudiar.

Los otros compañeros del soldado, al oír como lo trataban, soltaron unas sonrisas burlonas, provocando que el tipo se enojara.

— ¡Mira patoja de mierda! ¡Aquí quien da las órdenes soy yo! Si digo que serás mía, así será. Tarde o temprano abrirás las patas.

— ¡Con las ganas, te quedarás!

La chica se levantó bruscamente e hizo el intento de alejarse, pero el militar la agarró de un brazo. Por suerte, en ese momento llegaba la madre, Marcela. Ella había oído que su hija discutía con alguien y, por esa razón, se había acercado con un cuchillo en mano.

— ¡Deja a mi *patoja, cuque* de mierda! — Le dijo, la madre, con el arma en su mano.

El militar se cortó al ver la decisión de aquella hembra defendiendo a su cría.

— ¡Tranquila doña! Esto es pleito de novios.

— ¡Yo no soy su novia!

— Todavía no pero no pierdo la esperanza. — Le acarició la quijada con cierta arrogancia.

Mayra alejó la mano de su brazo y se colocó detrás la madre. La progenitora le mostró el arma blanca balanceándola frente a la figura del tipo que tuvo la reacción de dar un paso hacia atrás.

En ese momento, llegaron otras mujeres con todo tipo de armas. También, el Toro salió a ver qué pasaba.

— ¡Ella, no está sola! —Dijeron en coro, el resto de trabajadoras.

El Roro, por su parte, se había quedado a la expectativa y analizaba si se metía en aquel pleito que *no pintaba naba bien*. Él sabía que meterse con los militares, en cualquier parte del mundo, era meterse con el diablo. Sin embargo, la manera autoritaria y machista de aquel joven militar, lo puso con la sangre en la cabeza y *el indio comenzó a subir* como volcán a punto de explotar.

Los otros soldados, al ver que aquello se ponía rojo, agarraron sus armas y se dispusieron a intervenir. En ese momento, la radio portátil de uno de los militares sonó. Al contestar, el responsable del aparato, dijo:

— ¡Nos llaman del cuartel! ¡Es mejor que nos vayamos!— Lo dijo poniendo un tono grave que mostraba cierta urgencia en el asunto.

El tipo se quedó mirando, a cada uno de los presentes, y dijo:

— ¡Esto no se queda así! A la vuelta, nos veremos.

— ¡Cuando, quieras! Solo sé un poco hombrecito y ven, solo; para sacarte cuero y *filetearte*. ¡Ten presente una cosa, mi *patoja* tiene quién la defienda! ¡Sea quien sea y contra quien sea!

El soldado no dijo nada, pero sus ojos se pusieron rojos y el rostro dejó ver una sombra tenebrosa. Se retiró caminando de espaldas, mientras sus compañeros lo protegían. Se subieron, a toda prisa, en un «*jeep*» color verde y salieron volando del lugar.

Cuando se habían marchado, la madre dejó caer el peso de la emoción que tenía sobre su espalda. Después de unos segundos en silencio, volteó, hacía la hija, y se puso a regañarla, diciéndole:

— ¡Te dije que dejaras de *pelarle los dientes* a ese *cuque* de mierda!

— ¡Yo que sabía que ese tipo era loco! Solamente quise ser amable. ¿Acaso, no tengo derecho de mirar a quién quiera?

— A esos tipos ni los buenos días es bueno darle. ¡Cuídate cuando andes sola! De ese tipo no me confío.

— ¡Ya te dije que no me interesa!

— ¡Eso, lo sé! El problema aquí es él, le abriste la puerta de una posibilidad y ahora va a *querer un huevo* para sacarlo. ¡Ya verás!

La muchacha se retiró enojada del lugar y se perdió detrás de una cortina de tela de color oscuro. El Roro y el Toro se marcharon del lugar sin muchas despedidas. Quizás, magullando en silencio aquella escena.

Mientras se alejaban, el Toro le dijo, al amigo:

— ¡La doña es brava! Ese tipo la hubiera llevado de perder. Todas las viejas estaban dispuestas a dar su vida. Creo que hasta hubiera tenido que meterme, tenía en la mira a dos de ellos. Por suerte, la radio nos salvó.

— ¡Ésos, son iguales en todas partes! Piensan que con el hecho de portar un arma les da derecho de hacer y deshacer.

— Es verdad, por eso soy de la idea de guardar la distancia con ellos. Si fuera el caso, hacerlo al cien por ciento y sin reparos. Esos tipos son malos y no te dan cuartel.

A la semana, mientras visitaban la ciudad de Morales. En un encuentro fortuito, el Roro y Mayra, se volvieron a encontrar. Desde que se vieron, se conocieron. Se saludaron muy alegres, casi como si fueran grandes *cheros*. De igual manera, como la primera vez, ambos sintieron una atracción muy fuerte. En esta ocasión, ninguno de los dos reculó, quizás, por haberse conocido antes.

Mientras el Toro, se hacia el desentendido, los dos tórtolos se quedaron platicando en media calle. La gente pasaba a su lado pero el mundo entre ambos se había reducido a su metro cuadrado. Ni las voces ni los ruidos eran capaces de sacarlos de aquel encantamiento.

De repente, un tipo agarró del brazo a la joven y la hizo dar media vuelta. La sorpresa sacó de aquel transe romántico a ambos. La reacción de la mujer fue, liberarse del sujeto.

En ese momento, se dieron cuenta de que era el mentado *cuque*, solamente que estaba vestido de civil. El tipo, le dijo, enojado:

— ¡Así te quería agarrar, desgraciada! Y de nuevo con ese guanaco malparido.

— ¡Deje de joder, borracho de mierda! — Le dijo, enojada.

Dando un paso hacia atrás, se pegó al cuerpo del guanaco. El chico le puso una mano sobre el hombro y le dijo, suave al oído:

— ¡Es mejor que nos vayamos!

Hasta ese momento, el Roro se mantenía fuera de la situación. Sin embargo, estaba pendiente de lo que pasaba. El hecho que lo identificara, lo había impresionado. Por eso, no deseaba meterse en el pleito pero, por solidaridad, no la podía abandonar.

Hubo otro forcejeo y la mujer terminó soltándole un manotazo en la cara que provocó que, el agresor, casi se fuera de espaldas. La mano de la mujer parecía sólida. La gente se había apartado, haciendo una especie de círculo, dejándolos en medio.

Al golpe, la joven se acercó al Roro buscando protección. En ese instante, todo el mundo se quedó a la expectativa, atento a la reacción de aquel soldado herido en su orgullo.

Al Roro, no le quedó otra cosa que intervenir. Le dijo que la dejara tranquila. El tono que utilizó fue fuerte y decido. Al ver que el guanaco había saltado a defenderla, la mujer reaccionó porque sabía que se estaba metiendo en algo grave. Le puso la mano sobre el pecho y le dijo que se mantuviera alejado.

Lastimosamente, era muy tarde para echar marcha atrás. El soldado había *perdido los papeles* en su cólera. De un manotazo apartó a la *bicha* y, ésta, cayó al suelo. Con la misma, se dispuso a atacar y dobló su brazo para buscar el arma que escondía en la cintura en su espalda.

Aquellos segundos se congelaron en el tiempo y, en cámara lenta, el Roro vio la intención del individuo. Su mente se puso a trabajar aceleradamente buscando una salida de urgencia. Supo de inmediato que se encontraba en una calle sin salida. Salir huyendo sería la peor de las decisiones porque el militar no se cortaría para fulminarlo por la espalda. Así que, buscó dentro de su ser, la gallardía de un valiente y se dispuso a enfrentar a aquel demonio.

El guanaco, se preparó para la batalla colocando un pie detrás del otro. En una cuestión de segundos, decidió aplicar la estrategia de guerra que dice: «la mejor defensa es el ataque sorpresivo».

En ese momento, se dijo, en cuestión de segundos: «nadie saca un arma para amenazar; su vida o la mía». Luego, razonó recordando su niñez: «*el que asegura el primer golpe tiene media batalla ganada*».

El Roro no esperó, una invitación y le asestó una patada en los testículos. El arma cayó a un lado, éste, la apartó lanzándola hacia la multitud para evitar la tentación. El soldado, aun con su dolor, se le fue encima y ambos contrincantes cayeron al suelo. Mayra se unió tratando de defender a su salvador.

Los amigos del cuque, se metieron al pleito y agarraron a patadas al guanaco que no los vio venir. Le sacaron el aire y se empacharon al verlo tendido en el suelo. El soldado herido se levantó para rematar al extranjero, pero ese momento apareció el Toro y, en dos patadas, puso a los tres tipos en la lona. Levantó a su amigo que caminaba con dificultad y se fueron de la escena, dejando a los soldados en el suelo.

Como sabían que los militares eran malos, decidieron buscar un refugio y, lo encontraron, en la casa de una amiga del Toro. Ahí se quedaron Mayra y el Roro. Mientras tanto, el amigo chapín se fue a avisar a la madre de la bicha para mantenerla al tanto; además, para que se cuidara porque seguramente la visitarían.

Por suerte, la noche estaba cayendo y pronto se puso oscuro. En aquel cuarto, el Roro apenas podía respirar porque estaba muy golpeado en sus costillas. Entre la dueña de la casa y la chica, lo desnudaron y le pusieron una especie de vendaje alrededor de su cuerpo. Según, las apreciaciones de las mujeres, no habían huesos rotos.

La casa donde estaban, poseía un cuarto añadido a la casa principal y, era ahí que se encontraban. La dueña salió al pueblo para tratar de conseguir información sobre lo sucedido. A su regreso, confirmó lo que sospechaban: los militares andaban buscándolos por todos lados. Les dijo que no se movieran de ahí hasta que el polvo cayera.

Al quedar solos, Mayra se puso a llorar de manera espontánea sin saber la razón. Mientras tanto, su compañero de aventura, trató de consolarla sin hablar. Él sabía que la joven había pasado por un momento difícil y, quizás, por la adrenalina del pleito, su cuerpo se había tensionado.

Cuando fue recuperó el control, le dijo:

— ¡No tenga miedo de llorar! Desahogue lo que tiene adentro. Lo que acaba de vivir ha sido fuerte.

— ¡Gracias! —Le dijo limpiándose las lágrimas que rodaban por sus pómulos. No me va a creer pero ¿no sé por qué me he puesto así? ¡Como si fuera una *patojita*!

— Seguramente, fue a causa de la emoción. — Quiso mostrar una sonrisa y el gesto molestó, haciendo un pequeño quejido.

— ¿Le duele mucho? Le pegaron muy fuerte y por mi culpa. Mire en qué lo metí. ¡Lo siento!

— No se preocupe, a veces en la vida, las cosas pasan porque deben pasar. Mi padre dice que *nada es gratis, todo tiene cola.*

— Si lo dice porque ese *cuque* desgraciado, no nos dejará en paz. ¡Tal vez!

— Se ve que tiene mal carácter. Definitivo, ese chico no le conviene. Imagínese, si la trata así de novios; cómo la tratará de esposa.

— ¡Le digo que no es mi novio! Ni siquiera he salido con él. Una sola vez, me puse a hablar con el tipo en un baile. Sólo bailamos una canción y para colmo, despegada.

— Pareciera que usted le hubiera dado algún tipo de esperanza; casi se diría que ha sido su mujer.

— ¡El tipo es loco! *Tiene algún tornillo flojo*. Lo peor de todo es que no se quedará tranquilo. Seguramente, *me seguirá dando lata.*

— ¿Qué piensa hacer?

— ¡No lo sé! Usted la tiene fácil, está de paso. Se puede ir para cualquier parte. Honestamente, mi única familia está aquí. ¡No tengo a donde ir! Ni se me ocurre dejar a mi madre.

— ¿No había pensado ir a estudiar a alguna parte?

— Mi idea era, ir a estudiar a Barrios pero creo que esa opción viene de caerse. El cuque tiene la base militar ahí.

— Si es así, tendrá que buscar otras opciones.

— ¡No tengo de otra!

Aquella última frase se perdió en el silencio buscando alguna respuesta, razón o salida. Mientras tanto, el Toro estaba con Marcela. Le contó todo en detalles y se puso bastante alterada. Sabía en el «*guevo*» que la hija estaba metida. De repente, escucharon un carro que llegaba estrepitosamente al lugar. No tuvieron que hacer muchas conjeturas para imaginar el personaje principal que se acercaba. El Toro no lo pensó dos veces y se salió por una ventana para ponerse a salvo. Desde la oscuridad se puso a escuchar lo que pasaba en el bar.

Los tipos llegaron armados, hasta los dientes. Buscaban al extranjero. Como nadie les dio razón, se pusieron a romper todo a su paso. Inclusive se metieron a los cuartos donde estaban los clientes con las chicas. En uno de ellos, se llevaron la sorpresa de su vida.

Su capitán estaba con una chica y cuando interrumpieron aquella escena. El tipo muy enojado sacó a rempujones a uno de los soldados y, luego, los puso quietos. Los llamó al orden, les quitó las armas y se los llevó a la base.

Al quedar solos, Maricela comprendió que aquello se había salido de las manos y que su hija estaba en verdadero peligro de muerte. Por esa razón, de inmediato reunió algo de ropa y la envió con el Toro. Le mandó a decir que no se asomara en el bar y que se escondiera unos días mientras las aguas se calmaban. Ella tenía esperanzas que el joven soldado se cansara de buscarla.

Mientras tanto, en el refugio, el Roro sintió que, la venda, estaba muy apretada y le dificultaba respirar. La chica se ofreció para aflojarla. En el cuarto, solamente, había un foco amarillo que iluminaba la cama, la verdad, no había espacio para otro mueble.

Mayra se puso ponerle la venda y, mientras, los enrollaba. Sus cuerpos se estuvieron tocando delicadamente, ninguno de los dos trató de hacerle caso al contacto. Aunque era suave, la corriente seguía corriendo entre ambos.

En ese momento, aquella atracción espiritual se acentuó entre los dos jóvenes. En sus ojos se podía observar un brillo de felicidad y, en cada contacto corporal, una fuerza eléctrica picoteaba la piel. Un nerviosismo sabroso, les jugaba, en contra.

— ¡Gracias! Creo que está, mejor.

— ¿De verdad? Mire que le dieron duro, conmigo no debe hacerse el valiente.

— ¡No le miento! Me duelen, un poco, los golpes en el cuerpo pero no es del otro mundo. Inclusive, creo que puedo caminar si necesitáramos salir corriendo.

— ¡Qué bueno! No me hubiera gustado llevar un muerto en la espalda.

— No se preocupe que «mala hierba nunca muere».

— No lo conozco pero no me parece mala hierba. Aunque «pan de Dios no es». Sobre todo, si anda con el Toro. Ése es buena gente pero es más puto cualquiera.

— ¡Así parece! ¡Dígame una cosa! ¿En verdad, no beso al cuque?

— No, ¿por qué?

— ¿Quiere saber la verdad? Tiene unos labios hermosos. Teniéndolos cerca, son una verdadera tentación. —Le tocó la barbilla suavemente sin que la mujer se alterara.

— ¡Sólo mis labios! Pareciera que mis ojos, lo traen loco. —Musitó una breve sonrisa.

— ¡No puedo mentir, verdad!

— ¡No! ¡Así soy una tentación! ¿Qué tentación tiene?

— ¡De robarle un beso!

— Si lo roba, dejaría de ser una tentación y estaría sujeto a una punición.

— ¡Creo que valdría la pena! Si el gesto no le causa malestar.

— ¿Por qué tendría que molestarme? No lo podría hacer con mi caballero.

— Este caballero no fue de mucha ayuda, según parece.

— Eso no le toca a usted de juzgarlo, sino a mí.

— Entonces, ¿cuál sería el veredicto?

— Que a mi caballero le aceptaría el robo de un beso.

Se quedaron mirando fijamente y los labios se unieron de forma delicada como el sol al atardecer. Miles de maravillas se despertaron en silencio y saetas de poesía musitaron los segundos de aquel acontecimiento. Lastimosamente, cuando los cuerpos se pegaron, un quejido del chico, provocó la separación. Ambos terminaron sonriendo y, en ése preciso instante, la dueña de la casa llegaba con noticias y agua tibia.

La dueña de la casa, decidió darles un poco de espacio y dejo que la *cipota* se ocupara del herido. Colocó, una tijera de lona, al costado de la otra cama para que lo siguiera atendiendo y no lo dejara solo. El cuarto, como tal, no era muy grande. Apenas, cabían las dos camas.

Al quedar solos, el Roro agradeció los cuidados; la mujer, a su vez, haberla defendido. En ese momento, se pusieron a analizar el problema y llegaron a la conclusión que: ambos *estaban metidos en una camisa de once varas*.

En ese instante, para ella, las cosas parecían oscuras en el horizonte. Estaba, consciente que no podía seguir viviendo cerca de su madre porque el *cuque* no la dejaría en paz. El amor a su progenitora le decía que no se fuera pero la lógica le decía que su madre se defendería mejor, sola.

Al verla triste y desanimada, el Roro le propuso que lo siguiera y que se fuera con él para el Pulgarcito. Todo eso, sin ningún interés en particular ni deseo escondido. Le fue claro diciéndole que no tenía gran cosa que ofrecerle más que la casa de sus padres.

Mayra se sintió agradecida, por el ofrecimiento, pero rechazo la oferta. Según, dijo, ella tenía otras opciones. Le mintió porque, en ese momento, no sabía hacia dónde agarrar. Sin embargo, sus sentimientos las traicionaron y unas lágrimas imprudentes comenzaron a bajar por su rostro. El reflejo de unas pequeñas estrellas, avisaron al joven y éste le agarró una mano, diciéndole:

— ¡Tranquila! Esto pasara y mañana, será un pasado a olvidar.

— ¡Lo dudo! Presiento que hoy, mi vida ha dado un giro completo. Me siento entre fuego cruzado.

— Es posible pero tienes que verlo del lado positivo. Quizás, este cambio es para bien.

— ¡Ojalá! La pregunta del millón es: ¿Cuánto tiempo tomará este túnel negro en mi vida?

— El tiempo necesario pero, trate de salir viva de él.

— ¡Trataré!

Como la mujer estaba sentada sobre el borde de la cama, le preguntó:

— ¿Le molesta si me acuesto a su lado?

— Para nada. Venga, acomódese.

El joven hizo espacio para que se acostara a su lado La chica se colocó, a un costado, sin decir nada. Un silencio brotó entre los dos. De repente, ella dijo:

— ¡Mi madre tenía razón! Ese *cuque* me traería problemas.

— Las madres, siempre, tienen la razón. Pero ¿por qué le distes alas?

— Cosas de mujeres, imagino. Es bonito sentirse apreciada y perseguida.

— Entiendo. Sin embargo, lo vi con mucha autoridad sobre ti. ¿Pasó algo más? Pregunto, porque quiero saber dónde estoy metido.

— La verdad, no pasó nada. Apenas un beso y a la fuerza. No me acosté con él.

— ¡Qué bueno! Digo, al menos recibí estos golpes por una buena causa.

— ¿Pensarías diferentes si hubiera sido lo contrario? ¿Eres de los que prefieren una mujer virgen antes del matrimonio?

— Para nada. Soy de los que pienso que el pasado le pertenece a cada persona y que el futuro se construye desde el presente. Honestamente, no puedo pedirle a una mujer ser virgen cuando no lo soy. Si fuera virgen, a lo mejor. — Sonrió.

— ¿No lo eres? — Le bromeó pegándole suavemente en las costillas.

El chico hizo el gesto que le había dolido, encorvándose un poco. La muchacha se asustó y le preguntó si lo había dañado. Se dio media vuelta y le acarició el golpe con mucha ternura.

La sonrisa pícara del muchacho, lo delató. La mujer al verlo, le pegó con fuerza y en esta ocasión, si le dolió. Mayra, agregó:

— ¡Para que aprendas!

— ¡Me saliste, brusquita!

— Y eso que no me has visto enojada.

— No quiero verte enojada, me gusta cuando sonríes.

— ¡Gracias! — apoyo su cabeza sobre el pecho del muchacho. ¡Nunca alguien se había peleado por mí o mejor dicho me había defendido!

— ¡No fue difícil! Eres una princesa que estaba en apuros… y un caballero, siempre, sale a defender a una dama.

— ¡Entonces eres mi caballero! —Le dio un beso en el cachete.

Al sentir el beso, el chico le dijo:

— ¡Qué rico! Lástima que fue el cachete.

La mujer sonrió y, mirándolo con picardía, se le acercó para darle un beso que duró varios segundos.

— ¿Y ése, está, mejor? Mi caballero.

— Mucho mejor pero si se repitiera sería estupendo. — Buscó la boca y la chica no se negó. Después de eso, los besos y las caricias siguieron entre los dos, hasta que, la mujer, lo apretó mucho haciéndole, otra vez, daño.

— ¡Será mejor que lo dejemos en este punto! ¡Te puedo hacer daño! Además, es mejor no mezclar las cosas. —Se colocó de nuevo a su costado.

— No te preocupes por mí. Sin embargo, quizás, tienes razón; no es momento para esto.

En esa discusión estaban, cuando llegó Maricela, la madre de la chica, al lugar junto con el Toro. Eran, más o menos, las cuatro de la mañana. Al escucharlos llegar, la bicha se levantó de la cama y, con la misma, prefirió ir al encuentro de la progenitora.

La mamá iba con una maleta y un manojo de quetzales, la moneda de los guatemaltecos. Desde que le vio llegar, la hija supo que era la despedida. Sus ojos se llenaron de lágrimas y se unieron en un abrazo muy sentido. Después de los saludos, se pusieron a hablar largo y tendido.

El Roro y el Toro se limitaron a ser sombras en aquella conversación. Mientras las mujeres conversaban de sus cosas, el Toro le comentó, lo sucedido y lo grave de la situación. La cabeza del guanaco tenía precio en el mercado. Por esa razón, le aconsejó que volviera a su tierra, lo antes posible; él le ayudaría llevándolo por las montañas hasta el pueblo de Río Dulce.

Antes de llegar, Maricela se había puesto de acuerdo con el amigo para llevárselos por las montanas hasta dicho pueblo; inclusive habían conseguido un carro de carga para encaminarlos montaña adentro.

A eso de las cinco de la mañana, los tres estaban dejando aquella casa que había servido de refugio, temporal. Mayra tenía una mirada de entierro porque sabía que comenzaba una aventura sin pies ni cabeza. Su madre, le había dicho que en cuanto pudiera se uniría a ella en la casa de su amiga.

El camino era muy malo y, cada vez, se ponía difícil recorrerlo. A eso de las ocho de la mañana tuvieron que dejarlo en la casa de unos conocidos para seguir a pie. La idea era: llegar antes del anochecer a la casa de un familiar del Toro.

Para mala suerte de los aventureros, el clima se puso en contra. Unas nubes negras comenzaron a poblar el cielo y, en menos de lo pensado, un aguacero se vino encima. En aquella selva tropical de árboles gigantescos, las gotas de agua caían de forma violenta. Las *correntadas* comenzaban a salir por todas partes y, el lodazal, impedía avanzar. Para protegerse, tuvieron que cortar hojas de plantas que parecían paraguas. Las gotas eran enormes y rompían con facilidad las hojas; por suerte, encontraron un refugio, bajo el hueco de un árbol de Conacaste blanco. La cueva era tan enorme que, parecía, una pequeña habitación.

Aquella tormenta, al igual que llegó de improviso, se alejó dando paso a un calor muy húmedo. La ropa no tardó demasiado tiempo en secarse. Al llegar a una pequeña quebrada, los tres viajeros decidieron darse un pequeño baño para limpiarse el lodo en su cuerpo.

Cansados y abatidos, llegaron a la casa de los familiares. Éstos, los atendieron a cuerpo de rey. Las visitas no llegaban muy seguidas y, conociendo el carisma del Toro, el ambiente se puso de fiesta.

Al día siguiente, el Toro los dejó con los familiares porque el tipo necesitaba regresar para no perder su trabajo en el puerto. La pareja se quedó en el hogar una semana y, luego, un familiar los llevó hasta el pueblo de «Río Dulce».

En esos días, el Roro y Mayra aprendieron a conocerse entablando una linda amistad. La verdad, aquella situación los había unido mucho.

En el camino, Mayra le habló un poco de la amiga de la madre que, igualmente, era su amiga. Le habló maravillas de la mujer y de lo mucho que, la apreciaban. Sin saber ¿por qué? El nombre de aquella mujer nunca le dijo nada al chico, aunque se la imaginaba de la misma edad que la madre de muchacha.

Al llegar al pueblo, se pusieron a buscar la dirección. Al encontrarla, se dieron cuenta de que era un comedor. De entrada, la decoración llamó mucho la atención al guanaco, tenía algo especial. El tipo se puso a ver en detalle y algo, le decía que aquello era conocido.

Preguntaron, por la dueña, y ésta, no se encontraba en el lugar. La razón, la mujer vivía en una casa adyacente. Aquel detalle, lo puso más curioso y esperó, con cierta ansia a la dueña. Mientras, fueron a buscarla, el chico le dijo a su acompañante:

— No sé ¿por qué? Pero éste, lugar, me parece conocido.

— ¿De verdad? ¿Tu amiga, por casualidad, tiene familiares en mi país?

— Imagino que sí, ella es *guanaca*. ¿No te lo había dicho?

— ¡No!

En ese momento, entró, la dueña con una sonrisa de oreja a oreja porque estaba esperándolos, aunque nunca se imaginó que aquel acompañante era su amigo del alma. Ella estaba al tanto del problema porque Maricela se había encargado de ponerla al tanto.

Ambos se quedaron sorprendidos al verse frente a frente. Aunque, la más sorprendida fue Mayra. La reacción de ambos, al unirse en un gran abrazo, fue elocuente.

— ¿Se conocen? — Preguntó extrañada.

— ¡Claro que sí! — Respondieron al unísono.

— ¡Es la razón de mi viaje! Te he estado buscando como loco.

— ¿Y eso? ¿Qué no estabas estudiando?

— ¡Ya, terminé!

Luego de aquel encuentro, el chico le habló de la salud de la madre y del problema en el cual estaba metido. Mayra, por su parte, se sintió un poco aislada y, hasta, celosa de aquella amistad entre los guanacos.

Al recibir la noticia, la Negra se sintió mal. A pesar de estar peleada con su progenitora, le amaba y respetaba. Fue, cómo recibir, un *balde de agua fría.* Después de reflexionar pensó en bajar al sur lo más pronto posible. En esos días, la Negra se pudo dar cuenta que Mayra se había enamorado del Roro y que éste, también sentía algo por la mujer.

La Negra trató de *sacar cuerda de aquel mecate* pero ambos jóvenes dijeron que eran buenos amigos. A la semana, llegó Maricela con la noticia que seguían buscándolos. La Negra, conociendo los deseos de seguir estudiando de la chica, les propuso que se fueran para la ciudad capital y ahí, unas monjas amigas de ella, les podrían dar acogida, sobre todo a la joven porque la universidad de San Carlos estaba cerca.

La pareja salió en dirección del pueblo Flores en bus que venía de la ciudad capital. Flores estaba en las orillas del lago de Izabal y, bastante cerca, de las ruinas de Tikal.

Al llegar al lugar, se acomodaron en una posada que quedaba con vista al lago. Se hicieron pasar por una pareja de turistas sin mayores problemas porque el guanaco, con su acento, no lo dejaba mentir. La chica mientras no abriera la boca, cualquiera podía decir que era de cualquier lugar, menos de Guate.

En el hospedaje les dieron una habitación con dos camas porque no había matrimonial. Se acomodaron y, el resto de la tarde, se pusieron a averiguar la manera de comprar los billetes del avión. Para mala suerte, sólo había espacio dentro de tres días. Así no tuvieron otra opción que quedarse en el lugar.

Al día siguiente fueron a visitar las ruinas de Tikal durante todo el día, el siguiente las grutas mayas «Actún Kan» que, traducido, quiere decir: *cueva de la serpiente*. Éstas se encontraban cerca de la isla de Flores. Ese mismo día, atravesaron el lago para ir a visitar un pequeño zoológico al otro lado. Ambos estaban emocionados porque los tres lugares visitados eran unas pequeñas maravillas del mundo.

Ese día, llegaron cansados al hotel y se encontraron con una sorpresa agradable. La recepcionista del hotel, una chica muy agradable y soñadora, había mal interpretado la relación entre la pareja. Queriendo mantener cierto anonimato, los chicos habían dicho que andaban huyendo por amor. Ellos pensaron que, con eso, cortarían la curiosidad femenina.

La trabajadora, adujo que eran novios. En ese momento, solamente habían cuartos con camas separadas, no muy grandes. Por esa razón, al desocuparte uno de los cuartos matrimoniales. La recepcionista habló con el dueño para que les ofreciera el cuarto por ser una pareja joven. Fue tanta, la insistencia de la trabajadora que les obsequiaron el paquete dedicado a los recién casados. Este consistía en una cena romántica; una serenata, bajo la luna en una de las pirámides mayas de Tikal y, por supuesto, el cuarto matrimonial.

Al verse sumergidos en aquella mentira piadosa, no les quedó otra cosa que seguir con el juego. Rodrigo, después de hablar con la Negra, había adoptado una posición de distanciamiento con Mayra. Su amiga le había dicho que pensaba que la chapina se había enamorado de él y que tuviera mucho cuidado en no dañarle el corazón.

A eso de las siete de la noche estaban disfrutando del paisaje mágico en la cima de la pirámide, una flautista ponía el toque misterioso y romántico del momento. La niebla que cubría por sectores las copas de los árboles, daba la impresión que ellos estaban arriba de las nubes. A la hora regresaron y los llevaron para uno de los comedores de la isla de Flores, ahí los esperaban con una cena de película completando con un trío de músicos que los deleitaron con boleros del alma.

Entraron, algo cansados, a su nuevo cuarto. Muy amplio y con un gusto exquisito en su decoración. Una sonrisa cómplice los delataba, ellos sabían que estaban fingiendo aquella situación. Mayra se dirigió a la sala de baño porque sentía que, su cuerpo, había sudado mucho. Deseaba darse un baño, sobre todo que tenía agua caliente. Rodrigo, se acostó en la cama, para esperar su turno.

Aquellos momentos, sirvieron para que el chico meditara un poco sobre lo hermoso que se había sentido al lado de aquella joven. A pesar de que no había pasado nada, ni siquiera un simple, beso. Las miradas y el comportamiento coqueto de la chica, habían despertado un cosquilleo en su alma. La muchacha no le era indiferente y le tentaba piropearla. Lo detenía la advertencia hecha por su amiga. Pensaba, si le insinuaba algo más íntimo podría hacerla pensar otra cosa. El chico se decía: «solamente, estoy, de pasada por la vida de la mujer».

Al salir del baño, la chica salió con una toalla blanca rodeando su cuerpo que, estaba, sostenida por un nudo en su frente. Aquella prenda parecía un vestido muy corto y sexy. Además, la otra toalla la tenía enrollada sobre su cabeza. Se veía hermosa y la expresión del joven, lo decía todo. Al verlo, le dijo:

— ¡Lo siento! Se me olvidó la ropa de cambio.

La muchacha se dirigió a su maleta y sacó su ropa interior. Aquellas prendas, hicieron pensar al joven que debajo de la toalla la mujer, estaba, como Dios la trajo al mundo.

La *chapincita*, al verlo babear como un tonto, le preguntó de manera directa y con un tono sensual:

— ¿Qué? ¿Me veo mal?

— Al contrario, me encanta cómo se ve.

— No me mire las piernas porque no me las he rasurado. — Medio se inclinó para ver sus partes e hizo un gesto de sentirse mal por ese hecho.

— ¡Yo no veo nada mal! Aunque, si se levanta la toalla un poquito más, podría tener una mejor versión. —Lo dijo incorporándose y sentándose sobre el borde de la cama.

— ¡Así! —Le dijo, la mujer, moviendo unos centímetros la toalla y mirándolo fijamente.

— ¡No están nada mal! —Le dijo respirando hondo. ¡Sabe lo que tiene y se aprovecha de mi nobleza!

— ¡Le doy masa a mi periquito! — Le dijo con cierta burla al saber que tenía el satén del mango.

— ¡Gracias por regalarme ese brindis de coquetería! — Le dijo, el Roro, bajando la mirada para no seguir en aquella avenida.

Mayra, supuso que algo andaba raro con el joven, no era la primera vez que veía aquel alejamiento después de un acercamiento sentimental. La curiosidad femenina la hizo ir más allá.

— ¡Necesito que se quite: los calzoncillos y los calcetines! Aprovecharé para lavar toda la ropa interior.

— No se preocupe, lo haré yo. — Se sintió un poco incómodo.

— No se haga de rogar, aproveche que su mujer ficticia haga algo real. —Le bromeo.

— Aunque no me lo crea, me ha gustado sentirme su pareja.

— ¿De verdad? Me cuesta creerlo, por la manera que se ha venido comportando. Yo estoy, consciente que lo he metido a la fuerza en mis problemas. No se preocupe que pronto lo dejaré de molestar. Comprendo que no es fácil cargar con una cruz que no es suya.

— ¡No me molesta ayudarla! No fue su culpa. El hecho de conocerla facilitó las cosas. Me agradó desde que la vi por primera vez pero sé muy bien que es muy joven. No deseo, hacerle daño ni hacerla sentir mal. Tiene demasiados problemas para darle otro más.

— ¿Por qué dice eso? Créame, si me hubiera sentido, incomoda, a su lado; no estaría aquí sola con usted. ¡Tampoco, me es desagradable, como hombre! Se ha comportado como todo un caballero en estos días. No tengo nada que reprocharle, excepto de ocultarme algo.

— ¡No le oculto nada!

— Desde que salimos de «Río Dulce» se ha comportado de manera extraña. A veces, lo veo que se acerca pero con la misma, sale huyendo. ¿Le he hecho algo?

— No me ha hecho nada. —El tipo dejó unos segundos de suspenso y decidió retirarse para colocarse de espaldas contra el respaldo de la cama.

— ¡Lo ha vuelto a hacer! — La chica colocó una de sus rodillas sobre la cama teniendo el cuidado de ponerse la mano en medio de sus piernas. ¿Qué pasa?

Desde que habló con su amiga se comporta de ese modo. ¿Qué le dijo de mí?

— No pasa nada. ¡Es muy perspicaz! Por lo que veo.

— ¡Hable! Mire que, hablando, se arreglan las cosas. Mañana posiblemente sea nuestro último día; luego, será libre de mi presencia.

— Me dijo que no le hiciera daño porque creía que estaba enamorada de mí.

La muchacha se puso a reír y lo miró de manera incrédula. Luego, se puso, seria.

— ¡Eso le dijo! ¡Ahora, comprendo! Ustedes los hombres son tontos o se hacen. Las mujeres hacen lo que quieren con ustedes. Ella me preguntó, si pasó algo entre los dos, si me gustaba y que usted, se regresaría pronto a su país. Le dije que me gustaba y que nos habíamos besado. Que, aunque no pensaba nada serio, no veía mal en tener algo. ¿Ustedes, tuvieron algo verdad?

— ¿Por qué lo dice?

— Creo que estaba tratando de buscar algo o protegiendo sus intereses.

— ¿Usted cree? Aunque, siendo honesto creo que tiene razón. Es muy joven, estoy de paso y por nada del mundo me gustaría hacerla sufrir. Cuando me dijo que estaba enamorada, me gustó, al inicio; pero, luego, supe que le podría hacer daño.

— ¡Hay una cosa que debe saber! Nadie puede hacerme daño, si no se lo permito; no estoy enamorada de usted y me creo lo suficiente madura en todos los aspectos para tomar mis propias decisiones. No necesito de que, nadie, decida sobre mi futuro. — La mujer se puso enojada y se puso de pie al borde de la cama.

Cruzó sus brazos, bajo sus pechos y cambiando su rostro, le dijo:

— ¡Se quita, los calzoncillos o quiere que se los quite para demostrarle que soy capaz de desnudar a un hombre!

— ¡No! Usted no tiene nada que probarme. Si he actuado mal o si la he hecho sentir mal. Le ruego me disculpe. No deseo hacerla sentir mal. La aprecio mucho.

La chica, cambió su expresión y le respondió:

— ¡Está bien! Acepto sus disculpas pero, con una condición: deje de comportarse, como si yo fuera una mujer desvalida. No, me ayuda, en lo absoluto. Sé muy bien que estoy en un, grave, problema. En una encrucijada en mi vida. Mire, quizás, usted, sea un oasis en mi camino o una especie de valsa salvavidas. No haga que, desee, abandonar el bote ni dejar ese oasis.

— ¡Lo siento, no era ésa mi intención! Quise respetarla porque era la única manera de mantenerme distante. Me atrae mucho y cada vez me siento, atraído como un imán.

— ¡Oyéndolo! Diría de qué se está enamorando. Ahora soy yo, quien se va a alejar. No deseo, otro loco, detrás de mí.

— ¡Ni Dios, lo quiera! No creo estar enamorado, pero no puedo negarle que me atrae mucho.

— Entonces ¿qué hacemos?

— ¡Hacer pollitos y los vendemos! —Le bromeó para salir de aquel atolladero.

El chiste pareció surgir efecto porque la mujer se puso a sonreír. Luego, volvió al campo de rodeo, pidiéndole las prendas. En esta ocasión, el muchacho se colocó una toalla y se quitó, las prendas, delante de la mujer, quien lo miraba con sonrisa pícara.

Al darle las prendas, le volvió a repetir que no estaba obligada en lavarlas. La mujer le dijo que lo hacía con mucho placer. Al darse, la vuelta y dirigirse a la sala de baño, se le cayeron los calcetines. La chica los vio y, por unos segundos, se quedó pensando. Luego, se agachó despacio. Ella sabía que la toalla se le destaparía de un costado, mostrando casi toda la pierna. El Roro, le dijo:

— ¡Sigue dando masa al periquito!

— ¡A lo mejor, no soy tan santa; como cree!

— Nunca he creído que sea una santa. Si fuera ése el caso, la hubiera dejado en manos de algún angelito protector. Quizás, en el fondo, me gusta sentirme necesitado y pensar que a una bella mujer, por muy joven que sea, le guste.

— ¿Por qué piensa que me gusta? ¿Las palabras de su amiga?

Mayra se había quedado con la mitad del cuerpo recostada en el borde de la puerta. Su pierna morena sobresalía de la toalla.

— Me atrevo a pensar que aquel beso que nos dimos fue el producto de una atracción.

— ¿Pudo ser por agradecimiento?

— ¡Cabe en la posibilidad! En el fondo, me hubiera gustado que fuera por la primera razón. Sentí, honesto en aquel beso y, hasta, me atrevería a decir de una pureza inmensa.

El Roro se había sentado en el borde de la cama frente a la mujer. Sus ojos luchaban por no bajar en dirección de la pierna, para no dar la apariencia de mirón.

— ¿Dígame, una cosa? ¿Cree que soy virgen?

— ¡Ése, es un cuchillo con doble filo! Si le digo que sí, me diera que soy un machista; si le digo que no, me dirá que soy un pervertido.

— ¡Nada de eso!

— Por la forma de hablar diría que sí; por su reacción, diría que no. En este momento, por ejemplo me está toreando. Me quiere llevar al límite, verdad. Desea quemarse o, simplemente, está poniendo a prueba su grado de seducción femenino.

— ¡Lo estoy molestando! Se ve muy seguro de sí mismo y me tienta, provocarlo para ver si pierde los papeles.

— No se crea por las apariencias. Así cómo me ve. Hubiera querido ser, un pedacito valiente, para saltar a sus pies y robarle un beso intransigente.

— ¡Um! Me hubiera gustado que fuera valiente; pero hoy, quizás, es mejor dejar eso pendiente. Como dicen: agua pasada, no mueve molino. — Le subió las cejas en señal que había perdido la oportunidad.

La mujer se metió al cuarto a lavar la ropa y terminar de arreglarse, antes de meterse a la cama. Cómo a los quince minutos, salió con una bata blanca de tela de toalla. Lo miró, acostado sobre la cama y, sonriendo, le dijo que era su turno de bañarse.

El muchacho, se puso de pie y se dirigió al baño. Se le quedó mirando y, le dijo:

— Me dejó, pensando. Si hubiéramos tenido algo, posiblemente no estaríamos aquí. El hecho que la respetara, le dio la confianza necesaria para seguir a mi lado.

— Puede ser, aunque, lo más probable hubiera sido que lo alejara de mi lado. Después, de lo que pasó con ese *cuque;* créame, no me han quedado, ganas de tener una relación.

— ¡Ve! No estaba muy perdido.

— En eso, tiene razón. Sin embargo, el hecho que sea joven, no quiere decir que soy ignorante ni, mucho menos, sin experiencia. En el ambiente que he vivido, la virginidad se pierde de muchas maneras y a muy temprana edad.

— Eso, lo supe desde el principio. Y, según mi punto de vista, le da un punto a su favor, como mujer. Mucha seguridad y determinación. Confianza en sí misma y, lo que, más me agradó, fue: el deseo de superación que descubrí en sus ojos. Soy de los que piensan que se puede estar muy abajo, pero si se tiene la valentía de levantar la cabeza, se puede mirar lejos. Se puede poner de pie y caminar en dirección de un objetivo mejor en la vida.

— ¡Habla como profesor delante de un alumno! — Le sonrió y agregó: pero me gustó lo que dijo. Ahora, vaya a bañarse. De ese modo, termino de arreglarme. Por cierto, ya decidió ¿cuál lado de la cama prefiere?

— Me es indiferente. ¡Escoja, usted!

Rodrigo se metió al cuarto de baño, mientras la mujer terminaba de darse los últimos retoques. Cuando el joven salió, se encontró con el cuarto vacío. La mujer no estaba. Un sentimiento de miedo, mezclado con decepción le enmudeció el alma. La cortina de la ventana, se balanceó, delicadamente, una brisa que llegaba del lago le avisó que estaba abierta. Se acercó y la descubrió sentada mirando las estrellas. Por el brillo de las estrellas en el espejo de sus lágrimas rodando por su rostro, se dio cuenta de que había llorado.

El muchacho, agarró otra silla, y se colocó a su costado, sin decir nada; respetando aquel sentimiento. La mujer, le sintió llegar y, discretamente, se secó el rostro. La luna y las estrellas jugaban a mirarse en el espejo de las aguas del lago. La Isla de Flores dormía en un silencio profundo y, el embrujo de la noche, invitaba a murmurar palabras del alma.

— ¡Tengo miedo de que a mi madre le pase algo por mi culpa! ¡Es mi única familia! ¡Maldito *cuque*!

— ¡Es un miedo válido! Supongo que ella pensará igual. ¡Las separaciones siempre son dolorosas por simples que sean! La verdad, no sé quién sufre más: aquel que se queda o aquél qué se va.

— ¿Cómo hizo, para superarlo?

— ¡Nunca se supera! El tiempo nos ayuda a mantenerlo oculto para seguir viviendo. Es casi, cómo vivir muriendo. No puedo decirle que no se preocupe por su madre, le mentiría. En este momento, está, mejor, preparada para sobrevivir que usted. Se encuentra en terreno conocido. En cambio, usted no sabe a dónde va, qué esperar y cuál será su futuro.

— ¡Quizás, tenga razón! Nunca me había separado de ella.

— ¡Los nunca, siempre llegan! Piense que un día lo tenía que hacer. Entonces, piense que simplemente se adelantó.

— ¡Cómo se puede dar cuenta, no soy muy fuerte!

— Menos, no me hubiera esperado. Por lo menos, en este momento, no está sola. Cuando me fui por primera vez, tuve que dormir bajo la luna, escondido debajo de un montón de hojarascas.

— ¡Gracias! En verdad aprecio que esté a mi lado; qué me acompañara por todo esta pequeña aventura en medio de la selva. Muy bien pudo agarrar camino para su tierra sin complicarse la vida.

— Y perderme la lluvia en la montaña, el lodazal, la picada de zancudos, la caminata de noche, el paseo en canoa, hacerme pasar por su novio y hoy su marido. Claro que aquel beso tuvo mucho que ver en el asunto. Ni loco ni en sueños me lo hubiera perdido.

— ¿Tanto, le gustó el beso? No me considero buena, besando. — La chica pareció reflexionar y agregó: ¿Ahí se dio cuenta de que soy una novata, verdad?

— Ahí me di cuenta de que era una mujer con nobles sentimientos.

— ¡Gracias! — La chica le depositó su cabeza en el pecho en signo de agradecimiento.

Rodrigo, le colocó el brazo sobre el hombro y la acercó a su cuerpo. Luego, agregó:

— ¡No cambie! Por muchos, palos de la vida.

La mujer se quedó suspirando en el hombro del joven. Luego, el muchacho, agregó:

— La vida sabe lo que hace. Si no, la hubiera conocido, no hubiera encontrado a mi amiga. Si lo vemos de otro ángulo, si no hubiera querido cumplir una promesa, no la hubiera conocido. Tiene que ser alguien especial para que con un beso, provocara que la siguiera por montañas, ríos y lagos.

— ¿Será que el destino quería que nos conociéramos? ¿Por qué? ¿Qué tan importante seremos, el uno para el otro?

— ¡Eso, solamente, el destino y el tiempo nos darán la respuesta!

— ¡Y sí, solamente, somos como estrellas fugaces! Nunca más volveríamos a vernos.

— Ésa, es una posibilidad. Por eso, hay que disfrutar nuestro momento para dejar huellas agradables en el futuro y no lamentos.

— ¡Sí, verdad!

— ¡Sí!

En ese momento, Rodrigo metió su mano por debajo de un brazo y apretándola, hizo sentirse querida. La joven, lejos de alejarse, se acomodó al cuerpo del muchacho. Luego, agarrando la mano intrusa, la apretó suave y la colocó, sin soltarla, en medio de su estómago, muy cerca de sus senos. Después de unos segundos, la mujer soltó la mano y se puso a sobarla delicadamente haciendo pequeños círculos sobre la piel.

— ¡Sabe! Es la primera vez que estoy así con un hombre. Sin miedos, sin remordimientos y sintiéndome libre.

— ¡Espero, no defraudarla! —Sonrió y agregó: Dicen que las primeras veces suelen ser delicadas por no decir otra palabra.

— ¡Dolorosa! —Sonrió porque sabía, a que se refería.

— ¡Exacto!

— Esperemos que no sea el caso. Por el momento, no me quejo.

— ¡Y si tienes, *quejas*, me avisa para detenerme!

— ¡Dicho y hecho! —Sonrió y se pegó un poco más al cuerpo, casi como al estar acomodándose en una almohada.

En ese momento, la tentación, de ir más allá, le susurró al oído y el diablito de la seducción le pinchó el ego. Uno de los dedos, comenzó a moverse delicadamente por los bordes de uno de los senos. La mujer no tenía puesto su sostén y la piel, bajo la camiseta blanca, se podía sentir tan delicada como la mejor seda del mundo. Al ver que la chica no se inmutó ni dijo nada, se dijo que el que calla, otorga. Así que se unió, otro dedo, y juntos, subieron hasta llegar a la cúspide. En ese momento, el volcán del deseo comenzó a subir la adrenalina en la mujer y aquel monumento natural creció como agua de río en plena tormenta. Su pezón, un pequeño nance, al sentir el ronroneo de un dedo dando vuelta como loco, alrededor de su trono; musitó mil maravillas que salían en una noche de fuegos artificiales. De repente, la mujer, levantó su mano y colocándola sobre la mano atrevida, la detuvo en seco. Suspiró profundo y dijo:

— ¡No siga…! — Aquella frase corta, dejó en el aire muchos puntos de interrogación que dejaron al muchacho en la disyuntiva de no saber qué hacer.

Un silencio, volvió, a aparecer y se instaló, por varios minutos. Una brisa fresca que interrumpió de improviso, provocó un escalofrío en la muchacha.

— ¡Creo que es hora de entrar! — Dijo, separándose del joven.

La guatemalteca, se levantó de improviso y se bajó el borde de la camiseta que servía de camisón. Aquella prenda, apenas bajaba unos centímetros de su cadera, como si fuera un vestido de falda corta. Sus piernas, morenas y sólidas, atrajeron la mirada del cipote. La mujer, se hizo desentendida porque sabía que era uno de sus atractivos que regularmente atraía las miradas del sexo opuesto. Sus prácticas de baloncesto tenían mucho que ver en el estado perfecto de dichos, muslos. Una sonrisa, de orgullo femenino, brotó como sol en el horizonte.

Rodrigo, mirándola con dulzura, le dijo poniéndose de pie.

— ¡Al verla extremadamente linda! Me dan ganas de ser imprudente, osado y, quizás, machista.

— ¿Y eso? ¿A qué se debe tal arrebato? —Se le quedó mirando, algo desafiante, pero con la misma sonrisa de saber que le estaba admirando.

— El deseo, quizás, de hacer una locura; pero no se asuste. Una locura de joven imprudente y, hasta, romántico.

— ¡Ah! Si es, ese tipo de locura. Entonces, no se detenga. — Le volvió a regalar la sonrisa de agrado y, con la misma, abrió la ventana de una posibilidad.

— Entonces, ¡agárrese!

El Roro se acercó a la mujer y, sin pedir permiso, la tomó entre sus brazos. Elevándola, como una pluma, la apretó delicadamente. La dama, un poco sorprendida, se agarró del cuello, dejándose llevar hasta la cama. Mientras caminaban, ninguno decía nada. Quizás, saboreando, la miel de aquel bello momento.

El galán, la depositó con dulzura sobre la cama y, le dijo:

— ¡Gracias por permitirme hacer eso! Siempre, quise hacerlo.

— ¡Gracias por hacerlo! Pienso que toda mujer sueña con que un caballero la tome en sus brazos y la meta en la cama. — Suspiró y se le quedó, mirando, a los labios. En su interior, se dijo: «lo único que faltó, fue: cerrar la escena con un beso».

Se acomodó en la cama, teniendo el cuidado de bajar la prenda para no mostrarle demás, su calzón blanco. El pudor lo exigía porque al alzarla en brazos, las manos se habían posado sobre la piel de sus nalgas.

El Roro, rodeó la cama con una sonrisa de satisfacción en su rostro y se dirigió al otro costado. Se quitó el pantalón y se quedó, solamente, con su camiseta, desmangada. Apagaron las luces dejando, solamente, el reflejo de la luna entrando por la ventana. Un ambiente mágico se instaló porque unas luciérnagas hicieron su interrupción en la escena.

— ¡Vaya! Tenemos visitas inesperadas. —Exclamó la muchacha siguiendo a una de las intrusas que jugaba a dar vueltas sobre ellos.

— Dicen que: sí, una luciérnaga se posa en tu mano, es para ofrecerte un deseo. — Dejó escapar el Roro, alargando su brazo en dirección del insecto con luz intermitente.

— ¿Será, verdad? — Sonrió, la mujer, y estiró, igualmente, su mano.

De repente, una de las intrusas, llegó de improviso y se colocó, sobre la mano de la chica.

— ¡Es el momento de hacer el deseo! — Le musitó el joven.

Mayra cerró sus ojos y se puso a pensar en el deseo. El insecto se levantó y junto a las otras invitadas, salieron de la habitación. Casi, cómo diciendo: «Hemos cumplido con el mandato de amor».

Sin creer más de la cuenta, pero, en el fondo, guardando la esperanza de un, quizás. La muchacha, dijo:

— ¡Aunque no sea verdad! Es hermoso tener la posibilidad.

— Piense que, casi nadie, recibe la visita de una luciérnaga para posarse en la mano. ¡Algo tendrá de misterioso y mágico, el asunto!

El chico se dio media vuelta para observar a la mujer. La luz que entraba, por una ventana, musitaba la imagen de la musa sobre la cama. El chico, se quedó, callado, observándola. La muchacha, al sentir la mirada, sonrió y levantó la rodilla más cercana al joven. Sin voltear a verlo, le dijo:

— ¡Gracias!— volvió, su rostro, a la posición original y agregó, cómo queriendo dar seguimiento a unos signos de suspenso dejados en el aire: Por… estar aquí; Por… respetarme; Por… haberme defendido y por… no dejarme sola. — Sonrió y agregó: Por…simular ser mi novio, mi pareja y, hasta, al regalarme una ilusión.

— ¿Y le beso? — Respondió, suavemente.

— ¡Ése! Fue, la cereza en el pastel. — Sonrió.

— ¿Qué pidió como deseo?

— Si se lo cuento, posiblemente no se realice. Y deseo que se realice.

— ¡Dicen que a los deseos hay que darles, una manita, para que se realicen!

La mujer volteó cómo diciendo que le había leído el deseo. Sus ojos acaramelados se abrieron como dos lunas blancas. Se le quedó mirando, con una sonrisa que musitaba: ¡Quizás, tenga razón!

Se sentó y, volteando un poco su torso, para verlo, le dijo:

— ¡Creo que tiene razón! «Para que el cántaro se llene, es necesario que vaya al pozo».

Se arrodilló a un costado y, levantando su camiseta blanca, se la subió suavemente para que el joven no perdiera detalle de aquel gesto. La colocó a un costado y subiéndose sobre las piernas del muchacho, le dijo:

— ¡Creo que ahora sabe lo que pedí!

— ¡Creo que me lo imagino! —Le dijo agarrándola de la cintura para subirla hasta su cintura.

La muchacha, agarró ambas manos y las colocó sobre sus senos, diciéndole:

— ¡Mientras, hago realidad mi deseo! Siga jugando con mis pezones, ahí se encuentra el detonante de mi placer.

Desde ese momento, la muchacha se puso a besarlo con la delicadeza de una princesa. Rodrigo, no dudo un segundo, en poner en práctica su experiencia y, juntos, hicieron de aquella noche algo difícil a olvidar. Escribieron, una página sagrada, en el diario de sus vidas con tinta indeleble que duraría una eternidad.

Al día siguiente, como verdaderos enamorados, amanecieron *«empiernados»* y, solamente, se levantaron para desayunar y, con la misma, dirigirse al aeropuerto que quedaba a treinta minutos del lugar.

Desde ahí, viajarían en avión hasta la ciudad capital. En menos de una hora, estaban aterrizando en el aeropuerto internacional «La Aurora». Para ambos, era la primera vez que volaban en avión y, por esa razón, el miedo los acompañó durante el corto viaje.

Durante el viaje, ambos, no quisieron tocar el tema de su relación. En verdad, ninguno de los dos sabía con qué pie bailar en esa balada. No había promesas de por medio, grandes declaraciones de amor ni mucho menos la posibilidad de un futuro. Parecía que, todo, estaba claro entre los dos. Aunque, en el fondo, no era del todo cierto. Una nube llevando una barca con corazón de deseo, palpitaba en su cielo.

Para romper aquel silencio, Rodrigo, dijo:

— ¡En este viaje! Es la primera vez, de muchas cosas: primera vez que salgo de mi país, la primera vez defiendo a una chica, que acepto ser novio sin serlo, ser pareja sin serlo, renuncio a alguien y fracaso en esa renuncia; me dejo amar queriendo amar, viajo en un avión y llevo como compañera a una mujer hermosa.

Mayra que lo escuchaba, con cierto interés, no pudo retener una pequeña vergüenza, al sonrojarse. Le apretó la mano y respondió sin verlo:

— ¡Nunca, pensé hacer lo que hice, pero me gustó! Sigo, en las nubes por dentro y por fuera. Me he quedado con la sensibilidad *a flor de piel*. No tengo más que agradecimientos y, sólo, pensar que se va a terminar muy pronto, me pone un poco triste. Quizás, sea verdad que la felicidad llega por gotas. Me quedo con el sabor en mi piel, la delicadeza de sus palabras y, el susurro, del tiempo diciéndome que no ha sido un sueño.

— ¡Nunca, creí sentirme tan bien con alguien! Ahora, sé que la felicidad existe. — Si la vida me diera un pretexto para seguir a su lado, no dudaría un segundo en quedarme.

— ¡Creo que sucede lo mismo en mi sentir! Sin embargo, debemos ser realistas: Usted tiene que volver a su tierra y yo… debo seguir mi camino. Debo prepararme para luego, volver por mi madre. Le debo tanto y hoy, la quiero, más que nunca. Para ser sincera, no está en mis planes tener una relación duradera. En este momento, me estorbaría.

De repente, unas luces se encendieron y el sonido anunciaba a los pasajeros que se prepararan para el aterrizaje. El avión comenzó a descender y, una pequeña turbulencia, esparció todos aquellos pensamientos y los centró, en un miedo a morir. Con aquella pequeña angustia, aterrizaron en el aeropuerto de la ciudad capital, como le decían los chapines a su capital.

Según, los planes, tomarían un taxi para buscar la dirección. Era un convento de monjas. Con su poco equipaje en hombros, ambos salieron y se dirigieron a la entrada para ubicar algún vehículo libre. En la entrada, Mayra, le dijo:

— ¡Bueno! ¡Creo que llegó el momento de poner el punto final!

— Solamente, si usted quiere. En mis planes está, dejarla frente a la puerta del convento. Ni un minuto antes, ni uno después. Mire que su madre y mi amiga me matan si llegase a pasarle algo.

— ¡Ah, bueno! Si es así, aceptó ponerle como a esta frase. —Le sonrió aceptando alargar el tiempo de la despedida.

Parecía que ninguno de los dos, deseaba ponerle punto final a aquella relación. Se subieron a un taxi y le dieron la dirección del lugar. Se colocaron en los asientos traseros del vehículo y se pusieron a platicar. De manera, automática, se tomaron de las manos como dos enamorados. Aquel gesto no pasó por alto, desapercibido, por el conductor que los miraba a través de retrovisor.

En un momento dado, el conductor, preguntó:

— ¡Perdone mi curiosidad! ¿Usted es guanaco, verdad? —Se dirigió a Rodrigo.

— ¡Con mi acento, es difícil negarlo! — Respondió sonriendo con la sonrisa que le caracterizaba.

— Dígame, ¿usted sabe por qué han cerrado la frontera? No puede pasar ni la sombra.

— ¡De verdad! ¡No los sabía!

— Se lo cuento si piensa regresar. Es mejor que se quede por estos lados, mientras se arregla la situación.

Rodrigo volteó a ver a su acompañante y ésta, casi cómo adivinando la mirada, le sonrió confirmándole el pensamiento. Aunque, ninguno de los dos, quiso opinar sobre el asunto.

Al llegar a la dirección, Rodrigo le dijo al chofer que lo esperara. Él tenía la intención de acompañar a la muchacha hasta la puerta y comprobar que quedaba en buenas manos. Tocaron y no les abrieron. Esperaron unos minutos y no hubo respuesta. Tocaron por tercera vez, y en ese momento, una voz les dijo sin abrir la puerta que no los podían abrir. Que las monjas estaban en un retiro espiritual y las puertas estarían abiertas para el público, hasta, el lunes siguiente.

Aquella noticia, los dejó algo sorprendido y, sonriendo, el Roro, le dijo:

— ¡Pareciera que el destino no desea que nos separemos! No puedo irme para mi país y usted no tiene dónde quedarse. ¿Será una coincidencia o una señal?

— ¡Creo que es la señal que estábamos buscando! O mejor dicho, el pretexto que necesitábamos.

— ¡Yo estoy dispuesto a aceptarlo!

— ¡Yo, también! ¿Qué hacemos?

— ¡Pollitos y los vendemos! — Ambos lo dijeron, al mismo tiempo, y sonrieron porque aquella frase, los volvía a unir.

Se subieron al taxi y le dijeron al taxista que los llevara a un hotel. El tipo que no era tonto, sabía que los chicos andaban en plan romántico. Entonces, les propuso llevarlos a un lugar paradisiaco y digno de todo toque romántico: la antigua capital chapina, llamada, popularmente: «La Antigua».

Al llegar, no muy lejos de la catedral, frente al parque, el hotel les ofreció la única habitación que poseía. Para evitar sospechas, se hicieron pasar como pareja y se acomodaron. La tarde y el recorrido, los había, cansado lo suficiente para meterlos a la cama. Descansaron más de una hora y a eso de las cuatro de la tarde, decidieron salir a dar un pequeño recorrido por el pueblo.

Desde que habían entrado a aquel pueblo incrustado en una especie de hondonada, vigilada por varios volcanes, el paisaje los había enamorado. Las casas coloniales, las calles empedradas, los edificios viejos y una población, indígena, numerosa habían cautivado su atención.

Preguntaron, al personal del hotel, sobre los posibles atractivos y, éstos, muy serviciales ofrecieron los datos necesarios. Entre las maravillas a visitar, estaban: el Arco de Santa Catalina, el Cerro de La Cruz, La Iglesia La Merced, el convento de las Capuchinas y el Museo de Arte Colonial.

La mesa estaba servida para pasar el resto del día en plan turístico. Así que, sin mayores apuros, hicieron un plan y se pusieron a caminar por aquellas calles adoquinadas algo estrechas y no muy altas. Las casas pintadas con colores llamativos, balcones con armazón de hierros y macetas en las entradas de las puertas o colgando, daban un toque especial al lugar. Algo que llamó, la atención al guanaco, fue que ningún negocio tenía sus rótulos a la vista ni que sobresalieran.

Tomados de la mano, como dos enamorados, se prestaron al juego de los turistas. A cada paso, alguien quería venderles cualquier cosa. Lo curioso de aquellos vendedores era que, entre ellos, había mucho niño y, en su mayoría, eran indígenas por sus rasgos físicos.

Casi llegando al mercado, se detuvieron para escuchar la negociación de una pequeña de más o menos siete años con una *gringa.* La pequeña, les había vendido unas pulseras de colores a cuatro por quetzal. El chico, hizo señas a su acompañante para que pusiera atención de manera disimulada.

La bicha, le había ofrecido cada pulsera a dólar y la negociación se hacía en la lengua de «Shakespeare». *El tira y afloja,* entre vendedora y compradora, terminó al concluir la negociación que quedó a cinco pulseras por dos dólares.

Los dos visitantes se quedaron con la boca abierta al ver la viveza para los negocios de la pequeña. La sorpresa no quedó ahí, luego, se darían cuenta de que la niña hablaba seis idiomas: alemán, inglés, francés, holandés, español y la lengua maya, el quiché.

El recorrido terminó subiendo al cerro de la Cruz para contemplar desde lo alto, la belleza del pueblo custodiado por el volcán de Agua, el de fuego y el de Acatenango. Cómo recuerdo, compraron una pintura con la calle que da al Arco de Santa Catalina y teniendo en el fondo a uno de los volcanes.

Esa noche, cenaron en restaurante que se encontraba en una loma y, desde ahí, se podía observar la ciudad iluminada, teniendo como fondo el esplendor de los volcanes. A eso de las ocho de la noche, estaban llegando al hotel y se fueron, directo, a la habitación.

Durante todo el día, habían estado muy cerca y, las caricias disfrazadas, habían surgido en lo discreto como susurros en la noche. Sus ojos, varias veces, se habían cruzado y dejado escapar un encantamiento de enamorado. Sin declararlo a los cuatro vientos, ambos deseaban estar a solar entre cuatro paredes para poder expresarse de manera libre y consciente. Un deseo inmenso burbujeaba en cada cuerpo queriendo expresarse a su manera.

Al entrar a la habitación, la mujer tomó la delantera y le dijo que utilizaría el baño. Deseaba prepararse de la mejor manera posible, para estar a la altura de un final, deseado y esperado. Mientras tanto, el Roro se quedó en la espera, con una sonrisa que lo decía todo.

En una *escapadita*, mientras conocían la ciudad, la muchacha se había metido a comprar ropa interior. En su mente, musitaba, una noche para el recuerdo. Por eso, escogió aquel atuendo, especialmente, para agradar a su pareja.

Antes de cerrar la puerta, la chica se le quedó mirando con ojos que no, permitían una negativa y le dijo:

— ¡Sabe una cosa! ¡Tengo un deseo…! — La mujer pareció vacilar por miedo a lo que pensaría su acompañante.

— ¿Qué desea? Si está en mis manos, se lo haría realidad.

— ¡Quisiera tomar algo fuerte! Desde que salí de casa no he probado nada y mi cuerpo pareciera pedirlo. — Vivir en el bar, le había dado la oportunidad de conocer otro mundo a muy temprana edad.

— No soy muy ducho en el asunto, pero si me dice: ¿Qué desea? Voy por el mandado, mientras se baña.

— ¡Si encuentra un «*Ron Botrán Centenario*» sería estupendo! Ah y, de paso, una «Coca-Cola» bien helada con unas rodajas de limones.

— ¡Dicho y hecho!

Rodrigo salió de la habitación en busca de aquel trago. Cuando regresó, la mujer todavía estaba en el baño. Colocó, las compras en una mesa de noche y se sentó a esperar. A los minutos, salió, la muchacha como lechuga fresca metida en una bata de baño de color blanca que le cubría casi todo el cuerpo. Su pelo mojado y suelto, sobre su pecho. Una mirada coqueta que hubiera bajado de las nubes a cualquier incrédulo.

— ¡Perdón por tardarme, tanto! El agua está deliciosa. ¡Qué rico que encontró la bebida!

— No le preparé nada porque no estoy muy acostumbrado a ese tipo de bebida.

— ¡No hay problema, de eso me encargo yo! Ahora, métase al baño que para luego, es tarde.

Rodrigo tuvo la intención de acercarse para tratar de ver algo debajo de aquella bata, pero la mujer, le sentenció con el dedo que no era el momento. El chico obedeció, como niño al que le negaron, un juguete deseado.

A los minutos, el Roro salía del baño, simplemente, con una toalla alrededor de su talla. Mayra, al sentirlo abrir la puerta, se puso de pie y agarró, dos bebidas, previamente preparadas y se le quedó, mirando. En ese momento, solamente, tenía sobre su cuerpo, una prenda, roja transparente que hasta un ciego podía ver a través. Le ofreció la bebida, preguntándole, si le gustaba. Claro que, la interrogación, iba con doble sentido: la bebida y la mujer que modelaba. Al mismo tiempo, para ofrecerle un mejor espectáculo de aquellos volcanes, respiró hondo para elevar el tamaño de sus senos. Luego, dio una vuelta completa para que admirara su parte trasera.

— ¡Esa pregunta, ni se pregunta! — Le contestó, casi, con los ojos a punto de salir de su órbita. La toalla que lo rodeaba cayó como piedra en un río a los pies del muchacho.

La reacción de la mujer, al verlo en sintonía, no dejo dudas porque sus ojos explicaron, claramente, lo que veían. Le ofreció, el Ron y le dijo:

— ¡De una y, hasta, el fondo!

Desde ese momento, las palabras pasaron a segundo nivel porque la expresión física tomó el mando de la situación. La agarró en sus brazos y, en el aire, comenzaron a amarse con desesperación. La noche parecía que sería larga porque, en un receso, se miraron con ternura. Ahí, enrollados, deliciosamente, dejaron que sus ojos, hablaran. El reflejo de una estrella brilló en los ojos de la mujer. Estaban vidriosos, al extremo que unas lágrimas irrumpieron el momento.

— ¿Está llorando?

— De felicidad. — suspiró profundo.

El muchacho, con la punta de su dedo, le acarició una de ellas. Casi, como un brindis de destello, un pequeño, brillar, imitó a una luciérnaga. Sonrió y dijo:

— ¡He visto una luciérnaga posarse sobre mi mano!

— ¡Entonces, es el momento que eleve su deseo al cielo! — Le acarició, el rostro, con ternura.

El chico cerró sus ojos y lanzó, al vacío, su deseo. La mujer, le besó, suave la boca y dándose, media vuelta, cayó a su costado. Rodrigo, siguiéndola, se subió sobre la mujer para quedar, casi, arrodillado sobre ella.

— ¡Me has embrujado el alma! Nunca, imaginé llegar a amarte tanto.

— ¡No, sigas, por favor! Puedes, echar a perder este momento. No deseo que prometas nada, porque no te puedo prometer nada. No quiero esperanzas porque no te puedo dar esperanzas. No quiero compromisos porque no me puedo comprometer. Lo único que te pido es, amarnos como nunca para que el «quizás», no sea una pregunta.

El muchacho se quedó, callado; mientras, la escuchaba. Al mismo tiempo, caía, en cuatro patas, sobre una realidad dura. La mujer, no quiso ser muy pesada con sus palabras, por lo que se puso a acariciarle el pecho con delicadeza. Rodrigo se puso a besar y acariciar, la mano de la mujer, diciéndole:

— ¡Sé que tienes razón! Sólo quisiera decirte que me tienes en las nubes.

— Lo sé porque ahí me encuentro. — Le murmuró casi deslizando las palabras en el silencio.

— ¡Quisiera darle rienda libre a mi sentimiento! —Se puso a besarla y acariciarla, delicadamente.

— Si ése, es el caso, no te detengas. ¡Soy toda, tuya!

La mujer se incorporó y sentándose, para estar a la altura del joven, se puso a devolverle beso con beso. En cierto, momento, un poema salió a relucir; mientras, la noche los arropaba en silencio.

« Te amaré en silencio, cuando caiga el ocaso; te amaré por siempre, hasta el fin de mi tiempo. Seguiré, los pasos que, has dejado, a tu paso; calzaré, las huellas que pintaron tus besos. Te amaré, en silencio, al compás de una cigarra; te amaré, por siempre, acariciando mi guitarra. Tocaré, despacio, la balada que me has dejado; moriré queriendo que estés, a mi lado. Te clamaré, al sentir, tu vacío. Me abrazaré, a tu espacio, en mi pasado. Y te amaré, en silencio, en lo que me has dejado. Te lloraré, al sentirme, vacío. Me dormiré, en el verso, de tu almohada. Y te amaré, en silencio, musitando tu legado»

Al compás de aquellas frases románticas, ambos se entregaron sin medidas ni límites. La noche, los alcanzó, al compás del deseo y los cobijó, bajo el amparo de un silencio eterno.

El siguiente día, decidieron visitar la capital con la idea de conocerla porque se convertiría en la segunda casa de la chica. Según, los planes, visitarían: el zoológico, el Palacio Nacional, la Catedral metropolitana y la universidad San Carlos. En ese templo universitario de prestigio, Mayra deseaba estudiar.

Al llegar al «Alma Mater», aprovecharon para pedir información y, se dieron cuenta de que las inscripciones para una formación dirigida a los nuevos alumnos estaba, abierta; comenzaría, dentro de poco. Así que, de una, se inscribió porque tenía todos los documentos necesarios a la mano. Ese hecho, alegró el sentimiento de la mujer porque le ofrecía la oportunidad de iniciar con paso seguro su futuro en la capital.

El día se les pasó volando y, cuando, regresaban a Antigua, pasaron cerca del canal 3 de televisión. Ahí, había una fila de gente queriendo entrar a participar en un programa de televisión en vivo, llamado «Venga con Chalo, venga». Mayra era una de las seguidoras de dicho, programa; Por eso, al enterarse de la oportunidad de entrar, le rogó al chico que la acompañara.

Hicieron la cola y, mientras, se formaban para entrar. Una señorita, con una libreta, se acercó pidiendo el nombre y el origen de cada persona. Era un requisito porque, en cierto momento, el público participaba en juegos y concursos. Entraron y se colocaron en unas gradas de madera colocadas delante de la escena principal. La chica estaba feliz de participar en dicho evento y aplaudía fuerte cuando pedían que lo hicieran.

En cierto momento, el protagonista del programa, comenzó a mencionar a ciertos participantes porque habían sido escogidos. Siendo guanaco, el chico salió, favorecido; quizás, por haber llegado de tierras lejanas. El muchacho no se esperaba aquella invitación y no mucho, le gustó la idea de salir en escena. No era mucho para estar como protagonista, prefería ser de los participantes, atrás de cámaras.

Colocaron a los cinco elegidos en fila india. El Roro, a propósito, se puso de último con la intención de no pasar a la escena. Los cuatro primeros, eran chapines y pasaron sin mayores problemas, gozando de sus segundos de gloria al aire. La mayoría se puso enviar un saludo a sus seres queridos y a sus *cheros*. Cuando llegó, la oportunidad del Roro, éste entró con las manos cruzadas.

Chalo, el animador, al leer su libreta de notas, supo que podía mejor provecho de la presencia de un guanaco en el programa. Eso no sucedía, todos los días. Así que, desde que estuvo frente a él, lo saludó con el apodo que utilizaban para identificarlos: chero.

Le preguntó, algunas generalidades, cómo: de dónde provenía, profesión y la razón de su visita en tierras del quetzal. Luego, aprovechó para preguntarle algunas particularidades del país del indio Atlacatl. Comenzó preguntando sobre las famosas «pupusas»; cómo, llamaban, a las mujeres, a los amigos y terminó preguntándole sobre el origen del apodo: «guanaco». Quiso bromear, diciéndole que no entendía la relación entre los salvadoreños y un animal de los Andes que escupía.

El Roro, les dio la versión del «Guanacaste» y dejó, sorprendido, al entrevistador porque le ofreció una versión del apodo «chapín» que él, desconocía. El señor, le dijo que sabía que los salvadoreños utilizaban una jerga especial para comunicarse y que, no era fácil comprender para un novato en la lengua de Cervantes. Le pidió que le ofreciera algunas frases al público. Rodrigo, entró en el juego y *se disparó* con *algunas de corredor*: « ¡No jodás vos! ¡Éste, es un bayunco! ¡Esa bicha está, buena para comérsela con curtido y salsa! ¡Púchiva, vos! ¡Miércoles! ¡Qiubo! ¡Qué buena está, esa mona!» Al terminar la retahíla de frases, la gente quedó contenta porque cada una de ellas iba acompañada con su respectiva explicación.

Para terminar, le preguntaron si andaba acompañado y les dijo que no, aclarándoles que su compañera era: guatemalteca. El locutor, entonces, le preguntó si las guatemaltecas eran más bonitas que las salvadoreñas. Rodrigo, se defendió como *gato pansa arriba*, tratando de no salir trasquilado. Al no quedar conforme con la respuesta, le pusieron el desafío de decirle algo bonito a su acompañante. Las cámaras, comenzaron a buscar a Mayra, entre el público. Entonces, el Roro, la descubrió entre la multitud y entraron en contacto visual. Desde ese momento, el chico comenzó a recitar unos versos de un poema desconocido: «Cuanto más te quiero olvidar, tú te aferras insoluble por mis venas. Provocando una hecatombe en mí soñar, floreciendo nuevamente en mí callar. Y vuelvo a ser, estrella matinal que brilla en el cielo del amor. Y vuelvo a ser, aromas de azahar que esparce por el viento su querer…»

Al finalizar, todo el público se puso a aplaudirle y, la chera, se puso a llorar, cómo una Magdalena. De regalo, les dieron una cena en un restaurante de la capital. Al recibir el regalo, el chico le preguntó si en ese restaurante hacían pupusas. Aquella curiosa intervención, sirvió para cerrar su participación con un aplauso nutrido.

Al salir de los locales de la emisora, la gente lo comenzó a identificar llamándole, cariñosamente: «chero o guanaco». La muchacha había quedado, bastante, sorprendida por el desenvolvimiento de su amigo, una nueva faceta le había conquistado. Le dijo, en forma de broma:

— ¡Tendré que acostumbrarme a tener un *chero* popular!

— ¡No es para tanto! No me gusta, ser popular. A esas personas, les escudriñan; hasta, el menor de los gestos. Prefiero, el anonimato porque permite conservar los pies sobre la tierra y se puede hacer cualquier cosa, sin levantar tanto polvo.

— ¡Eso, es verdad! — La mujer se quedó en el aire queriendo unir, algunos, cabos sueltos que la pusieron, algo, nerviosa.

— ¿Qué pasa? — Rodrigo notó aquella duda en su mirada.

— ¡Espero que esa aparición en la tele, no me traiga cola!

— ¡Miércoles! ¡No había caído en el cuento! ¡Ojalá, no me hayan identificado! ¡Lo siento mucho!

— ¡No fue su culpa! Fui quien insistió en entrar. ¡Roguemos a Dios que no sea un fanático! —Ambos hablaban del *cuque* perseguidor.

Bajo aquella sombra se marcharon para el hotel. En el camino, trataron de cambiar de conversación para airar aquel mal presentimiento. Ahí, el chico, le prometió que la próxima vez la invitaría a comer unas deliciosas pupusas revueltas o de *loroco*. Las preferidas del guanaco.

La última noche, no tuvieron opción, tocaron el tema de su relación. Esos días pasaron rápido, pero habían dejado huellas profundas y eternas. Una relación, un poco anormal, había brotado como flor a inicios de la primavera. Algo así, cómo: una luz en medio de la tormenta. A pesar de haber puesto, en cierta manera, las cartas sobre la mesa; pareciera que, una de ellas, se mantenía oculta. Para ser sincero, el Roro, no sabía ¿cómo abordar la situación?

Mayra, siendo bastante perspicaz, tomó la iniciativa y puso los puntos, claros. No anduvo por las ramas y lo liberó de todo compromiso, diciéndole lo mismo que él sentía. Le propuso que quedaran como amigos y que dejaran al destino hacer su camino.

El Roro, hubiera querido ofrecerle algo para que lo recordara y se lo hizo saber. La mujer, le dijo que no necesitaba gran cosa porque lo tendría presente, siempre, en su corazón. En ese momento, se le ocurrió una idea sacada de lo absurdo. Se puso a buscar, por todos lados, queriendo encontrar algo que pudiera ayudar. Después de buscar con insistencia, encontró un listón de color rosado. Lo agarró y se puso a fabricar algo. La mujer que se había quedado observando de manera curiosa, lo seguía por todos lados con los ojos. En su ser, se decía: «Y este loco, ¿qué se trae ahora? »

El joven, con mirada de un enamorado, se le acercó con una malicia sospechosa,
Se sentó a su costado y le dijo, con voz seria:

— ¡Sé que no es la gran cosa! Ni representa ningún tipo de compromiso. Quiero que lo guardes cómo un humilde recuerdo de unos días inolvidables.

El Roro, había hecho un anillo con aquel listón. Se lo colocó, en uno de los dedos y esperó, la reacción de la mujer. Una lágrima indiscreta recorrió, el rostro, de aquella bella dama.

— ¡Créame! Cuando le digo que siento y pienso lo mismo. Ha sido algo raro. Hasta, pareciera un sueño o una pesadilla. Me siento rara y, hasta, miedosa. No sé ¿qué me espera? En verdad, me encuentro en una encrucijada y sólo el destino sabrá mi dirección. No se haga, problemas por mí; no mire atrás; trate de ser feliz y si un día, nos volvemos, a ver… a lo mejor podremos recordarnos con cariño.

— ¡Me da permiso de abrazarla!

— En este momento, le doy: todos, los permisos, deseados.

Aquellos dos jóvenes se entregaron en un abrazo eterno, sentido y humano. La noche y las estrellas fueron, testigos, de aquel momento importante. En aquel cuarto, no pasó más de lo que cualquiera se hubiera imaginado. Las notas sinceras y sentidas resaltaron sobre todas las cosas.

Al día siguiente, a eso de las diez de la mañana, estaban tocando la puerta del convento. La hermana religiosa a quien iba, dirigida la carta, la recibió y, luego, de hablar con la superiora, la aceptaron en dicho lugar.

La despedida fue simple y sincera. Un fuerte abrazo y un «buena suerte» fue el puente que los separó dignamente. Mientras, el joven se retiraba un poco cabizbajo, la mujer se introducía en aquel edificio de aires viejos y sombríos. Su anillo de tela adornaba el dedo índice.

El Roro, estando en la terminal, por alguna razón desconocida, se subió a un bus que lo llevaba en dirección de la frontera guanaca, llamada: «Anguiatú». Ese punto de entrada, estaba localizado en el departamento de Santa Ana. Al llegar al pueblo de Esquipulas, se dio cuenta de que era la cuna del famoso «Cristo Negro»; el Cristo, quemado y milagroso.

Al llegar al lugar, decidió quedarse un día en ese pueblo visitado por infinidad de fieles. Se metió en el traje de turista y se puso a visitar los lugares más emblemáticos de aquel lugar pintoresco y de buen clima. La basílica, el convento de los franciscanos de Belén, la Piedra de los Compadres y la Cueva de las Minas.

Al atravesar la frontera, la guerra que, nunca quiso, lo esperaba con los brazos abiertos. Un retén de soldados lo revisó hasta el más mínimo rincón de su cuerpo; luego, a pocos kilómetros de distancia aparecieron los primeros muertos amontonados al costado de la carretera. Al llegar a la ciudad de Metapán, un sentimiento de tristeza le recordó a sus amigos desaparecidos. Quizás, por esa razón, su paso por la ciudad morena fue efímera, en la misma terminal abordó el bus que lo llevaría a la ciudad cocotera y, luego, a su tierra.

Al llegar a su cantón, a mediados de enero, se encontró con la noticia que el Ministerio de Educación lo había asignado a una escuela en el departamento de Morazán. Entonces, por la experiencia adquirida, decidió: ir al lugar y, de paso, buscar un lugar donde alojarse. Un deseo sutil y desestabilizador lo había empujado a no quedarse más tiempo en su terruño querido.

La situación política y social en el pequeño país centroamericano no daba signos de mejoría. Al contrario, al tratar de unirse las principales fuerzas revolucionarias, se esperaba que la cosa empeorara.

«*La vida, a veces, tiene vacíos espirituales, difíciles a comprender*»

IV- EN EL CAMINO DE LAS BRASAS, PERQUIN.

Enero 1980

Los últimos tres meses del año, habían sido bastante movidos en el pequeño país centroamericano. El golpe de Estado en octubre fue seguido por un «toque de queda» y un «estado de sitio», decretado por una junta revolucionaria formada por militares. La muerte de estudiantes universitarios, la denuncia de cárceles clandestinas, la emisión de leyes para limitar tierras y los secuestros, habían sido el corolario de un año, poco esperanzador.

UN REGALO ENVENENADO.

El Roro, al llegar a su pueblo, después de sus aventuras en tierras *chapinas*, se enteró que lo habían asignado a un lugar en el otro extremo del país, en la parte oriental. El telegrama decía que se tenía que reportar a una escuela en el departamento de Morazán, en la jurisdicción de la ciudad de Pirquín.

La designación decía: «temporal», no era plaza fija. Eso era normal en esa profesión. Sus familiares de inmediato se opusieron a que aceptara tal cargo porque según las noticias, esa zona era muy peligrosa. La guerra civil, en cierta manera, se había trasladado a las montañas y en especial, a la zona oriental del país. La cercanía de Honduras y de Nicaragua tenía mucho que ver en el asunto.

Después de analizar la situación y hablar con sus padres, el chico decidió aceptar el desafío. Sí, quería ser profesor era, casi, obligatorio pasar por cierto infierno; además, a cualquier parte que lo enviaran, la situación no cambiaría. Había estado en Citalá, supuestamente zona conflictiva, y en los tres meses, no pasó nada, excepto la vez que se encontró en fuego cruzado.

Las clases, normalmente, comenzaban a principios del mes de febrero y, por eso, quiso comenzar con buen pie su nueva aventura. Decidió, entonces, marcharse de inmediato para conocer el lugar, la escuela y sus nuevos compañeros de enseñanza.

Con su mochila en la espalda repleta de ropa y recuerdos, agarró rumbo hacia la zona oriental del país con la bendición de sus padres. El abrazo con el cual lo despedían, su madre y hermanas, siempre lo llenaban de felicidad. Su padre y su hermano, lo hacían con cierta frivolidad. El machismo, les impedía ser más expresivos y, para ellos, era signo de debilidad. Un apretón de manos y una palmada en el hombro, era todo lo que hacían.

Mientras viajaba a su nuevo destino, un pensamiento fugaz le trajo a la mente la sonrisa de Mayra y se preguntó: « ¿Qué será de ella? ¿Cómo la estará pasando? Me gusta. ¿La volveré a ver? » Luego, con un movimiento de cabeza, el chico quiso alejar aquellas ideas. Después, soltando una sonrisa picara, se dijo: « *amor de lejos, amor de pendejos; amor por carta, son promesas falsas*». Con eso, el joven quiso decirse que no valía la pena pensar en la chica, mientras, estuviera lejos.

Sin mayores contratiempos, recorrió de forma trasversal el país. De la Costa a las montañas, pasando por la capital y varias ciudades importantes como: Sonsonate, San Miguel y San Francisco Gotera. Se había ido por la carretera llamada « Panamericana».

A eso de las tres de la tarde, llegó al pueblo de Perquín que en lengua Lenca significaba: «camino de brasas». Entró por la calle principal, hasta, el parque central. Ahí, estaba: la alcaldía y la iglesia. La mayoría de casas eran de adobe y tejas, los andenes muy estrechos y, a veces, bastante levantados del nivel de la calle. El pueblo tenía cuatro salidas que dirigían a diferentes pueblos cercanos. Ese día precisamente, los soldados estaban por todos lados, el joven presintió que algo había pasado o iba a pasar.

Pirquín, estaba, a más de 1 200 metros de altura sobre el nivel del mar. Por eso, la frescura en el ambiente; la temperatura rondaba, los dieciocho grados Celsius. Demasiado fresco para alguien que llegaba de la Costa. El cuerpo y, en especial, la respiración, necesitaba cierto tiempo para adaptarse.

Al bajarse de la *nave*, agarró su mochila y buscó una banca en el parque bajo la sombra de un Almendro. Comenzó *a tirar líneas*, es decir: ubicarse. Observó, los pasantes, los que descansaban, algunos vendedores y los negocios que se ubicaban alrededor del parque. Por su experiencia, comenzó a buscar personas que le pudieran dar buena información, es decir: ancianos, cipotes y vendedores ambulantes.

Se dirigió a una anciana que lanzaba maicillo a unas palomas y le preguntó sobre la escuela. La mujer no supo darle razón del lugar. « Comenzamos mal», se dijo. Luego, preguntó a un señor y a un cipote. «*Neles, pasteles*», la escuela parecía que no existía.

Se puso a ver con detenimiento el telegrama y se dio cuenta de que la dirección no especificaba que se encontraba en el pueblo de Pirquín. Entonces, se dijo: «debe ser como en Citalá, la escuela debe encontrarse en las cercanías». Preguntó, por la oficina de correos y se dirigió al lugar. El cartero, muy amable, lo ubicó, rápidamente. Como lo sospechaba, la escuela se encontraba en las afueras, buscando las montañas de las Sabanetas. Dicho centro escolar, estaba a unos kilómetros hacia el norte.

La gente de Perquín, era muy amable y acogedora. En el parque, le dieron todas las indicaciones del caso para llegar hasta el lugar. A su vez, lo previnieron porque la zona, estaba, para *andar de puntillas*.

Siguiendo las indicaciones, salió del pueblo y siguió un camino peatonal hasta llegar al lugar. Mientras, caminaba, se dijo: « espero que en el lugar pueda encontrar un lugar para quedarme. Si no hay, quizás pueda quedarme en la escuela». El frío se comenzaba a sentir, el sol todavía se veía claramente. En cierto momento, se dijo, cayendo en la cuenta que no era tiempo de clases: « ¡*Miércoles*! No estamos en periodo de clases. ¿Y si no hay nadie en la escuela? ¡Ojalá que, el director, viva cerca! Se detuvo y sacó el telegrama para verlo. Deseaba saber, si contenía, algún, nombre como referencia. El pedazo de papel, como en la mayoría de mensajes, era: escueto e impersonal.

Al acercarse al caserío que se encontraba en la parte plana de una colina. Algunos ranchos comenzaron a mostrarse en los entremos del camino. Todos estaban retirados de la calle y, una talanquera de alambres de púas, servía como entrada. Algunos perros, se atrevían a ladrar, en señal de precaución por si pensaba acercarse al lugar. Los rostros de algunos curiosos asomaban sus rostros por la ventana o puerta.

A los minutos, vislumbró una casa blanca con techo de teja. Por su estilo, pudo deducir que se trataba de la escuela. Comenzó a afinar su mirada, para tratar de descubrir, si se encontraba alguien en el lugar. De repente, vio unos bichos en calzoncillos salir de la parte trasera peleándose por un balón de fútbol. Aquella señal le ofreció una pequeña tranquilidad en su espíritu.

La escuela estaba al lado de una pequeña colina en el fondo del caserío que apenas tenía unos cuantos ranchos de adobe y teja. No era muy grande, dos aulas y una oficina, a un costado. Las paredes de adobe pintada de blanco, por la cal, mostraban el paso del tiempo. Solamente, estaban, los hoyos de las ventanas y las puertas, eran de madera. El piso era de tierra y el patio no estaba totalmente desherbado. Detrás ella, una pequeña colina con varios árboles grandes.

Para su sorpresa, cuando llegó al lugar, había gente en la escuela. Los alumnos se alborotaron, un poco, al verlo acercarse. La directora, que era la única maestra, estaba sentada revisando deberes. Como el año pasado había estado un poco agitado, la profesora había decidido dar clases para reforzar a algunos alumnos en dificultad.

Ella no se había percatado del joven; por eso, cuando vio que los cipotes se movían inquietos, levantó su rostro y, alzando la voz, los puso quietos.

— ¿Qué pasa? ¿Por qué están así?

Los chicos, temerosos, le señalaron la puerta. El Roro estaba llegando al patio y se aproximaba. La mujer, temerosa, se levantó y se dirigió a la puerta. Como gallina *culeca*, protegiendo sus polluelos, lo recibió como dicen: *con el corvo desenvainado*.

— ¿Qué quiere? ¿Qué desea? —Lo dijo de manera prepotente y *mandona*.

El muchacho se sintió algo *achicado* y, hasta cierto punto, *aguevado*. La saludó con un tono pacifista, con el deseo de no entrar en conflicto.

— ¡Muy buenas! ¿Esta es la escuela rural mixta…? —Le mencionó toda la retahíla de nombres que llevaba aquel centro escolar.

— ¡Ésta, es! ¿Qué desea? —Le siguió hablando pesado y cortado; inclusive, había agarrado la puerta como preparándose para cerrarla de un golpe.

— ¿Necesito hablar con la director?

— ¡Sí! ¿Pero qué desea? —La mujer no quería abrir sus cartas.

— ¿Soy el nuevo practicante? —Le sonrió tontamente.

— ¿Cómo se llama?

El chico había comenzado a sospechar algo, pero le siguió la corriente. Le dijo su nombre de pila y al escucharlo, la mujer cambió un poco su semblante. Abrió la puerta por completo y le dijo:

— ¡Ah, es usted! ¡Lo esperábamos, la semana pasada!

— ¡De verdad! No puede ser porque, apenas, he recibido el aviso esta semana. ¿Usted es la directora, verdad? Discúlpeme, pensé que era un hombre.

— ¿Por qué no puede ser una mujer? No me diga que es machista.

— ¡Para nada! Fue una mala interpretación. Le ruego que me disculpe.

— ¡Sí, mucho gusto! —Le dijo el nombre y se los presentó a los alumnos, quienes le respondieron, al unísono, un «bienvenido profesor». Los bichos estaban escuchando con sus *orejotas,* bien paradas.

La maestra le dijo que le hiciera el favor de esperar, por unos minutos. Necesitaba terminar la clase. Ese viernes, ella había tenido un retraso y por eso, había llegado un poco tarde. El chico no puso ninguna objeción y, colocando, su mochila al costado de la puerta, se sentó en una silla que para su mala suerte, estaba rota. Al colocar su trasero, el mueble se quebró cayendo patas arriba. El susto y la sorpresa pusieron el relajo en el grado. Todos incluyendo, la profesora, soltaron las carcajadas al verlo en el suelo. Al menos, aquel incidente, sirvió para entrar en ambiente.

A un momento dado, mientras esperaba, se puso de pie y le pidió permiso para conocer los alrededores. Deseaba conocer el lugar de trabajo. Se dirigió a la parte trasera de la escuela y al observar, el bordo, le dio curiosidad y subió. Su sorpresa fue: descubrir que, desde ahí, se podía apreciar paisaje hermoso: cerros que subían y bajaban para todos los lados, neblina y reflejos de mar en la distancia, cantos de pájaro y, cierto, frío musitando en la piel.

A los pocos minutos, escuchó a los estudiantes salir en tropel de la escuela para sus casas. Mientras se alejaban, algunos le gritaban a la profesora que la verían el lunes próximo. El joven maestro, decidió regresar a la escuela para platicar con su nueva compañera de labores. De inmediato, soltó la pregunta en su interior: ¿Será igual de buena que el profesor Max?

Al llegar a la puerta, vio que la maestra estaba borrando el pizarrón de color negro y se preparaba para escribir algo, era la tarea del lunes. De ese modo, aunque se retrasara, los alumnos se pondrían a trabajar.

Le sintió llegar y, sin voltear a verlo, le dijo:

— ¡Pase y siéntese! Necesito terminar esto antes de marcharme.

El chico obedeció y se sentó en la primera fila, frente a la mujer. Casi como un estudiante esperando a su profesora. Se le quedó mirando y, una breve sonrisa, se le dibujó en su rostro. La maestra no era ni delgada ni gorda. Al estirar su mano para escribir, el vestido que normalmente llegaba a las rodillas, se subió unos cuantos centímetros, mostrando el inicio de sus piernas. Al querer alcanzar, el borrador que se encontraba en el borde superior de la pizarra, tuvo que pararse sobre la punta de sus pies. Ese gesto provocó que sacara sus nalgas. En ese momento, el vestido le mostró toda la silueta al pegarse al cuerpo.

El Roro, se dijo: «no pasa de los cuarenta y tiene buen trasero». Luego, musitó una sonrisa pícara que decía todo. Marta, era el nombre la profesora, quizás, utilizando su sexto sentido o cómo decía la Negra: «Todos, los hombres, son cortados con la misma tijera», adivinó lo que hacía el tipo. Enderezó su cuerpo y se puso a acomodar el vestido.

El Roro comprendió la indirecta, y para no parecer un pervertido, quiso mostrarse colaborador. Se levantó y le dijo:

— ¡Perdone, profesora! ¿Puedo ayudarle?

Aquella intervención pareció agradar a la mujer y, dejando de escribir, le dijo:

— ¡Le dejó los deberes a los chicos! El lunes, por lo general vengo tarde y para que no pierdan el tiempo, dejo escrito lo que tienen que hacer. Hay varias jóvenes que me ayudan con ellos.

— ¡Entiendo! ¿No les dibuja nada?

— ¿Dibujar? Esa materia no la conozco. Nunca he sido buena para el arte. ¿Usted, sí?

— Más o menos, *como gato pansa arriba.*

— Eso significa que es mejor que yo; si gusta dibújeles algo. Se llevaran una bella sorpresa. — En ese momento, la mujer soltó una, agradable, sonrisa que sorprendió al muchacho. Sus ojos color café oscuro se iluminaron en aquel rostro de mujer culta.

Rodrigo agarró las tizas de colores y se puso a dibujar un paisaje, precisamente era el panorama que se veía desde la loma detrás de la escuela. De repente, la maestra dijo, sin mirarlo:

— ¡Así que usted es Rodrigo! ¡Me llamo, Marta! ¡Yo soy la directora!

— ¡Encantado!

— ¡Cómo le decía, lo esperábamos la semana pasada! Inclusive, los padres de familia querían hacerle un recibimiento.

— ¡Cómo le expliqué, apenas he recibido la noticia! Vine antes porque quería conocer la escuela y buscar un lugar para quedarme a vivir. No conozco a nadie por estas tierras.

— ¡Entiendo! Pensé que era otro irresponsable que venía, hacerme perder el tiempo. — Lo dijo con un tono de decepción.

— ¡No se preocupe por eso! He venido a aprender y a aportar un granito de mi aprendizaje en las prácticas.

— ¡Espero que, sea así! Las personas incumplidas e irresponsables no me agradan. No acepto las ausencias sin justificación. ¡Espero y deseo que sea responsable! Esta labor es hermosa pero necesita de gente comprometida con la profesión. Si viene para pasar el tiempo, tome su mochila y, regrese, por dónde vino. —Estaba *tirando pesado* la profesora.

— ¡Le aseguro que me gusta la profesión! ¡Si no hubiera querido, no habría llegado hasta, aquí! ¿No le parece? —Se lo dijo en un tono, bastante, seco porque ya le estaba *subiendo el indio.*

— Lo mismo me respondió el anterior y terminó metiendo las cuatro... Esta es una, linda, profesión y aquí, se dará cuenta lo importante que es un enseñante. Para esta gente, somos más que un maestro. Aquí usted será, primero, profesor; luego, se convertirá en psicólogo, consejero juvenil, matrimonial, reconciliador, organizador de eventos, policía, abogado, notario, médico, dentista, veterinario, albañil y para no *ser cansona*, mil usos.

— ¡Eso lo he comprendido porque en la escuela que hice mis prácticas, sucedía lo mismo!

— ¿Dónde, las hizo?

— En Citalá, bueno cerca del pueblo.

— ¿Y cómo se llama el profesor? Por casualidad se llama: Max.

— ¡Exacto! ¿Lo conoce?

— Fuimos compañeros de estudios. —La mujer dejó una sonrisa indicando que aquellos años le traían buenos recuerdos.

— ¡Es un profesor muy bueno!

— ¿Imagino que está casado?

— Casado, no lo sé; pero tiene pareja y un par de cipotes.

— ¿Qué bueno? — La mujer dejó aquella frase en el aire y queriendo cambiar de conversación, volvió a retomar el tema.

— La mayoría de adultos no saben escribir ni leer. Tenemos unos cincuenta estudiantes entre primero y sexto grado; solamente hay dos aulas y un profesor. Hay dos jovencitas que me ayudan, los días que no vengo. El martes y jueves voy a otra escuela.

— ¿El pueblo es muy pequeño? ¿Los alumnos de dónde salen?

— Si se ha dado cuenta, apenas hay unas cuantas casas cerca de la escuela, la mayoría de estudiantes viven en los alrededores y, más de alguno, camina más de cinco kilómetros a través de las montañas para poder tener un lugar donde educarse. Casi no tenemos jóvenes varones porque esta guerra se los ha llevado de alguna manera: los ha reclutado el ejército o la guerrilla. En esta zona, usted no puede pronunciarse por ninguno de los bandos. En necesario ser como la bandera, moverse según el viento que la sopla. Por la mañana, pasan, los muchachos y, detrás de ellos, vienen, los soldados o viceversa.

— ¡Cómo le dije, eso no me sorprende! En todo el país sucede lo mismo. Las familias estamos divididas porque tenemos familiares en ambos bandos.

— Es una lástima que nos estemos matando entre hermanos; lo peor es que al final siempre saldrán saludando con sombrero ajeno aquellos lagartos que sólo esperan el tren para saltar adentro pero que no se han mojado la punta de los pies.

— Es verdad, mientras tanto, esta guerra se está llevando a los inocentes, pobres y trabajadores; al que está en contra de ella, porque no tiene sentido. Al menos, no se lo encuentro. ¿Le hemos perdido el valor a la vida?

— Estoy de acuerdo, en este río revuelto, los buenos están pagando, por los pecadores.

A la profesora se le llenaron los ojos de lágrimas. El joven comprendió que alguna cuerda sensible se había roto. El tipo no quiso ahondar en el asunto y decidió hacerse el desentendido. De manera discreta, la mujer pasó la mano por la cara para limpiarse.

Para cambiar de sujeto, el Roro se recordó de algo que, anteriormente, le había llamado la atención y le preguntó:

— Usted dijo que alguien *metió las patas*, ¿qué pasó?

La chica, se tomó unos segundos para responderle.

— ¡Tiene que ser muy prudente con las jovencitas! Los padres no *andan con cuentos* para ponerle el machete encima a cualquier abusador. El último maestro cometió ese error y se salvó, por un *pelito*. Aunque para ser honesta, los peores enemigos de estas niñas están, en su propia casa.

— ¿Y eso, cómo es? ¡No entiendo!

— ¡Mire! ¡Yo no le voy a mentir ni a tapar el sol con un dedo! Por ejemplo, mis dos ayudantes no pasan de los quince años y ambas ya fueron abusadas. Una por un soldado que la encontró lavando en el río, la otra por su hermano. El primero, como dicen, son las consecuencias de esta guerra; El segundo, supongo que es por la pobreza y la ignorancia. Lo cierto es que siempre pagan los platos rotos, los más pequeños e indefensos. Esos que no tienen a nadie que levante la voz, por ellos.

— Lo primero, lo entiendo porque he sido testigo de algunos hechos; el segundo, no me queda claro.

— Imagínese, en la mayoría de casas; solamente, hay un cuarto, ahí está: la cocina, el comedor y el dormitorio. Los padres, siguen activos sexualmente, tienen una *retahíla* de cipotes. Usted sabe, los jóvenes son inquietos, curiosos y aventados. Ellos ven y escuchan todo. Y si además, las hormonas están alborotadas; el desenlace es el esperado. Y conste que no hablo sólo de los hombres, las chicas también tienen lo suyo.

— ¡Creo que la entiendo!

— Es tanta la pobreza que muchos duermen en la misma cama. A uno se le para y la otra quiere. Como dicen, *se juntó la carne con el hambre e hicieron fiesta*. Y no sólo es entre hermanos, también entran en juego, padres y familiares cercanos, como: tíos, abuelos y hasta cuñados.

— Imagino que las prohibiciones, también, forman parte de la trama.

— ¡Claro! Por ejemplo, Los maridos no deben tocar a sus mujeres durante el embarazo y, durante ese tiempo, quienes cree que pagan los platos rotos de la necesidad masculina: las hijas, cuñadas y, hasta sobrinas.

— ¡Comprendo! Pareciera que es necesario, hacer bastante trabajo de conciencia y educación sexual.

— ¡Yo trato de hablar con las cipotas y, por lo menos, enseño sobre el ciclo normal de reproducción! He querido traer alguna enfermera para que les hable más a fondo de cómo protegerse pero no es tan fácil. Por un lado; los padres son quisquillosos con ese tema y por el otro, pareciera que a las bichas les entra por una oreja y sale por el otro.

— ¿Deben haber muchas jovencitas embarazadas?

— Algunas, pero según sé, algunas utilizan preparativos caseros o visitan brujos o curanderos para abortar.

— ¿Qué lástima? No estoy de acuerdo en el aborto por el simple hecho de abortar; pienso que la vida es el mejor regalo que nos han dado.

— ¡Pienso, lo mismo! Aunque me pongo en el pellejo de estas jovencitas y me digo: Ni siquiera se pueden mantener ellas y, mucho menos, a un indefenso. Y pensar que hay algunas que no podemos quedar preñadas.

Aquella última frase la dijo sin pensarlo y al escucharse, simplemente, cerró los ojos en señal de arrepentimiento. El Roro que no perdía palabra en la conversación, notó lo mal que se puso, al sacar aquello de su interior, y quiso cambiar de tema.

— ¡Bueno! Por mi parte, trataré de no dejar a nadie embarazada por estos lados. No quiero cargar un muerto en mi conciencia. —Sonrió tontamente.

La profesora dejó escapar unos segundos, como alguien que medita una respuesta y luego, le dijo:

— ¡Eso, lo dejo a su conciencia! Como dicen: *soldado prevenido, no muere en la guerra;* o mejor dicho, *al que por su gusto muere que lo entierren parado.*

La maestra agarró sus cosas y se dispuso a marcharse del lugar. De repente, al ver la mochila del chico a la orilla de la puerta, cayó en la cuenta que, el tipo, lo más seguro era que no tenía donde dormir.

— ¿Imagino que no tiene dónde dormir este día?

— La verdad, esperaba encontrar algo por estos lados.

— ¡Eso va a ser difícil! Los ranchos son pequeños y, como le decía, los padres están bastante huraños con los profesores.

— ¿Cree que me puedo quedar en la escuela?

— De poner, no habría, problema. El único inconveniente es el frío que hace por la madrugada en la montaña. ¡De seguro se enferma! ¡Creo que la mejor solución es buscar algo en el pueblo!

Salieron caminando de la escuela, lado al lado. Algunas personas, salían para saludar desde lejos a la profesora. Y ésta, con mucha cordialidad, les respondía agitando la mano. En ese trayecto, el joven se mantuvo a cierta distancia para evitar comentarios. Él conocía, el refrán que decía: *pueblo pequeño, infierno grande.*

Al alejarse del pueblo, la maestra le dijo, al ver que no mantenía su ritmo, al caminar:

— ¡Va a tener que ponerse las pilas! El sol se va a meter pronto y es necesario que lleguemos al pueblo, rápido. ¡En la noche, la maldad hace fiesta!

El joven agarró la indirecta y aceleró el paso hasta ponerse al costado de la dama. Al ver que la alcanzaba, la mujer soltó una breve sonrisa que daba a entender que el joven no era *tan lento*.

— ¡Por lo que mencionó! Me quiso dar a entender que no es saludable salir de noche en el pueblo.

— ¡Puede salir! Aunque, cada vez se *pone roja la cosa* por estos lados.

— ¡En todas partes! La situación está, difícil y va para *guatepior*.

— ¡Trataremos de encontrar un lugar en Perquín!

— A lo mejor me puede echar una mano en eso. No conozco a nadie, se lo agradecería mucho.

— Cuando lleguemos, iremos a visitar algunos lugares que conozco. ¡Ojalá, tengamos suerte porque se está haciendo tarde!

— No necesito nada grande, con un rincón para dormir, me basta.

— El único problema que veo, soltó una sonrisa incrédula, es que tendrá que caminar varios kilómetros a pie. ¡No sé si está acostumbrado!

— ¡Por mí, no hay problema! Lo veré cómo mi ejercicio diario. ¡Vengo del campo!

— ¡Muy bien! El lunes, le voy a presentar a los padres y a mis ayudantes. El hecho que usted esté aquí, no quiere decir que dejarán de ayudar. Repito, ¡mucho cuidado con las niñas!

— ¡Créame! No la defraudaré. De todas maneras, en lo personal, me gustan las mujeres: hechas y derechas. Las bichas, cómo dice, mi madre: «todavía no saben lavar sus calzones».

— ¡No se lo crea! Hay mucha bicha con los pies en la tierra por estos lados. Imagino que se debe a la necesidad y eso, les hace madurar más rápido.

El tiempo pasó volando mientras platicaban y cuando sintieron estaban en las puertas del pueblo. Al llegar, el sol ya se había metido detrás de las montañas. La oscuridad estaba entrando, poco a poco, y las luces del pueblo comenzaban a mostrar un color amarillento. En la primera esquina, unos soldados, los detuvieron para pedirle los papeles. Luego, de la requisa respectiva, continuaron su camino y se dieron cuenta de que la presencia militar, era demasiado evidente; por eso, la mujer, dijo:

— ¡Creo que este fin de semana va a estar muy movido!

— Y es esos casos, ¿qué se hace?

— Nada. Nos quedamos en casa y rogamos porque no nos caiga una bala.

— ¿De verdad?

— No se preocupe, estoy bromeando. Todo pasa en las montañas. El pueblo es, casi, como un oasis para ambos bandos.

— Entiendo.

— Iremos a preguntar a algunos lugares para saber si tienen alguna habitación para usted. Si no… — La mujer dejó en suspenso la frase.

— No se preocupe por mí. Una noche, pasa rápido.

— No diga tonterías, ya le dije que por estos lados las noches son frías. Si no encontramos, se puede quedar en mi casa.

— No quiero ocasionarle problemas, ni a usted ni a su marido y mucho menos a sus hijos.

— No se preocupe. Soy viuda y no tengo hijos.

— ¡Lo, siento!

— Como ve, soy otra víctima de esta guerra; pero dejemos el tema ahí que no me gusta hablar de eso.

El Roro no dijo nada, se limitó a seguirla por las calles del pueblo. Sin quererlo, se mantuvo algo a distancia de la mujer. Indirectamente, no deseaba que, la gente, hablara mal de la profesora. Las miradas, un poco sarcásticas, dejaban entender que murmuraban algún chisme. Lo más probable sería que dijeran que la profesora ya hubiera encontrado sustituto para su cama.

En los tres lugares que preguntaron, la respuesta fue negativa. La maestra, en la tercera casa, dijo, después de comprobar que no había lugar:

— ¡La tercera era la vencida! ¡Creo que esta noche, se quedará en mi casa!

— La verdad, no deseo ocasionar ningún problema. Si no está acompañada, tampoco quiero imponer mi presencia con sus padres. No se preocupe, me quedaré en el parque y mañana iré a buscar a otro pueblo.

— ¡Deje de decir, *bobadas*! Si se queda en el parque, no amanece vivo; creerán que es: un delincuente o un pordiosero. Por mis padres, no se preocupe. A mi edad, hace mucho que dejé a mis padres. ¡Vivo sola! Los únicos que soltaran sus lenguas serán los chismosos, pero esos me tienen sin cuidado.

—Entonces, gracias por el favor, le debo una.

— No me debe nada. De todas maneras, tenemos que planificar el año escolar. Dentro de pocos días, comenzaremos las clases regulares.

— ¿Cuántos alumnos tenemos inscritos?

— Alrededor de sesenta. Lo bueno es que con usted podremos hacer varias clases. ¡Qué bueno que lo enviaron para darme una mano!

— Trataré de poner todo de mi parte para ayudar.

— No me preocupo por eso, sé muy bien que el profesor Max lo preparó muy bien.

— ¿Parece de que, lo conoce y lo aprecia, mucho?

— Fuimos, muy buenos amigos. —La mujer volvió a dejar escapar una sonrisa plagada de estrellitas.

El Roro se dijo: «Aquí me huele que hubo algo, el humo que sale es porque, aún, quedan las brasas encendidas».

En ese momento, llegaban a una pequeña tienda y ahí, se pararon para comprar víveres. El joven se apresuró a coger las bolsas y cargarlas.

— ¿Tiene hambre?

— Un poco.

— Entonces, pasaremos a comprar unas pupusas y unos tamales para la cena. ¿Le gustan, verdad?

— ¡Claro que sí! Cómo, todo guanaco.

— El acento chapín me hizo pensar que a lo mejor no las conocía.

— En verdad, ¿hablo diferente?

— Tiene acento diferente. Aunque, últimamente, en el pueblo se han visto extranjeros. —La mujer hablaba de los extranjeros que andaban con los subversivos.

— Aunque no me lo crea, no somos tan diferentes con los guatemaltecos. Además, el país tiene muchos lugares hermosos y una gran población indígena.

— ¡De verdad! No he tenido la oportunidad de conocerlo. ¡Algún día!

Compraron la cena y se dirigieron a la casa de la profesora. Al llegar a una casona que casi abarcaba una cuadra, la mujer se detuvo y le dijo que ésa era su casa. Se paró delante de la puerta y se dispuso a buscar las llaves. Buscó, por todas partes y, al final, se convenció que las había dejado en la escuela.

Un poco enojada, por el olvido, se quedó pensando. Luego, le preguntó:

— ¿Qué tan largo es su brazo?

— No lo sé, pero va a depender para qué soy útil.

— Trataremos de entrar por el zaguán. ¡Sígame y verá!

Se fueron hasta la esquina de la casa y ahí, la mujer, se puso a mover la puerta de la entrada. Luego, haciendo una pequeña abertura, le dijo:

— Si mete la mano, con los dedos, quizás, logre mover la aldaba. Hay dos, una arriba y, la otra, en medio. La de arriba es más fácil, siendo más alto que yo; la podría, alcanzar más fácilmente.

— Con intentarlo, no pierdo nada.

El joven se puso a trabajar y, después de varios intentos, logró correrla. La otra, fue más fácil porque la puerta le dio más espacio. Entraron y se colocaron en el corredor trasero de la vivienda. Ahí a oscuras, la mujer se ubicó fácilmente porque conocía su hogar hasta con los ojos cerrados. Cosa contraria sucedía con el chico que se limitó a sostener los alimentos.

A los minutos, la maestra tenía todo preparado: una mesa pequeña con mantel y dos sillas; de alguna parte, sacó una vela y fósforos iluminando aquel rincón. Pusieron los alimentos en el centro de la mesa y se sentaron.

La noche había caído sin avisar, las sombras de los cuerpos apenas se veían, algunos zancudos merodeaban las orejas y el canto de los grillos se comenzó a escucharse con más ahínco. Ambos disfrutaban de las pupusas y del fresco de horchata. Por suerte, porque para comerlas, no necesitaban de utensilios.

De repente, la profesora, casi cómo pensando en voz alta, dijo:

— ¡Tengo que buscar, la manera de entrar porque no quiero quedarme a dormir afuera!

— Por casualidad, ¿tiene una copia de las llaves?

— No. Creo que la única manera es entrar por el techo.

— Si me da, permiso; lo puedo intentar.

— ¿No será muy peligroso? Mire qué si se cae, le puede ir mal.

— Cómo dicen: en el intento está, la verdad. De otra manera, nunca lo sabremos. Si me ayuda a subir y me guía para entrar, me puedo arriesgar.

— Por mí no hay problema, me conozca la casa cómo *la palma de mi mano*.

— Si tiene una escalera, lo hacemos antes de que me arrepienta.

La dama, le mostró el lugar y, juntos, la pusieron al borde del tejado. Mientras, Marta sostenía, la escalera, poniendo los pies en la base; el muchacho, subió con la delicadeza de un gato. Hizo, un camino, apartando las tejas para no quebrarla y llegó, hasta, el lugar indicado. Según, las directivas de la dueña de la casa, el hueco estaría sobre la cama. De esa manera, no se golpearía al caer.

Al estar dentro, el resto *fue pan comido*. Encendió, las luces y, rápidamente, dio con la sala para luego dirigirse a la puerta del patio trasero. El chico se quedó bastante sorprendido al ver la limpieza con la cual mantenía el hogar, se veía que no había niños en los alrededores. Todo estaba cuidadosamente colocado. Las flores dominaban la decoración porque había cuadros, adornos y plantas naturales.

Al abrir, la maestra mostró otro rostro. Su alegría fue notoria. El chico volvió a subirse para colocar las tejas en su lugar y cuando bajó, la mujer se había cambiado y había preparado, algo para tomar: una tizana de manzanilla.

La profesora se mostró agradecida, por la ayuda. Sí, el joven, no hubiera estado ahí; quizás, hubiera dormido afuera o peor, ir a buscar un refugio con alguien del pueblo.

La casa era grande y amplia, tenía: sala, cocina, sala de estudio, dormitorio, baño y, hasta cuarto de invitado. El corredor trasero era largo, iba por todo lo ancho del inmueble, uniéndose con varios cuartos que llegaban hasta el fondo. El resto era para el jardín, pila para lavar ropa, otro baño y hasta tendedero. Dos árboles de mango dominaban el resto de las plantas, ahí habían colocado una hamaca. El primer pensamiento del joven maestro, fue: « la maestra tiene plata».

Mientras tomaban la bebida caliente, ambos se abrieron, un poco, espiritualmente hablando. Ella le contó que había perdido a su marido al encontrarse en medio de un ataque guerrillero, cómo dicen: había quedado en fuego cruzado. Según, le dijeron, fue una bala tirada por un guerrillero que lo alcanzó y lo mató. Desde ese día, la enseñante no quería a los revolucionarios. Precisamente, en eso días, cumplía un año de su muerte.

La maestra no pudo contener sus lágrimas y, contra su voluntad, salieron algunos imprudentes. Se secó el rostro, rápidamente; se levantó diciendo que le prepararía una habitación. Entró a la casa y, a los minutos, salió con unas cobijas y una almohada. Juntos se dirigieron a la parte de atrás del solar. Ahí se encontraba la habitación que pensaba ofrecerle. El chico, esbozó una sonrisa, al comprender que la mujer parecía protegerse poniéndolo a distancia de la casa principal. Siendo una mujer adulta, le extrañó dicha reacción. ¿Temía que el muchacho abusara de ella?

Juntos limpiaron el cuarto para dejarlo habitable, como ella decía. Le volvió a *poner las cartas sobre la mesa* y se disculpó por las lágrimas. La mujer se miraba, un poco, perturbada emocionalmente. Quizás, el recuerdo, de su amado, todavía revolucionaba su ser.

Luego de dejarlo en el cuarto, la mujer se metió a su casa y no volvió a salir hasta el día siguiente. En la madrugada se escucharon, algunos, disparos en la distancia pero no pasaron de ser un eco lejano. Para no molestarla, el chico salió por el portón a eso de las diez de la mañana. Regresó alrededor de las tres de la tarde.

Ese fin de semana, el chico se la pasó buscando un lugar en el pueblo y sus alrededores. Lastimosamente, la desconfianza de los lugareños, le cerró algunas oportunidades. El domingo, tuvo que poner la cara a la directora, había fracasado en su búsqueda. El chico había preparado defensa y una solución. Él pensaba ir a buscar a los pueblos cercanos, con la esperanza de tener mejor suerte.

Para su sorpresa, la profesora Marta que se había ausentado, casi todo el día. Le dijo después de escucharlo que no se preocupara más. Le ofreció el cuarto en alquiler por seis meses, tiempo suficiente para encontrar un lugar. La mujer había cambiado su manera de pensar de manera. El joven aceptó la propuesta, muy agradecido, y le prometió mantener su distancia, en la casa.

Aquel cambio en la maestra, había sido causado por algunos comentarios mal colocados de algunos de sus vecinos. No le preguntaron directamente, pero hicieron el comentario sobre el muchacho e hicieron énfasis sobre la edad. Decían: «*Gallina vieja, quiera gallo joven*». Aquella intromisión en la vida personal, provocó la reacción de no darle gusto a las lenguas. Ella pensó que, a nadie, le debía importar su manera de proceder con su vida. Aunque no era verdad, lo que decían; no tenía deseos de explicar a nadie. Y, en cierta manera, quiso llevarles la contra.

Estando la situación de la vivienda arreglada, por la tarde lo invitó a trabajar la planificación del año escolar. Ella esperaba mucho aporte del joven maestro y veía, entusiasmada, un año fructífero a nivel escolar. En su mente, inclusive, pensaba en un futuro cercano, dejar el puesto de director. Sus otras obligaciones, sobre todo, los negocios dejados por su marido, estaban bastante descuidados. Tenía que poner en regla todas las propiedades en diferentes lugares del país.

A sus treinta años, no era una mujer vieja. Quizás, su manera de vestir, sobria y su seriedad la hacían envejecer bastante. Rara vez, se la veía sonreír. Su familia había sido la primera en sorprenderse cuando les anunció que se había casado civilmente. Unos estaban de acuerdo y otros a favor. La verdad, hasta ella misma, estaba sorprendida del desarrollo de dicha, relación. Lo había conocido, por casualidad, en uno de sus viajes al pueblo de San Francisco Gotera. Ella nunca pensó que, lo volvería a ver. De repente, se encontraron en otro pueblo: Nueva Esparta. Desde ese día, algo los unió. El tipo se le declaró diciéndole que era el destino que los estaba uniendo.

Marta no le creyó, *ni papas*, pero le *siguió el cuento*. En el fondo, se sintió bien al comprobar que seguía siendo mujer. Los piropos y halagos hicieron un pequeño camino en su alma y corazón. La insistencia del hombre dio frutos porque, después de seis meses, se podría decir que lo aceptó y al cumplir, el año, se casaron.

A Pesar de que, ambos, pasaban ocupados todo el día. La relación iba caminando a buen paso. Inclusive, habían comenzado a planificar agrandar la familia. La maestra dejaría su profesión para hacerse cargo de los hijos. Todo ese castillo de ilusión, se vino al suelo con la fatídica noticia.

Ese domingo, Marta le propuso que se encargara de los alumnos de primer grado, segundo y tercer grado. Los otros, serían su responsabilidad. Ese ejercicio profesional ayudó a crear un clima de confianza y amistad.

El lunes, tuvieron una reunión con los padres de familia y se aprovechó para presentar al nuevo maestro. La semana había comenzado con buen pie y todo parecía marchar bien. Inclusive, el Roro, junto a algunos padres, se pusieron a reparar la escuela, sobre todo el techo que parecía una coladera. Le pusieron un poco de pintura y limpiaron a los alrededores, la zona para los juegos de los bichos.

Marta, al verlo trabajar con mucho entusiasmo, se sintió contenta. Ver, a alguien, amar dicha profesión, le enamoraba el alma porque ella adoraba ser maestra. Para seguir su vocación, ella había dejado familia y amor.

En esos días, la directora quiso ayudarlo a mejor, ciertos aspectos necesarios para convertirse en un buen maestro, como: preparar las clases, dominio delante de los alumnos y algunas dinámicas para mantenerlos ocupados.

La comunidad era muy pobre y, por esa razón, Marta agarraba su salario para comprar los útiles escolares. Por suerte, la mujer no dependía de su sueldo para vivir; tenía propiedades y negocios que le daban mejor entradas.

La semana pasó muy rápido para el gusto del nuevo profesor. A pesar de que la relación con Marta era muy buena, al llegar la hora de dormir, se encerraba en su casa y no mostraba la nariz hasta el día siguiente.

El sábado, el muchacho aprovechó para ir a visitar los pueblos y lugares aledaños; se puso a hacer turismo nacional. Salió, desde muy temprano, en dirección de Torola, para visitar la catarata «El Chongue». Ésta, caída de agua, tenía dos flujos porque en su parte alta, una roca dividía el río que la alimentaba. Otra de las razones fue que el pueblo estaba de fiesta celebrando al santo, San Sebastián.

El domingo era el día más movido del pueblo. Muchos lugareños llegaban para vender o comprar. El parque se ponía alegre y todo su alrededor parecía tomar vida, sobre todo después de finalizada la misa.

Queriendo prepararse para el inicio de clases, pensaba tomarse el día, lo más tranquilo posible. Observó que Marta se había puesto a limpiar la casa, a pesar de que estaba limpia, parecía que la dama tenía la manía de la limpieza. Se saludaron y, muy amable, le preguntó si estaba inquieto por el inicio de clases. A lo que el chico, queriendo mostrar seguridad, le dijo que sí; pero, en el fondo, un hormigueo le florecía en el estómago.

Fue precisamente ella, quien lo invitó a darse una vuelta en el parque, para que se distrajera un poco. Después de almorzar, se fue a sentar sobre una banqueta del mencionado parque. Se puso a observar «la carne», como mencionaba su amigo «Supo» refiriéndose a las mujeres.

No lejos de él, en otra banca, unas personas hablaban de algunos hechos ocurridos en las cercanías. Decían que los muertos se contaban por docenas y que nadie abría la boca reprochando aquel hecho. Fue la primera vez que escuchó una frase que lo marcó para siempre, el tipo llamó a los muertos: «los sin voz». Esto, porque habían muerto sin poder alzar la voz para defenderse y, peor, no había ningún valiente que tomara su voz para hacerla escuchar.

Aquella frase, lo sumergió en una crítica personal y lo invitó a meditar sobre el asunto. En un momento dado, el bus que venía de San Miguel llegó repleto de gente y de cargamento. El pito agudo y estremecedor provocó que la gente se apartara de su camino y aquellos que estaban lejos, ubicaran su presencia. Su techo venía repleto de bultos de todos los tamaños.

Entre toda la gente, se bajó una joven que según, sus cálculos, rondaba los veinte años. La muchacha se veía bastante esbelta y bien proporcionada. Vestida de un estilo juvenil que llamaba la atención con exageración. Rápidamente, se comenzaron a escuchar algunos silbidos en su dirección que indicaban el buen gusto del sexo opuesto, pero la *cipota* ni se *mosqueaba* porque estaba acostumbrada al actuar de los hombres.

El Roro, desde que la vio no le *quitó el ojo* de encima, porque los piropos se escucharon muchas veces; claro que, los tipos, lo hacían simplemente para molestarla.

La muchacha que vestía un vestido sencillo pero que le tallaba bien, trataba de caminar con elegancia pero sus zapatos de tacón alto se lo impedían. Al dar su paso, tenía que asegurarse del lugar dónde pondría el pie porque la calle no estaba muy plana. Las piedras, por el paso del tiempo y el uso, se hundían en el suelo.

Desde que la vio, el chico se dijo: «esta mujer no es de por aquí y tiene, *buen lejos*; espero, tenga *un buen cerca*». La muchacha caminaba en su dirección y pasaría frente a él. Por esa razón, no quiso parecer demasiado curioso y evitó verla directamente. Aunque, no le quitaba, el ojo haciéndose el desinteresado.

Se hizo el desentendido y fingió leer el *trompudo*: «El Diario de Hoy». Cuando la mujer pasaba, justo, frente a él. Se escuchó, el sonido del rompimiento del tacón del zapato. La chica trastrabilló y se puso a cojear en un pie. No tuvo otra opción que depositar, las cosas sobre el suelo: la cartera negra y el maletín.

Todo el mundo, se quedó a la expectativa pero, nadie, se apresuró a ayudar. El tiempo pareció detenerse por unos segundos. El Roro, se miró, rápidamente, a sus costados y se puso de pie con la intención de ofrecerle ayuda. Caminó despacio hacia la mujer, mientras la dama se tocaba el tobillo.

Al estar a unos metros de distancia, el joven se atrevió a dirigirse a la mujer, con cierto temor. La belleza y elegancia de la mujer provocaba que los hombres se creyeran inferiores:

— ¡Disculpe! ¿Puedo ayudarla? — Le dijo con voz que dejaba mucho que desear.

Al ver que, la chica, no le respondió; se dio cuenta de que su voz carecía de fuerza. Refrescó su garganta haciendo cierto ruido brusco. El sonido, atrajo, la mirada de la joven. Le clavó, sus enormes, ojos gateados sin expresar algún tipo de emoción especial. Aquella expresión, lo *friquió*, dejándolo helado por unos segundos.
Poniéndose serio, y con tono más varonil, le repitió la pregunta.

La mujer, al escuchar el ofrecimiento, se enderezó y se le quedó viendo, un poco con cautela, pero cambiando su expresión. Floreció una sonrisa coqueta, dibujando un corazón con sus dos labios.

— ¡Gracias! Solamente, ayúdeme a llegar a ese banco. —Le mostró la banqueta del parque.

— ¡Cómo usted, mande!

— ¡Vaya! ¡Al fin, apreció un caballero! ¡Pensé que iba a morir de hambre!

Rodrigo sonrió y agarrando, con una mano, el maletín. Se dispuso a echarle una mano a la dama en problemas. Al sentir, pesado el bulto, dijo, en son de broma, le dijo:

— ¿Qué es lo que trae aquí? ¿Piedras?

— ¡Botones, para los preguntones! —Le respondió con un sarcasmo matizado con una bella sonrisa.

— ¡Eso, me saco por metido! ¡Tiene razón, disculpe! ¡Permítame, ayudarla!

La agarró por la cintura y le ofreció, el hombro, para que se apoyara. La mujer, algo huraña se apoyó delicadamente. Ninguno de los dos, dijo, nada. Durante, ese trayecto hasta llegar a la banca de madera del parque. Eso sí, el Roro al sentir que la enrollaba, casi por completo, se dijo: «Tiene una cinturita de avispa».

El joven se mantuvo discreto y serio, la ayudó a sentarse sobre la banca con mucha delicadeza.

— ¡Muchas gracias! ¡Le debo, una!

— No me debe nada, ya he recibido mi recompensa.

— ¿Y eso?

— ¡Hice, la buena obra del día! Sin contar que he sido la envidia de todos esos mirones.

La mujer se quedó mirando, a su alrededor y al observar, como los hombres se «chiveaban» al ser descubiertos, espiando, dijo:

— ¡Grandes valientes que no se atreven a actuar! ¡Cobardes!

— No sea dura con ellos. ¡Su belleza impresiona!

— ¿De verdad? ¡Primera vez que un hombre me lo dice! — La mujer mostró un signo de asombro; como sí, descubriera una verdad en su vida.

— No todo el mundo tiene el coraje de acercarse a una mujer hermosa. — Volvió a repetir el piropo.

— Entonces, usted es el único valiente que decidió enfrentar los dragones de su miedo para ir a salvar a una princesa en apuros. — Le bromeó poéticamente.

— ¡Guau! ¡Qué bonito se escuchó!

— Sí, pero no lo repetiré. —Le sonrió, muy bonito.

— De todas maneras, gracias por el cumplido.

— ¡Nada que gracias, dijo la *hormiguita*…! —Se puso a sonreír porque ese chiste era bastante colorado. ¡Lo, siento! Se me salió. Era demasiado tentador.

— No hay cuidado. Aunque a decir verdad, no me lo esperaba de alguien como usted.

— ¡Ha, no! ¿Por qué?

— De una mujer elegante y bonita, se espera más seriedad.

— ¡Es *chapado a la antigua*, según veo! Y pareciera que me está coqueteando o me ¿me equivoco?

— ¡Para nada! Digo, no soy chapado a la antigua. En lo personal, me encanta de ese modo. Me gusta la gente «*tierra, tierra*»; no la que *anda por las nubes*. Y, el otro: … su belleza me tiene impresionado y las palabras salen solas.

— ¡Qué bueno porque me considero bastante terrenal! —Sonrió y no quiso, darle largas al coqueteo.

— Por lo que veo, está en problemas. El tacón se rompió en dos.

— Eso se puede arreglar fácilmente.

La mujer se quitó el otro zapato y, golpeándolo con el pie, rompió el tacón del zapato bueno.

— ¡Cómo ve! Siempre hay una solución para todo.

— Veo que es una mujer práctica. ¡La, felicito!

— ¡Más de lo que se imagina! — Volvió a sonreír pero en esta ocasión dejando un aire de misterio a su alrededor.

— ¡Me gusta! —Lo dijo, casi entre dientes.

— ¿Qué dijo?

— Digo, me gustan las mujeres prácticas.

— Eso, dicen todos pero a la hora de la verdad; tienen más prejuicios *que mandados a hacer*.

— Quizás, tenga mucha razón, en una cultura machista como la nuestra; los hombres, somos, cerrados para ciertas cosas. En lo personal, trato de alejarme de esos paradigmas.

— ¡Hay que ver para creer! Bueno, tengo que seguir con mi camino. Fue un placer y gracias por la ayuda.

— Nada de gracias, dijo la hormiguita…

— ¡Aprende rápido, por lo que veo!

— No se queda atrás.

— Fue un placer. Mi nombre, es; Flor.

— El mío, Rodrigo y mis amigos me dicen: Roro.

— Entonces, nos vemos al rato… Roro.

— Nos vemos, esperando, no se haga escarcha la frase.

— Esperemos. ¡El tiempo siempre tiene la última palabra!

La muchacha se marchó caminando como si nada hubiera pasado. Mientras se alejaba, el Roro se le quedó mirando como tratando de convencerse que aquella encantadora joven, era real y no, la expresión de su imaginación.

De repente, la chica volteó su cara y, al verlo que la veía, sonrió y siguió su camino. El joven se quedó, congelado, al ser sorprendido y, simplemente, subió sus hombros soltando al mismo tiempo una sonrisa de «me agarraste con las manos en la masa». Aquella intuición femenina, siempre, lo sorprendía y lo maravillaba.

La imagen, del rostro de aquella muchacha, le había quedado flotando en su pensamiento y su ser, experimento una sensación extraña. La mujer, le recordó a alguien pero no lograba identificar a quién.

Aquel pueblo era pequeño, fácilmente, se podía recorrer en menos de treinta minutos. Los pájaros comenzaron a buscar un lugar para dormir en la rama de los árboles y aquel movimiento, avisó al visitante que era la hora de tomarse una taza de café.

A eso de las seis de la tarde, regresó a la casa. Su idea era: prepararse para el día siguiente. Una buena dormida no le caería mal. Al entrar, trató de no hacer mucho ruido. Prefería pasar inadvertido para no molestar a la dueña de la casa. De repente, escuchó voces en la sala. Se dijo: « ¡Vaya! La profesora tiene visita». Era la primera vez que, la escuchaba, reír. « ¡Debe ser alguien cercano!» — Se dijo.

Se dio una *bañada de zope*, es decir ligera, y se dispuso a descansar en un pequeño *catre de lona* que le había prestado la dueña. Las voces de las mujeres continuaban escuchándose y, de repente, escuchó que la puerta del patio se abrió. Siguió, los movimientos y las voces, con atención. Un poco sorprendido descubrió que se acercaban, se sentó sobre el borde de la cama y se dispuso a esperar que pasara frente a su puerta.

Cuando sintió, tenía a la profesora Marta frente a su puerta. Le siguieron unos pequeños golpes, con el puño de la mano, sobre la puerta. La voz de la profesora se escuchó bastante amable. El tipo, se puso de pie y se acercó para abrir por completo la puerta. El muchacho estaba con la camisa sin abotonar, por completo, y sin zapatos.

— ¡Hola! — Era la profesora Marta. Diga, profesora ¿para qué soy bueno?

— ¡Hola! ¡Disculpe que le moleste! Fíjese que he recibido visita de la capital y se quedará unos días en casa.

— ¿Quiere que me vaya? — Le interrumpió con un toque de sorpresa.

— ¡No, no, no! No es por eso, quiero que se conozcan para que no se asusten si se ven rondando.

— ¡Ah! ¡Claro! Si me da unos minutos me arreglo y llego.

— No es nada formal. Simplemente, quiero presentarlos porque ambos vivirán en la casa.

— Entiendo. Llegó en unos segundos.

La dueña de la casa se marchó y el joven se apresuró para ponerse la ropa. A los minutos, estaba tocando la puerta de la casa principal.

— ¡Ajá! ¡Aquí me tiene! ¿Para qué soy bueno? —Lo dijo sin pensarlo, quedando sorprendido.

— ¡Hola! ¡Pase adelante y siéntese! —Le pidió Marta muy educada y, hasta, con cierta ceremonia.

Mientras, *pasaba a lo barrido*, es decir: entraba a la vivienda. Una sonrisa espontánea delató al Roro. En ese momento, la dueña de la casa se disponía a presentarlos pero dándose cuenta, se les quedó mirando y agregó:

— ¿Se conocen, verdad?

— ¡Hola! — Dijo, el Roro, recibiendo la misma respuesta.

— ¡Más o menos! Él es el chico que me ayudó en el parque.

— ¡Mire que chico es el mundo! Imaginé que la vería pronto pero no tan rápido. ¡Es verdad que el pueblo es pequeño… pero no tanto!

— ¡Sorpresas da la vida, la vida da sorpresas! — Soltó Flor, con una sonrisa agraciada.

— De todas maneras, los presentó: Rodrigo, ella es mi hermana menor: Flor; Flor, él es el nuevo profesor: Rodrigo.

— ¡Roro! Así le dicen, los amigos y aspiro a ser parte de ese grupo privilegiado.

— ¡Niña! No seas ofrecida. La amistad nace, crece y se fortalece. No se impone ni se obliga.

— Esos son conceptos de viejos. Tienes que ser realista. Estaré aquí, más o menos, dos semanas; así que podemos saltarnos algunos pasitos. ¿No crees? Rodrigo que escuchaba atento la conversación entre las hermanas, gozaba en silencio del pleito filosófico.

— ¿Qué opinas? —Se dirigió, Flor, al Roro.

— Entre jóvenes, porque me considero joven, los formalismos pasan a segundo plano.

— ¡Ves! Estamos en *la misma onda.* Tenemos que comprender a los mayores, siempre se quedan anclados en el pasado. —Lo dijo burlándose de la hermana que, apenas, le llevaba unos años.

— ¡Está bien! Trátense como quieran.

— ¿Y tú por qué no? No eres vieja, aunque te gusta parecerlo. ¡Sabía que tiene…!

— ¡Niña! Eso no se anda publicando. —Le detuvo para que no dijera la edad.

— ¡Mujer! Deja de comportarte como una vieja: aburrida y añejada. Me pregunto: ¿Qué tipo de enseñanza le das a tus alumnos?… ¡Pobrecitos!

— ¡Por favor! — Le clavó la mirada a la hermana. ¡Rodrigo! No le quito más tiempo. Mañana nos iremos temprano a trabajar. Le aconsejo que descanse.

— ¡Tan temprano! Apenas, se han subido las gallinas al palo.

— ¡Creo que su hermana tiene razón! — El joven comprendió la indirecta.

— ¡Bueno! ¡Allá ustedes! Por mi parte, estoy de vacaciones y no pienso pasarla durmiendo todo el tiempo. A mi regreso, directo a clases y si puedo, a trabajar.

— ¡De eso, hablaremos más tarde! ¡Buenas noches, Rodrigo! — Pronunció el nombre, con cierto énfasis, para enmarcar la seriedad en el trato.

El joven profesor salió con una sonrisa en el rostro, al observar el trato entre las dos hermanas. Las mujeres no dejaban de hablar y el muchacho escuchó que la hermana menor le decía:

— ¡Está, guapo, el «*maistrito*» que vive contigo!

— ¡No vive conmigo! Le estoy alquilando un cuarto, mientras consigue algo mejor.

— ¡Mejor que aquí! Lo dudo. Mira: tiene casa y buena compañía. Y a ti te conviene que no se vaya: no estás, sola; y, quién sabe, en la soledad, las almas tienden a unirse. — Le subió las cejas de manera pícara.

— ¡No digas tonterías! Es jovencito y quién sabe que aguante un año.

— ¡Mejor, aún! Tienes que aprovechar la… oportunidad, de tener algo. Digo, si no tienes alguien más, escondido bajo la cama. — Se puso a buscar, bajo los muebles, en son de broma.

— No tengo a nadie y no deseo tenerlo. ¡Estoy bien así!

— ¡Ya pasó más de un año! Es justo, pensar en tu futuro. No piensas vestir de luto toda la vida. ¡Eres joven, bonita y sin necesidad que te mantengan!

— ¡No estoy preparada para otra relación!

— No te digo: casarte o acompañarte. Lo único que te pido es que vivas. Tienes que darte una oportunidad de volver a amar. Que vuelvas a sentirte mujer. Deja que alguien espante todos esos fantasmas del pasado. ¡Antes, soñabas con tener hijos!

— ¡Lo sé! Espero que con el tiempo todo cambie.

— ¡Ayúdate que te ayudaré! Dicen por ahí.

— Mejor hablemos de otra cosa. ¿Cómo está mamá?

Las mujeres cambiaron de tema y el Roro, se alejó discretamente para que no descubrieran que las estaba escuchando. Se dirigió a su cuarto pero no, con la idea de dormir. Agarró un libro y se puso a leerlo.

Mientras tanto, las dos hermanas seguían enfrascadas en una conversación *de tira y afloja*. Flor seguía insistiendo sobre el hecho de vivir la vida. Quizás, su madre, le había pedido que tratara de sacarla de aquel túnel negro en el que se había caído.

— ¡Vos, no sabes nada de la vida! Espera que tengas pareja o enamorarte; verás que todo cambia.

— Eso es lo que piensas pero, quizás, estoy más adelantada de lo que crees. No necesito estar casada para saber que es rico hacer el amor; no necesito tener hijos para saber que son encantadores; no necesito ser virgen para que alguien me aprecie. Creo que el amor existe porque lo he visto y he palpado; pero no todo lo que está relacionado con un sentimiento por fuerza tiene que ser amor. La atracción existe; el deseo, consume; la masturbación nos tienta y los celos, nos traicionan. Todo eso es parte de la realidad y no la podemos negar; porque sería, negar, tu propia existencia.

— No estoy de acuerdo, presentas las cosas de manera muy simple. La vida es más complicada que lo que parece.

— Será porque nosotros, la complicamos. Dime ¿qué malo hay que una mujer desee lo mismo que un hombre? ¿Por qué ellos lo pueden hacer y nosotras, no? Simple, estamos en una sociedad machista.

— No digo que no se pueda hacer; pero dónde queda el respeto a nosotros mismos.

— Correcto, pero ese mismo discurso se debería aplicar a los hombres. ¡Claro! Ellos lo conocen pero lo ignoran; entonces, porque nosotras tenemos que seguirlo al pie de la letra.

— Pienso que, cada quién, deberá seguir sus propias reglas.

— Eso parece… al final, todos lo hacemos. La diferencia es que a unos, se les acepta y a otras, no.

Un silencio interpuso una pausa entre ambas mujeres. Luego, para romper aquel lapso de tiempo muerto, Marta dijo:

— Por lo que oí, vas a estudiar en la universidad y piensas trabajar. ¿Ya se lo dijiste a mis padres?

— Ellos no quieren, ya me lo dijeron. Son de la idea que no se pueden hacer dos cosas sin descuidar una. Pienso diferente, de nada sirve sacar un diploma si no tienes experiencia. La práctica hace al profesional.

— ¿No te gustaría marcharte a estudiar al extranjero? Creo que, por esa razón, te pusieron a estudiar inglés.

— Por el momento, no. Quizás, en un futuro porque tengo que ser realista. En este país, las oportunidades para las mujeres de pensamiento, digamos fuera de las paredes convencionales, son mínimas.

— Imagino que: si piensas en trabajar es porque has movido hilos.

— ¡Claro! Vos, me conoces; aquí, nadie, te da trabajo si no tienes contactos. Barajo varias opciones.

— Veo que estás decidida.

— Creo que estoy a punto de comenzar una nueva vida; por eso, quise visitarte porque más adelante, posiblemente, no lo podré hacer.

— ¡Qué bueno porque me hacía falta verte!

— Y que te jalaran las orejas. ¡Sabes! Mi madre está preocupada por ti. Te ve triste, amargada y sin esperanzas de nietos en el horizonte. Ella sabe que, por mi parte, ésa es la última de mis preocupaciones.

— ¡Sabes que estábamos pensando tener hijos! ¡Hasta, había dejado de planificar! — Los ojos se le llenaron de lágrimas.

— Lo sé y lamento eso. Me duele decírtelo pero él, no está y tú necesitas seguir viviendo. No te dejes morir en vida.

— Sé que tienes razón pero no es fácil. Pareciera que tengo seco el corazón y, pocas cosas, me dan alegría; salvo mi trabajo.

— A veces, solamente, es cosa de decidir. Decide ser feliz, y lo serás; decide ser libre y lo serás; decide cambiar de rumbo y lo harás. Decide amar y amarás.

— ¡Soñaba con tener hijos!

— Entonces, tenlos. No necesitas casarte para eso. Si deseas: los puedes adoptar. Mira, tantos, *bichos* huérfanos que ha dejado la guerra. No necesitas que te mantengan; tienes lo suficiente para criar una manada y a su progenitor.

— No me veo, criando sola.

— Muchas veces, es mejor sola que mal acompañada. Trata de salir de ese caparazón en la que te has metido. Tu compañero de trabajo no está, mal para practicar un poco de libertad.

— ¡No digas tonterías! Es un jovencito.

— Por eso, lleno de vida y vitalidad. Luego, si gustas, buscas un viejo para tener en la casa y pelear.

— Imagino que es lo mismo que la gente ha de estar pensando.

— ¡Qué te importa lo que la gente diga!

— Tú lo dices porque no vives aquí, ni tienes que aguantar los chismes. — Se lo dijo en un tono enojado.

— ¡Comprendo! ¡Pero no te enojes mujer!

— ¡Así comienzan los chismes y eso no me gusta!

— ¡Sí, pero ellos no te dan de comer! No tienes ¿por qué *darles vela*? Ellos, no tienen ¿por qué regir tu vida?

— ¡Vos, no sabes lo que es vivir en estos pueblos! Inclusive, te aconsejo que te mantengas tranquila con el profesor. No vaya a ser que la gente comience a hablar cosas de ti.

— ¡Qué! ¿De qué diablos, estás hablando? ¡Yo no soy ninguna niña *mocosa* para que me trates así! —Se enojó la hermana.

— ¡No pero, mi deber, es cuidarte! Además, tú estás a punto de casarte.

— ¡Yo me puedo cuidar solitas, sabes! ¡Vos, no sabes si yo deseo entablar una relación con el Roro!

— Pero tú estás, de pasada.

— ¡Eso no importa! He venido visitarte y no a estar, presa; es verdad que estoy comprometida para casarme pero todavía no pertenezco a nadie y, aunque, lo estuviera, no le pertenezco.

— ¡Sí, pero pronto te casaras! ¡Me parece de que, debes, de respetar a tu novio, no!

— ¿Vos, crees que él me estará respetando con el tipo de amigotes que se maneja? Entonces, si él puede tener otras relaciones porque yo no. Solamente, por ser mujer. ¡Qué bonito!

— ¡No quiero decir eso, pero pienso que uno, de mujer, debe darse a respetar!

— ¡Según vos, darse a respetar es llegar virgen al matrimonio! ¿Quién te dice que yo soy virgen? Para tu conocimiento, eso es cosa del pasado.

— ¡Niña, esas cosas no se dicen!

— ¡Niña que ocho cuartos! Aquí estamos entre adultos.

— Lo sé y me doy cuenta de que no lo eres.

— ¡No te preocupes, si quiero que me falte el respeto; ni te darás cuenta!

— ¡Vos siempre de malcriada! Mis padres te han consentido demasiado. ¡Mejor ahí, la paramos! No deseo terminar peleando contigo. ¡Buenas noches!

La mujer se dio media vuelta y se dirigió a su dormitorio, enojada.

Flor salió al patio trasero de la casa y se acomodó sobre una hamaca. Se puso a balancearse, suavemente; mientras, dejaba que su pensamiento se escapara por aquel cielo estrellado que pintaba la noche.

A los minutos, el Roro salió de su cuarto y se plantó bajo el marco de su puerta. Puso sus dos manos en ambos entremos y se estiró. Volteó a ver hacia la casa principal y observó que la hamaca se movía, no sabía quién era la persona que estaba acostada porque la oscuridad se lo negaba.

Se dirigió al baño para lavarse las manos y, de paso, mojarse un poco el pecho para suavizar el calor que sentía. De repente, escuchó unos pasos que se acercaban y, al voltear, reconoció a la dama. La muchacha estaba con ropa de dormir, un camisón flojo que tenía, tirantes delgados. Al verlo, agarró su prenda y moviéndola suavemente, provocó que cierta brisa se escurriera debajo de la tela.

— ¿Tampoco puede dormir?

— No es que no pueda, es muy temprano.

— Espero que no haya sido por la conversación que tenía con mi hermana. ¡Nos acaloramos un poco!

— No conocía ese lado intenso en su familia. Su hermana parece controlar sus emociones.

— Es un espejismo. El problema es que, después de que le mataron a su pareja, se convirtió en una ostra.

— Entiendo. Significa que tiene su corazoncito. — Bromeó.

— Si hablamos de intensidad creo que me gana.

— ¿De verdad? Tengo que verlo para creerlo.

— Sí, Tomás. — Le bromeó. ¡No se preocupe! ¡Perro que ladra no muerde!

— ¿Así que está comprometida? Escuché por casualidad. ¿Qué suerte tiene el novio?

— ¡Gracias! ¡Así parece, aunque no lo sé!

La muchacha se acercó a la pila de agua y agarrando unas gotas, se las esparció sobre el pecho. Luego, colocándose de espaldas, se subió al borde de la pila para sentarse. El Roro se colocó delante de la cipota para seguir con la conversación. Al saltar para sentarse, el camisón se le bajó. Mostrando por unos segundos, uno de sus senos. Rápidamente, la mujer se colocó la prenda en su lugar, diciendo:

— ¡Ups! ¡Ya mostré, lo que no debía!

Rodrigo no hizo, comentario y se limitó a sonreír. Luego, le dijo:

— ¿No sabía que tenía novio? Aunque, no me extraña siendo muy hermosa.

— ¡Me sigue, piropeando! ¿Es por maña o por qué le gusto?

— ¡Porque me gusta!

— ¡Usted, no me es desagradable! Aunque, según mi hermana, tengo novio.

— ¡Eso no impide que siga siendo hermosa! Suerte, la del tipo. Otros mendigos, quisieran, comer ese manjar.

— ¡A veces, el mismo plato suele aburrir o empalagar!

— Solamente, cuando la comida no es la preferida. Porque, de lo contrario, uno se conforma con las migajas.

— ¡Eso, pienso! —Dejó escapar unos segundos, luego agregó: ¡No estoy, completamente, conforme con esa relación. — Sorprendida, agregó: ¡Vaya, al fin lo dije!

— Me huele a desinterés. No me la trata bien y me la descuida.

— ¡Algo de eso hay! ¿Y usted está con alguien, tiene hijos?

— ¡Ni uno ni el otro! Solterito y disponible, pero sin prisas para atarme. A menos que encuentre algo: bueno, bonito y barato. ¡No! ¡Es broma! Estoy libre como el viento.

— ¡No hay problema! De todas maneras: ni soy buena, ni bonita, ni barata. —Le devolvió, la broma.

— ¡Entonces, la venida aquí es como una especie de retiro o de despedida de soltera!

— Necesitaba alejarme un poco de todo ese relajo del matrimonio. Y, honestamente, está lejos de ser una despedida de soltera, esas cosas sólo se ven en la tele. ¡Por lo menos para las mujeres!

— ¡Me suena a dudas! ¡Y dónde hay dudas, hay miedo!

— ¡Algo así! Al principio, todo iba bien; pero, luego, la cosa se desinfló.

— ¿Después o antes? —Le habló en doble sentido.

— ¡Antes, creo! Soy de la idea que es mejor saberlo antes y no después. Creo que se perdió la magia en el camino.

— Imagino de que usted es de las que caminan por magia. Creía que era más práctica en esas cosas.

— Soy práctica y, por eso, no me meteré en camisa de once varas si sé que la llevo de perder. Un matrimonio no es un juego. Imagínese que es difícil si hay sentimiento de por medio; sin él, *la cosa se pone peluda.*

— ¿Cree que tiene otra? Porque, por el contrario, la cosa es sencilla: volver a despertar la magia.

— ¡Posible! Por eso, nos tomamos este mes. Él no lo quería pero yo insistí. Le dije que quedaba libre y que, luego, hablábamos.

— ¿Y él accedió?

— ¡Claro! ¡Porque venía con mi hermana y él conoce cómo es de estricta! ¡Creo que si hubiera sabido que usted está viviendo aquí, no lo hubiera aceptado! ¡Pero, es mejor así! Son esas pequeñas cosas que no me gustan. ¿Por qué él lo puede hacer y no yo? ¿Por ser mujer?

— ¡Entonces, no le diremos nada! Solamente, espero que no se aburra.

— ¡Aburrirme! ¡No! Yo no pasaré metida aquí. Usted, porque no lo sabe; pero hay muchos lugares bonitos que visitar. Cascadas, ríos, pueblos hasta se puede ir a Honduras.

— ¿De verdá?

— ¡Claro! ¡Si gusta, se apunta! Yo podría ser una buena guía turística.

— ¡Entonces pongámosle la firma! Aunque, creo que su hermana se enojará.

— ¿Le molesta?

— A mí, no. Aunque, no quisiera que la tomara con usted.

— Creo que soy suficiente mayorcita para hacer mis cosas. ¿No lo cree?

— Claro que sí. De todas maneras, no haremos nada malo.

— Y si lo hacemos, somos adultos responsables y, hasta, podemos votar. — Sonrió.

— ¡Espero de que no se haya asustado por lo que dijo mi hermana! ¡Es sobre-protectora! ¡Hay muchos que le temen!

— ¡El miedo, me provoca; la tentación, me anima; y lo que es prohibido, me seduce! — Se lo dijo poniendo un tono de voz seductor.

— ¡Interesante! En mi caso, ¡me gusta botar barreras, seguir otros caminos y medir mis límites!

— ¿Hasta, dónde llegan sus límites?

— ¡Todavía no han tocado fin! —Cruzó sus brazos, bajo de sus senos y éstos parecieron florecer.

Se quedó mirando las estrellas y agregó:

— ¡Cuando chica, me subía con mi hermana sobre el techo del tanque de agua para mirarlas!

— ¿Subimos? — Se apresuró a invitarla.

— ¡Me acompaña! ¿Se atreve? — Lo toreó.

— ¡Claro que sí! De una y sin pensarlo.

— ¿Seguro? — La mujer se bajó de donde estaba sentada y quedó parada frente al joven, un poco en desequilibrio.

Los cuerpos quedaron muy cerca. El chico tuvo la intención de agarrarla de la cintura pero se quedó en el intento. La muchacha no dudó y se agarró de los hombros. Sonrió y le dijo:

— ¡Van dos veces que me apoyo en usted!

— ¡No hay problema! ¡La tercera es la vencida!

— ¡Espero que no sea dura la caída! Lo digo por si no se atreve a agarrarme. — La muchacha lo dijo en doble sentido al ver que el chico no se atrevía a ponerle las manos en la cintura.

— Le prometo que no la dejaré caer. — Le puso las dos manos en la cintura, delicadamente.

— ¡Eso, espero! — le dijo apartándose y arreglándose el camisón.

El chico miró hacia la casa principal para ver si no estaba cerca, la profesora. Flor observó y lanzó, un toque eléctrico, para conocer la reacción ante una situación delicada, diciéndole:

— ¿Le tiene miedo, respeto o fobia? Ella no muerde y, por mi parte, sólo puede salir chamuscado.

— ¡Creo que respeto! No conozco mucho de ella pero presiento que hay algo en su pasado que le metió en ese cascaron. Comprendo su manera de ser: severa, formal y dictatorial. Creo que son proteccionismos para no volver a sufrir.

— Además de observador, me salió psiquiatra.

— De *loquero* no tengo nada. Simple observación.

— ¡Entonces! Subimos pero me ayuda porque soy mala para trepar escaleras.

— ¡Subimos! —Luego, se le acercó suave y le dijo, al oído: ¡El problema es que podemos quemarnos! Lo digo, por el calor. — Bromeó en doble sentido.

— Yo no tengo miedo a las brasas pero…

— ¿En verdad, quiere jugar? ¡Sabe que se puede quemar! — Se apartó y se puso a jugar, con lo suave de su dedo, en el labio inferior de la mujer, sin que ella dijera nada.

La chica, le apartó la mano de sus labios y le dijo:

— ¡Espero que no me salga hablador! Lo digo porque no me gustaría, encontrarme, con: un salmista o consejero espiritual. De eso, tengo de sobra con mis padres.

— No se preocupe, trataré de ser una estrella más en el firmamento.

— Tampoco, prefiero que sea una huella en la playa de mi presente.

— Entonces, dejemos de hablar y subamos.

— Si mal no recuerdo, al costado de la pared se encuentra una escalera.

Ambos caminaron buscando la pared más baja que daba acceso al techo del tanque de agua. El muchacho, muy caballeroso, agarró la escalera y la colocó sobre el muro. Luego, le tendió, la mano, para que comenzara a subir.

La mujer, con una sonrisa coqueta, se dispuso a montar los peldaños. El Roro se colocó detrás y colocó sus manos en la cintura. La joven, simplemente sonrió al sentir el contacto. Al poner el segundo pie, hizo semblanza de deslizarse y se dejó caer de espaldas para que el joven, muy atento, la abrazara para detenerla.

Rodrigo, se dijo: « ¡Así que quieres jugar! Entonces, vamos a ver ¿hasta, dónde están tus límites?» La abrazó sólidamente, con sus dos manos, enrollándola delicadamente. Le colocó sus manos a pocos centímetros de sus senos y comprobó no tenía sostén. La mujer, se encorvó hacia atrás, colocando su cabeza sobre el hombro, casi ofreciéndole el cuello blanco.

— ¡Qué bueno es tener a alguien en quien caer! — Murmuró la muchacha cerrando sus ojos.

— Le dije que no la dejaría caer. Que estaría atento a su necesidad. — Se lo dijo rozándole son sus labios el cuello, mientras sus manos apretaban suavemente los senos hasta centrarse en los pezones.

Al sentir el calor subir con fuerza al contacto del joven, la mujer se enderezó y le dijo que era mejor subir.

Ambos subieron, la escalera, muy pegados, en una especie de seducción delicada. Sus cuerpos se rozaran delicadamente, hasta que llegaron al techo. En el último, tramo, el joven la agarró con ambas manos de sus pompas y, apretándolas, con suavidad, le dijo:

— ¡Lo siento pero es necesario!

— Lo sé y no me molesta.

La mujer se dio media vuelta y le ofreció, la mano, para que el muchacho terminara de subir. El espacio sobre el tanque de agua no era muy grande y, apenas, cabían dos cuerpos acostados. Por suerte, el lugar estaba limpio a causa de la última tormenta.

Flor se colocó a un costado, con sus rodillas dobladas y teniendo el cuidado de meter, entre sus piernas, parte del vestido. El acompañante, al verla ubicada, se acomodó a su costado imitando la posición.

Sus cuerpos, casi se tocaban, murmuraban un *calorcito* agradable. Ambos, se clavaron en aquel cielo poblado de estrellas. Unas, brillando más que otras, emocionaban los sentidos de aquellos trasnochadores. De repente, en la distancia se escucharon unas detonaciones y, algunos, destellos luminosos. La chica, dijo:

— ¡Ya me decía que era demasiado perfecto para ser hermoso!

— Lo dice por esta guerra sin cuartel en la cual nos han metido sin permiso.

— ¡Claro! ¿Pensaba que lo decía por usted? —Sonrió, sin verlo.

— Me hubiera gustado que, fuera así, para desviar la atención de esa dama malcriada. Lo digo por la guerra.

— ¡Qué bueno que lo aclaró! — Volvió a sonreír, sin dejar de ver el cielo.

— ¡No faltaba más! Nunca le faltaría el respeto con mis palabras.

El joven esbozó una sonrisa pícara sin verla y, la chica, movió los ojos, hacia él y, sonriendo, le dijo:

— ¡*El que se ríe solo, de su picardía se acuerda*! Mejor, compártala para reír juntos. ¿Qué fue lo que le atravesó el espíritu?

— En verdad, ¿lo quiere saber?

— ¡Suéltelo que, luego, es tarde!

— Me dije que, a lo mejor, no le faltaría el respeto con mis palabras pero con mi pensamiento, sería otra cosa.

— ¿Solamente, con el pensamiento? Creí que era más *aventado.*

— Nunca lo soy al inicio, pero *cuando agarro patio otro gallo canta.*

— ¡Por lo visto y sentido, agarra patio rápido!

— ¡Soy de los hombres que piensan que la mujer debe dar las pautas en una relación! De ese modo, no se comete el error de ser atrevido.

— Eso quiere decir que, mis, señales, dijeron: ¿Qué podía atravesar la frontera?

— ¡Algo así!

La muchacha se quedó pensativa y se concentró en alguna estrella lejana. Algo, en la distancia, le cambió la mirada. En cierto momento, frunció el ceño y dijo:

— ¡Prejuicios y dudas! — Las palabras salieron con un pequeño murmullo desolador.

— ¿Pasa algo?

— No se moleste conmigo porque creo que cometí un error de juicio y de imprudencia. ¡No debí, insolentarlo!

— ¡Entiendo! — El joven sonrió y se puso a sobar las rodillas.

— ¿Se enojó? Lo comprendería, si fuera el caso. — Le colocó una mano sobre las de él.

— ¡Para nada! Siempre y cuando, no sea, por algo: que hice o dejé de hacer.

— No. Todo lo que hizo, sucedió porque se lo permití.

— Imagino que ¿todo eso está, en relación, con su novio y su hermana?

— ¡Algo de verdad hay, pero hay más! Estoy en mi periodo fértil, tengo dudas muy fuertes sobre mi relación de noviazgo, del matrimonio y, hasta, de mi existir. ¡Entiende!

— ¡No, mucho; pero lo intento! No se preocupe por mi lado, pareciera que tienes otros trapos más importantes que sacudir. Eso sí, el periodo no hubiera sido un problema; existe más de una manera de disfrutar un rato agradable con una pareja.

— ¡Ah, sí! ¿Cómo por ejemplo?

— Una buena conversación, una comida, una bebida, una caricia, un «*apapacho*» y, porque no decirlo, una buena *amontonada*.

— ¡En eso tiene razón! ¿Sabe…? ¿Me tienta…? Algo que beber. — La mujer lo dijo con un sabor pícaro y coqueto para dejar que la imaginación hiciera su propio camino.

— ¡Sí, con eso logramos mejorar, ése lindo rostro! ¡Espere aquí muy juiciosa que iré por algo!

La mujer se le quedó mirando con una sonrisa de agrado. Aquel joven, en los pocos minutos de relación, la había hecho sentir más cosas que su novio. Se quedó pensando y se dijo: « ¿Mi relación debe estar bien jodida? ¿Creo qué, debería conocer la solidez de mi amor por mi novio? Estoy segura de que, por su parte, no dudaría un minuto en acostarse con otra mujer. Ya, lo ha hecho otras veces, porque no lo seguiría haciendo. Sería una tonta si pensara lo contrario. Como dicen: «*gallina que pica huevos; siempre, lo seguirá haciendo aunque le quemen el pico*».

En ese momento, Rodrigo llegaba con dos gaseosas «Kolashanpan». La chica al ver la bebida se puso a recitar el comercial que salía en radio y televisión: « ¿Quién no ama el lugar, la tierra natal y dónde ha nacido? Terruño de amor: El Salvador, donde yo vivo. ¿Quién? ¿Quién? ¿Quién? ¿Vivirá en su pueblo nato, plasmará, su mano, allí y dirá, con orgullo: madre Tierra, soy de Ti? ». Al escucharla, el Roro se le unió porque la canción tenía un toque pegajoso y jovial.

Al terminar, ambos se empinaron, la bebida, dejando escapar un esbozo de agradecimiento. Con el calor que estaba haciendo, caía bien al cuerpo. Se dejaron empapar por las estrellas y soltaron una sonrisa de agrado.

El chico había llevado unas toallas para utilizarlas como alfombra por si deseaban acostarse sobre el techo. La muchacha las miró y dijo:

— ¡Buena idea! Sólo faltaría una almohada y me quedaría a dormir como solía hacerlo de niña.

— ¿Quiere que vaya por una?

— No. De todas maneras, ¡ya no soy una niña! — Lo dijo en doble sentido porque su sonrisa la delató.

— ¡Pero es, una hermosa, dama!

— ¿Subí de categoría?

— ¡Creo que podré, remediar, lo de la almohada! ¡Siempre ha estado en pedestal especial!

El muchacho, colocó la toalla en la parte de atrás de la mujer. Luego, se acostó de manera horizontal. La mujer que, lo veía moverse con algo de dificultad, sonreía tratando de adivinar la intención.

— ¡Me convertiré en su almohada! Claro, si no le molesta mi osadía. Ahora averiguaré y pondré a prueba, ¿su carácter?

— ¡No me tiente! ¡Satanás aléjate de mi lado! — Le respondió con aire rudo imitando a un hombre. Con la misma, deslizó su trasero y se dejó caer, colocando suavemente la cabeza sobre el abdomen del chico. Al terminar de acomodarse, agregó: ¡Pareciera que soy, muy débil, ante una linda, tentación!

— ¡Las tentaciones, siempre, son: lindas y atrayentes! De otro modo, no nos conquistarían.

— ¡Es verdad! ¡Gracias!

— ¡Gracias dijo la *hormiguita*! — Le volvió a repetir la broma del parque.

Luego, ambos se quedaron viendo el universo. En esa posición, se tenía la sensación de estar metido entre las estrellas. Un sentimiento de pequeñez envolvía los cuerpos y afloraba un verso de amor. En un momento dado, el chico colocó la mano sobre el estómago de la mujer y ésta, no dijo: nada. Luego, colocó la suya sobre la del muchacho.

Permanecieron quietas, unos segundos, luego el dedo pulgar del muchacho comenzó a moverse en los linderos de uno de los senos. De manera delicada, aquel movimiento produjo que la chica cerrara, los ojos. Dejó de apretar la mano y, ese gesto, dio una señal de libertad. Con la *confianza de un descosido*, otorgada, los dedos comenzaron a subir el volcán, hasta llegar a la cima. Estando en el trono, en lo más alto. Sacaron un hilo de ilusión y, subieron a la mujer, hasta amarrarla en la estrella más lejana. Dejándola disfrutar de la sinfonía del amor. La dama, mientras la subían, se ayudaba colocando una de sus manos entre las piernas. Un respiró gigante avisó que se dejaría caer sin paracaídas. Se agarró fuerte de la mano del joven y esperó que el agua volviera a su nivel.

En esos cortos segundos de complacencia, ninguno de los dos, murmuró palabra alguna. El silencio se hizo perfecto y la noche los cobijó con la ternura de un abandonado. Lastimosamente, la voz de la hermana, desde dentro de la casa, puso a Flor con los pies sobre la tierra.

— ¡Mi hermana! Es mejor que baje, antes que nos descubran. — Lo dijo, abriendo los ojos, tan grandes como la misma luna.

Sin pensarlo dos veces, se bajó y colocó a la orilla de la pila. Se lavó la cara y se puso a arreglar el camisón que estaba arrugado. Mientras bajaba, le dijo, en forma de orden, « ¡no, haga ruido y quédese, callado! » El chico, obedeció como un buen alumno. Cuando Flor, alisaba el camisón, Marta, se aproximaba a la pila de agua, junto al baño exterior. Algo, extrañada, le dijo:

— ¿Qué haces? — Le preguntó y, con la misma, echó un vistazo al cuarto del Roro. Por suerte, la puerta estaba cerrada.

— Nada. Tenía frío y vine a refrescarme.

— ¿De verdad? — Hizo un gesto con el rostro de no creerle.

— ¡Está bien! ¡Me agarraste! — Dejó unos segundos de suspenso.

Rodrigo que tenía las orejas paradas, como dos radares, se quedó, sorprendido, esperando la continuación de la confidencia.

— ¡Estaba en el techo del depósito de agua viendo las estrellas y jugando a tocarlas con la mano! Te acuerdas ¿cuándo, lo hacíamos de chica?

— ¡Me acuerdo! Debe estar sucio y más de algún bicho, rondando por ahí. ¡Qué imprudente! Te pudiste haber caído, ese techo no es muy sólido. Antes, porque éramos niñas.

— ¡Estás insinuando que ya, no soy niña! — Le bromeó, la hermana. ¡Mira no estaba tan sucio y bichos, no había más de uno pero fue gentil y muy tierno. ¿Quieres subir?

— ¡No, gracias! Vos, sabes que no soy muy del monte, prefiero la comodidad de una casa.

— ¡Has cambiado!

— La vida nos cambia.

— Discúlpame, pero no deseo cambiar de ese modo. Yo veo la vida desde otro ángulo: alegre, colorida, llena de aventuras y muy hermosa.

— Lo, dices porque no te han pasado cosas fuertes.

— No es necesario que te pasen cosas para saber que la vida trae, igualmente, sus cosas negativas. ¡Creo que depende de cada persona!

Marta no quiso seguir con aquella conversación pero su rostro de contrariedad fue evidente.

— ¡Disculpa! No quise molestarte. ¡Pensé que tenía, la suficiente libertad de hablar de mujer a mujer!

— ¡Es mejor que entremos! Pronto caerá el sereno y nos puede hacer daño.

La profesora dio media vuelta y se dirigió a la casa principal. Flor se puso a seguirla a ciertos pasos de distancia. De repente, un golpe, de una piedra diminuta, en la espalada la detuvo. Le recordó que había olvidado algo. Volteando el rostro, divisó al sujeto cerca de la puerta del baño. Le dijo rápidamente que se escondiera y éste se metió en aquel cuarto reducido.

Marta, al sentir de que la hermana, se detenía, dio media vuelta. La miró observando hacia la pila de agua.

— ¿Qué pasa?

— ¿Creo que, olvide algo? — La muchacha se dirigió al lugar mientras pensaba en alguna excusa. Al llegar, dijo: ¡No terminé de limpiar mi camisón!

— ¡Si lo vieras por detrás, te das cuenta de que necesita más que una simple mojada !

Flor se levantó la prenda y enrollándola, lo comprobó. Se puso a ponerle agua para limpiarla pero no salía, la suciedad. Como había levantado el vestido y mostraba su prenda blanca, Marta le dijo:

— ¡Niña! ¡Estás enseñando tu trasero!

— ¿Qué tiene de malo? Sólo estás tú.

— ¡Puede salir, el profe!

— ¿Y? Estás insinuando que no le va a gustar mi trasero.

— ¡Al contrario, le va a encantar! Veo que te convertiste en una bella mujer.

— ¡Hace rato que no andamos en calzones, verdad! Sabes, creo que me daré un baño.

— ¿De verdad? ¡El agua debe estar fría!

— ¡Con este calor me caerá bien!

Flor se dirigió al baño abrió la puerta y al ver que la hermana la seguía, le dijo:

— ¿Quieres que nos bañemos juntas, como cuando éramos niñas?

La hermana mayor, comprobó su imprudencia y se detuvo en seco.

— ¡Lo siento! No me di cuenta de que te seguía por inercia. ¡Imagino de que necesitarás una toalla y otras cositas!

— ¡Solamente, me daré un baño de gato!

— ¡Ten, cuidado, no vaya a haber un bicho ahí!

— ¡Y si hay que sea: amable, silencioso y respetuoso!

La chica había entrado y al ver, al Roro, hizo señas con la mano, poniéndole acción a sus palabras. El joven simplemente la miraba con sonrisa de pícaro. La joven se sentó sobre el borde de la pileta teniendo enfrente al profesor y del otro lado de la puerta de madera, a la hermana.

Un silencio entró en acción en aquel triángulo de personas. Luego, Marta, se puso a hablar haciendo un monologo.

— ¡Sabes! ¡Quiero, disculparme contigo! Me doy cuenta de que ya no eres, una niña. Y me sigo comportando, como la hermana protectora. Al escucharte hablar, me doy cuenta de que has madurado. Al verte, veo a una señorita. Digo, una hermosa, mujer. Has venido a verme, quizás buscando consuelo o palabras de aliento y, hasta, quizás, un poco de silencio. En lugar de encontrar a una hermana, te has encontrado con una vieja gruñona, anticuada y, hasta, rencorosa. Acepto que no estoy, del todo bien. La muerte de mi esposo me afectó mucho. Quizás, es tiempo de cambiar, de aceptar y seguir adelante. Lo sé, lo he intentado y te juro que no es fácil. Dicen que el tiempo cura las heridas, sólo espero que no sea una eternidad. — Se quedó callada, se intuyó que unas lágrimas salieron a flote. Flor, igualmente, estaba llorando.

— ¡No digas, tonterías! Todavía eres joven, ni siquiera has llegado a los treinta. No eres fea, siempre has sido elegante y, quizás, deberías pensar en rehacer tu vida. O al menos, tener algún tipo de relación.

— ¡He pensado, pero no estoy lista!

— ¡No digo en casarte! Lo único que te sugiero es, abrir la puerta a un tipo de relación: amistad, novio, amante o lo que sea.

— ¡Con los hombres no se puede tener amistad! ¡Siempre, buscan algo más! Novio, como te digo, no me siento lista. Y amante, tendría que tener pareja para tener amante. O lo dices, tener una relación de pareja de manera libre. Honestamente, no sé sí, podría hacerlo. No es por el ¿qué dirán? No me veo en ese papel. ¿Tu, sí?

—¡Yo! No le veo problema en entablar algún tipo de relación con un desconocido. Meterme a la cama, no lo he hecho pero siempre existe la primera vez. Mi novio sé que me engaña, mi amiga, me lo dijo. No tuve el valor de ir averiguarlo. Me doy cuenta de que mi relación patalea de un pie. Él es muy posesivo, machista y celoso.

—Si sabes, todo eso: ¿Por qué sigues con él? Por experiencia sé que después del matrimonio, ninguno de los dos cambia. Al contrario, empeora porque salen a relucir los verdaderos defectos. La pregunta que debes hacerte es: ¿Estoy segura de que aceptaré esos defectos en mi pareja durante toda la vida? Si la respuesta es sí, cásate. Si es no, rompe de una vez por todas aunque llore mi madre.

Mientras la hermana la aconsejaba, la chica se puso a mojarse las piernas echándose agua suavemente. Rodrigo, simplemente, la veía con mirada embobada mientras seguía la conversación.

—Para ser sincera, por eso vine. Necesitaba alejarme del problema para verlo desde otro punto de vista. Quizás, probar otras cosas y perderme en la naturaleza para cambiar de aires. ¡Espero, no te moleste!

—¡Para nada! Ahora te comprendo y tienes todo mi apoyo, cualquiera que sea, la decisión. Si necesitas dinero, solamente, tienes que pedirlo. Ahora me doy cuenta de que ya no eres una pequeña. Así que has, lo que, debas, hacer para encontrar la salida.

—¡Cualquiera? —Volteó a ver, al chico que la miraba con ojos grandes.

—Tú me conoces. Has tus cosas y si crees que me ofenderé, no me lo digas. —Dejó escapar unos segundos en silencio y agregó: ¡Inclusive, si deseas salir con el profe no me molestaría! Siempre y cuando, los dos sean discretos y claros en su relación. No quiero que salgas dañada ni él tampoco. Mira que, a nadie, le gusta ser utilizado.

Mientras, la hermana hablaba, Flor hacía señas al Roro que la escuchara. Y ambos bromeaban, haciéndose muecas.

— ¡Ah, sí! Pensé que ¿creías que era muy joven?

— Para mí, sí; pero, para ti, no. Lo veo con un buen muchacho, sus mañas esconderá pero hay peores. Y cómo dices, tú: no es para casarte sino para entablar algún tipo de relación. Allá, él si desea seguirte el juego.

En silencio, ambos jóvenes, se respondían las interrogantes que Marta expresaba al otro lado de la puerta. En un momento determinado, Rodrigo se acercó a Flor y le abrió las piernas. Se puso a ponerle agua sobre las piernas con mucha delicadeza.

— ¡Para ser honesta! Me parece un tipo interesante, varonil y bastante apuesto. No sé si quisiera seguirme en mis locuras de niña traviesa. Sé que no, se arrepentiría y ambos aprenderíamos algunas cositas. ¿Tendría que preguntarle? ¿Me ayudas?

— ¡Estás, loca! Mejor me voy a buscar la toalla y las otras, cosas que necesitas. ¡Capaz y sales *chulona*!

— La idea me la acabas de dar, pero me gustaría que me lo hicieran. — Enderezó, el torso, elevando sus senos.

Rodrigo, bajó delicadamente los tirantes y la prenda se deslizó hasta caer en las piernas. La chica lo atrapó con amabas piernas y cerró los ojos. El muchacho se puso a acariciarle los senos con las manos, mientras le rociaba con gotas de agua. La mujer se puso a acaríciale el pecho. Lo atrapó del cuello y lo atrajo para besarlo con pasión.

De repente, la toalla saltó sobre la puerta y un bote de champú, salió como luna en el cielo. Las acciones se pararon y, la mujer, retiró al joven colocándose el camisón en su lugar.

—¡Aquí, están las cosas! ¿Necesitas algo más? Mira que el agua debe estar fría. No te vayas a enfermar.

—¡Gracias! No necesito nada más. Y aunque no lo creas, el agua está perfecta. Aquí, está bien; hasta, *calorcito* siento. — Se puso a acariciar, suavemente, a su pareja.

—¡Repito que tienes toda mi confianza! Siéntete en completa libertad y haz, lo necesario para ser feliz.

—¡Créeme que me siento totalmente libre! ¡Lástima que, estoy, en mis días fértiles!

—¿Por qué lo dices?

—Porque quiero sentir las caricias de un hombre y me ataría para ir hasta dónde deseo.

—¡Entiendo! A veces, me pasa y, sólo, la almohada es mi consuelo. ¡Trata de imaginar a tu novio! ¿Qué digo? A ése, ni lo menciones.

—¡Es verdad! Sabes, me guitaría hacer lo que muchas mujeres desean y por miedo, se quedan con el deseo. ¡Ser, la protagonista!

Flor se acercó a Rodrigo y le preguntó, al oído: « ¿Puedo?». El joven le respondió con una sonrisa y se entregó, completo.

—¡Cuándo, termines, conoces el camino! Creo que debo irme a la cama.

—¡Gracias, por todo! — Le puso, un dedo, en la boca al hombre con mucho cariño.

Al escuchar los pasos alejarse. Flor, se apartó y le dijo:

—¡Hoy no podemos hacer el amor! Eso no significa que no podemos hacer otras cositas. ¡Cómo!... ver. —Dejó que su camisón cayera al suelo. ¿Déjeme hacer lo que deseo y no se arrepentirá?

— ¡Soy todo suyo! — Le sonrió, ofreciéndose.

La muchacha se acercó, lo puso contra la pared y se puso a seducirlo delicadamente. Lo desnudó por completo y se retiró, un paso. Se puso a admirar el cuerpo desnudo y dijo: ¡está para comérselo! —Apretó sus labios y se lanzó, a la aventura. Bajó y subió por aquel cuerpo, disfrutándolo en cada parada. Se puso a tocar, música, con la boca y se bañó, de pasión.

Se despidieron como buenos amigos y se prometieron seguir, aquella aventura, el día siguiente. Lastimosamente, el trabajo mantuvo ocupado durante el día al chico y, por la noche, Marta queriendo ayudarlo, lo invitó a la casa para preparar sus tareas. Ella deseaba que su hermana menor no se sintiera sola y creía que una compañía masculina le caería bien. Durante esa semana, Flor decidió visitar algunos lugares cercanos, mientras los otros trabajaban. Después del primer encuentro, apenas se pudieron ver una sola vez. Y eso que, la chica, se llegó a meter sin avisar.

El sábado, Marta tenía que ir a un pueblo llamado «Torola» y como, cerca del lugar, había un lugar muy bonito a visitar: los ausoles y sus aguas termales. Les hizo la invitación a ambos.

Salieron temprano, el lugar no estaba muy lejos y antes del medio día habían llegado al lugar, Marta, hizo sus mandados y a la hora estaba libre. Flor que se recordaba, sirvió de guía turística. Luego se dirigieron al atractivo turístico pasando por El Rosario y San Isidro, hasta la poza llamada: Agua caliente.

Metieron sus pies en las aguas azufradas y disfrutaron del paisaje. Las aguas mineralizadas ofrecían una variedad de colores en el fondo formando una alfombra multicolor agradable a la vista. No se bañaron porque no llevaron traje de baño, pero pudieron comprobar algunas historias sobre el lugar: decían que, se podían, hervir: huevos, papas, elotes y todo tipo de verduras. Unos lugareños les mostraron la veracidad de aquellas cosas.

Aquel viaje fue muy placentero y una amistad se entabló entre los tres. La pasaron muy bien y regresaron rozando las seis de la tarde. Habían pasado cenando en «Ciudad Barrios» porque decidieron volver por la Longitudinal del Norte, bajando por «San Luis de La Reina».

Marta se fue directa a la cama porque se sentía rendida. Rodrigo y Flor se quedaron hablando en el patio. Ella sobre una hamaca y él, sentado, en una mecedora. Al rato, Rodrigo se había sentado al costado y habían iniciado, las caricias íntimas. Marta, al no escuchar voces, se levantó discretamente y por una rendija, observó a los jóvenes en plena acción. Se quedó unos segundos y luego, regresó a su cama. Se durmió, con la imagen de los jóvenes y al rato se durmió profundamente, ni sintió cuando, la hermana, entró a la casa.

El domingo, la pasaron en casa y puso especial atención en observarlos pero, curiosamente, no detectó ningún tipo de coqueteo. Hasta, llegó a pensar que lo había soñado; pero, un chupón cerca del cuello le dijo que no lo había sido. Hizo, la remarca a la hermana diciéndole que tuviera más cuidado con esas cosas si su novio la veía se metería en problemas. Flor lo tomó con «*gracia*» y no hizo caso de la advertencia. Parecía que había puesto una cruz, sobre su relación de pareja.

La semana siguiente pasó como la primera, mientras trabajaban, ella se salía a visitar lugares. Ese fin de semana, le propuso llevarlo a conocer las cascadas «El Chorrerón» cerca del pueblo de San Fernando. Dicha caída de agua estaba en el límite fronterizo con Honduras. Se llegaba al pueblo y de ahí se caminaba como más de una hora para llegar al lugar. Como su nombre lo indica era una caída de agua de más de veinte metros de alto y su corriente era muy fuerte. Formando una poza de agua de más de veinte metros cuadrados que se formaba al pie de un paredón. Según, le comentó la mujer, de pequeña siempre iba cada vez que visitaban esos lugares. Por las noches, aquella caída jugaba con el cielo estrellado dando la idea que las estrellas deslizaban sobre su corriente.

A pesar de que rogaron a la profesora Marta para que los acompañara, ésta se negó rotundamente. Adujo que necesitaba ir a visitar sus propiedades. Ella tenía casas alquilando y un rancho en la playa. En el fondo, sabía que los jóvenes se traían algo y, prefiero hacer un lado. Era el último fin de semana de Flor, con ella.

Ese día, salieron alrededor de las siete de la mañana y llegaron, al lugar, a eso de las doce del día; muy cansados pero satisfechos al encontrar aquel paraíso perdido. Fue una caminata bastante larga y dura, tuvieron que detenerse varias veces en el camino. El lugar era hermoso, sus aguas cristalinas parecían un espejo reflejando cielo y tierra. Los pájaros del lugar se complementaban con las mariposas de muchos colores que se entremezclaban volando por todos los lados. El día estaba caluroso y bastante húmedo. Ambos estaban sudados de pies a cabeza. Depositaron sus mochilas en pequeño campo libre. La poza daba la impresión que no era honda pero, en su punto más hondo, tenía más de dos metros de profundidad.

Al llegar, depositaron sus mochilas y se quedaron observando el lugar. Luego, el chico dijo:

— ¡Creo que valió la pena, la caminata!

— ¡Pensé que no me iba a aguantar!

— ¡Todos los días me hago más de cinco kilómetros para arriba y otro igual para bajar! Ésa, es una buena preparación ¿no cree?

— ¡Pues parece que sí! Creo que no se va a arrepentir. ¿Qué dice si nos echamos un baño? Lo digo por: el sudor que traemos, pareciera que traemos un burro muerto.

— ¡Pues, me quitó las palabras de la boca! ¡Para luego, es tarde!

La muchacha que llevaba puesta su ropa de baño, un traje de una sola pieza. Se quitó: los zapatos tenis de lona, el pantalón, marca «Levis» y su blusa de flores que llevaba amarrada con un nudo en la cintura. Se quitó la gorra y se desamarró el cabello castaño que llegaba hasta debajo de los hombros. Sacó un *short* y se lo colocó sobre la calzoneta para cubrir la parte de la cintura.

El muchacho se desvistió con cierta *«choyera», bastante lento,* a propósito porque de reojo *guachaba* a la bicha. Estaba bien *chula* y justo, cómo el médico se lo había recetado.

— ¿Qué pasa? ¿Por qué no se desviste? ¡No me diga que me salió mirón!

— ¡Es imposible no verla! ¿Sabe que es hermosa? ¡Y lo peor es que se aprovecha! —Se lo dijo con una pizca de picardía.

— ¡Cómo dice, mi madre! ¡Tengo que aprovechar que puedo mostrarlo porque llegará un tiempo que ni las moscas me verán! No me puedo esconder y no se lo voy a negar, en lo personal me gusta que me admiren…eso sí, ¡sin faltarme el respeto!

— Faltar el respeto sería… ¿Desnudarla?

— ¡No! Sería, hacerme sentir mal con una mirada perversa. Si me desnudan con la mirada significaría que mi cuerpo es agradable, nosotras también lo hacemos y no pasa nada.

— ¡Ah bueno! Entonces permítame desnudarla sin morbosidad. — Cerró los ojos y se puso a murmurar sonriendo.

— ¡Deje de tonterías y acompáñeme!

— ¿Y así se va a meter?

— ¿Así cómo?

— ¡La creía más extrovertida, libre de prejuicios pero veo que no tanto!

— ¿Por qué lo dice?

— ¡Mírese! Una calzoneta encima de su traje de baño. Ni que estuviéramos en la playa. No que dice que está orgullosa de su cuerpo.

— ¡Si verdá!

La mujer reaccionó y, *en dos patadas*, se quitó la *pantaloneta* quedando únicamente con el traje azul.

— ¿Así está bien?

— ¡Perfecto! — En su mente se dijo: ¡Mamacita, estás, rica!

La chica entró en el agua, despacio y tanteando cada paso. Luego, se detuvo y, coqueteando, le lanzó con los pies un poco de líquido para refrescarlo e invitarlo a jugar con ella. El Roro, la observaba con una sonrisa coqueta porque la fotografía estaba preciosa.

— ¡Deje de mirarme como un bobo y apresúrese! —Le dijo, lanzándose en una, perfecta, zambullida, saliendo a varios metros más lejos.

Al salir del agua, el nivel llegaba debajo de los senos y, la chica, sabedora de sus encantos, los inflaba a propósito. Agarró agua con sus dos manos y lanzándola, le dijo:

— ¡Vamos! No se haga de rogar, el agua está, rica y me siento sola.

Mientras, le lanzaba agua, con las manos; el Roro se apresuró a meterse a la poza de agua. Nadó, por debajo de la superficie, hasta divisarla claramente. Se tomó el tiempo necesario antes de salir. Al sacar la cabeza, frente a la mujer, ésta, le dijo:

— ¡Mirón! — Le lanzó agua sobre la cara.

El Roro se había tomado el tiempo de admirar a la muchacha, al estar debajo del agua y su sonrisa lo traicionó.

Luego, como si nada, se puso a nadar en dirección de la caída de agua. El chico la siguió de cerca. Al llegar al lugar, se colocó debajo de la corriente y se dejó acariciar cerrando los ojos. Mientras tanto, el joven se le quedó observando deliciosamente. La imagen de la mujer dejándose bañar era, preciosa para grabar en la memoria. La mujer se había subido sobre unas piedras y su escultura se dibujaba completamente, era como ver a través de un cristal mientras llueve afuera.

De repente, la mujer sacó su rostro fuera de la caída de agua y lo invitó a que se le uniera. Sin esperar una segunda invitación, el muchacho se subió a las piedras colocándose frente a la dama. Se quedaron mirando y, sin decir palabra, el Roro la agarró de las caderas y, ella, de los hombros. Casi parecían que bailaban bajo el agua.

Los cuerpos se pegaron, poco a poco, hasta quedar a varios centímetros de distancia. Sus labios se unieron, como por arte de magia, naciendo un beso eterno. Las caricias entraron en acción y un manoseo intenso provocó que los cuerpos entraran en calor. Queriendo acomodarse, al moverse, unas piedras se movieron, provocando un desequilibrio, en ambos.

Al sentir caer, se soltaron y, sin hablarse, tomaron la misma decisión: saltaron hacia la poza de agua con una carcajada en su rostro. Cada quién, salió a cierta distancia. Al sacar sus rostros, ambos se descubrieron alegres. La mujer, le dijo:

— ¿Pareciera que algo o alguien está confabulando, verdad?

— ¡Así parece, si fuera creyente!

— ¿No es?

— Soy cómo: Tomás. Si no veo, no creo. — Bromeó subiéndole las cejas en señal de querer más de la mujer.

— ¡Ay, mi Tomás! Feliz aquel que cree sin haber visto. — Le replicó la mujer en son de broma cubriéndose los senos.

— ¡Sabe que es hermosa y que me gusta, verdad!

— ¡Lo sé desde que lo vi en el parque!

— ¿De verdad?

— Esos ojitos no saben mentir. Aunque disimuló muy bien, lo noté.

— Y lo comprobó al voltear a ver cuando se marchaba. ¡Mujeres! Siempre me sorprenden con ese sexto sentido que manejan.

— ¡Exacto!

— ¿Por qué no me buscó durante la semana? Sabía que me había dejado *picado.*

— Eso fue, por varias razones: mi hermana, usted sabe; ella es un poco *chapada a la antigua* y me cantó la letanía de reglas que toda joven debe respetar; aunque eso no mucho me importó, pero no quise comer delante de un hambriento. Siempre estaban trabajando en sus cosas y para colmo, recibimos una mala noticia.

— Lo de su tía, supongo. Por esa razón, la invitación a visitar este lugar.

— La semana, próxima, tengo que irme y quería pasar un rato agradable a su lado.

— Imagino que necesita tomar decisiones.

— Más o menos. Aunque a decir verdad, todo está decidido.

— Espero haber ayudado y no entorpecido sus sentimientos.

— ¿Me ayudó?... A saber que hay más cosas en la vida; que sigo siendo mujer y que puedo ser capaz de despertar sentimientos en un hombre.

— ¿Tenía dudas? No parecía.

— ¡Aunque no lo crea, muchas dudas! Los hombres, imagino que, las mujeres, condicionan a su pareja. Me hizo sentir fea, que no era buena en la cama y que sin él no era mujer.

— ¿De verdad? Nadie se lo creería.

— Basta con que se lo hagan saber, para causar el mal.

— espero que en verdad lo haya superado porque no es verdad. Es una mujer extraordinaria, tiene un cuerpo precioso y no tiene ni un pelo de fea. ¡Créame! Se lo puedo jurar si lo desea.

— No es necesario pero, quizás, una muestra; no estaría, mal para solidificar la idea de superación.

— ¿Qué le parece si comenzamos por el lado sexual? Ahí hay mucho que trabajar.

— ¡Me parece muy bien! Solamente que tiene de sobra su calzoneta.

— ¡Eso lo remediamos, rápido!

El tiempo se detuvo en aquel manantial que servía de nido de amor y durmieron bajo las estrellas como dos enamorados. Enrollados y amándose hasta el cansancio.

Al día siguiente, por la tarde, volvieron a la casa. Llegaron alrededor de las siete de la noche a la casa de la hermana. Para sorpresa de ambos, Marta no les dijo nada ni mostró rasgos de estar enojada; por el contrario, los esperaba con una cena preparada con mucho cariño. Al día siguiente, se fueron para un lugar llamado: Corinto. Ahí había unas grutas con pinturas rupestres llamadas: «las grutas del Espíritu Santo». En esa ocasión, la profesora se unió a ellos.

Antes de marcharse, Flor habló con la hermana y le dijo que no pensaba casarse, por lo menos de inmediato. Que había decidido estudiar en la universidad para convertirse en abogado. Le habló, sobre las dudas y preguntas que tenía; en especial, sobre su novio. Le confirmó que estaba pensando en romper la relación. Había llegado a la conclusión que él no era lo que deseaba como compañero de toda su vida. Al escuchar, las razones de su hermana menor, Marta aplaudió la valentía porque sabía que sus padres no estarían de acuerdo.

A la semana, Flor estaba regresando a la casa. En su maleta llevaba bellos recuerdos que la animaban a luchar por sus ideales. Ella había tomado la convicción que su relación no daba para más, no veía futuro en ella; por esa razón, pensaba terminar ese noviazgo, lo antes posible. Otra de las decisiones que había tomado era: comenzar a trabajar sin dejar de estudiar.

Con Rodrigo, se quedó a dormir esa noche con el consentimiento de la hermana. Ninguno de los dos jóvenes, habló de un futuro cercano, inmediato o lejano. Se amaron sin miedos, límites y promesas. A eso de las seis de la mañana, estaba entrando a la casa.

Ese lunes, los maestros se fueron a la escuela y Flor se despidió de ambos en la terminal de buses. Unos enfrentamientos cerca de «El Triunfo» había bloqueado la Longitudinal, por esa razón la chica tuvo que irse por San Miguel para agarrar la Litoral.

«Nadie cambia para complacer a otro, el verdadero cambio tiene que venir de su interior»

SEÑALES EN EL AIRE

En el pueblo de Perquín, la presencia militar, era cada vez más numerosa. Los chismes hablaban de un ataque, casi inminente, en las montañas, donde se presumía estaban escondidos los subversivos. En esos días, se había hecho normal ver la fila de soldados caminar por los montes. Los bombardeos con aviones, helicópteros y tanques se escuchaban a menudo. Casi siempre, iban seguidos de cortes de la energía eléctrica. Los rumores hablaban que el ejército andaba ejecutando a todo aquel que se declaraba simpatizante de los muchachos. Mencionaban, la existencia de un grupo paramilitar que merodeaba los pueblos sacando a todo aquel que se creía, era subversivo. Se hacía llamar: «el escuadrón de la muerte».

Lo curioso del momento, era que en el pueblo, se observaba la presencia de gente extraña, de rasgos diferentes a los nativos, con acentos marcados. Todo el mundo, lo sabía pero nadie decía nada. Mientras unos entraban, otros salían. Quizás, por esa razón, dicho caserío estaba libre enfrentamientos, los dos bandos lo tomaban como un pequeño oasis en el desierto de esa guerra. La verdad era que las personas se veían, a menudo, entre fuego cruzado.

Por su parte, El Roro se había *puesto las pilas* en su primer trabajo a tiempo completo como maestro. Muy, dedicado, viajaba todos los días a las montañas y regresaba al caer el sol. Marta, por su parte, dividía su tiempo entre las otras escuelas y sus negocios.

La semana siguiente, de regresar de Flor a la capital, Marta no había tocado el tema. Nada más fue en una pequeña intervención, en la cual le agradeció el tiempo dedicado a su hermana menor. Después, aquel tema desapareció de su universo. Parecería que no deseara tocarlo. Rodrigo, por su parte, se mantuvo al margen porque creía que la mujer tenía sus razones.

Esa semana pasó rápido y el fin de semana, apenas se vieron porque Marta desapareció esos dos días. Fue, hasta, el domingo por la noche que sintió su llegada en un vehículo. Según supo después, el vehículo pertenecía a su difunto esposo, estaba en los estacionamientos de la policía. Desde lo sucedido con su esposo, no había querido saber nada de él. Era un carro marca «Toyota» de cuatro puertas de color azul oscuro.
Rodrigo salió a la calle para averiguar la razón de la presencia de aquella nave. Su sorpresa fue: encontrarse con la dama en el volante, no sabía que conducía. Al verlo, le regaló una sonrisa y eso, lo confundió más. Un cambio, bastante drástico había sucedido en la mujer. Se ofreció a ayudar y ella aceptó con agrado porque no sabía gran cosa de autos; solamente, manejarlos y, eso, por necesidad porque odiaba conducir. El maestro verificó: llantas, aceite, gasolina y luces. Todo parecía en perfecto estado.

El Rojo pensó que aquel cambio, simplemente, era una nube pasajera. Aunque, el cambio incluía: su manera de vestir, se había comprado ropa de colores alegres y más atrevidos; su manera de interactuar con él y la gente, mostrándose muy amable. Además de extraño, le parecía curioso. Eso sí, le favorecía mucho porque la hacía perder muchos años.

Esa semana, la presencia de ambos bandos se intensificó en el lugar. De repente, aparecían y desaparecían, casi como jugando al gato y al ratón. Se los encontraban en los caminos y cerca del pueblo. Los alumnos que recorrían grandes distancias para llegar a la escuela, comentaban que, más o menos, sabían dónde estaban ubicados los campamentos. Claro que nadie decía nada, todos se encontraban entre fuego cruzado.

Por las noches, era normal escuchar algunos enfrentamientos en las cercanías. Los helicópteros y, a veces, aviones merodeaban los montes aledaños. Los batallones de infantería pasaban por el pueblo zigzagueando como cucarachas buscando algo que comer. En esos días, la gente del pueblo se limitaba a observar y evitaban hacer cualquier gesto sospechoso para no levantar polvo.

En una de sus caminatas hacia la escuela, Marta le confesó que en el futuro deseaba que el chico se hiciera cargo de la escuela porque estaba planeando dejar el magisterio. Inclusive, se iría del pueblo. Poco a poco, la maestra fue, abriendo su espíritu y, la relación entre ambos, agarró un giro diferente. Se podría decir que durante esas caminatas de idas y vueltas, se convirtió en una especie de peregrinaje. Ambos hablaron de sus cosas pasadas, presentes y futuras.

En sus conversaciones pasaban de lo estrictamente profesional a lo personal, inclusive comenzaron a salir algunas bromas sanas. Marta agarró confianza y dejó de encerrarse por las noches. Esa semana, inclusive se atrevió a dormir en una de las hamacas del corredor.

Al llegar el fin de semana, la mujer tenía planeado ir a la ciudad de la unión para ver el estado de una de las casas que su marido le había dejado en herencia. Cuando se lo comentó a su nuevo amigo, por así decirlo. El chico le comentó que no conocía esa parte del país. Por esa razón y para su sorpresa, Marta lo invitó a acompañarla, si se atrevía a conducir. En una de sus conversaciones, el muchacho le había comentado que, en cierta ocasión, había manejado un carro como el de ella.
Ese viernes planearon el viaje que sería de ida y venida. Al día siguiente, salieron muy temprano, ni el sol se había levantado. Una de las razones era para llegar temprano al lugar y la otra, para evitar miradas curiosas y chismosas en el pueblo. *No hay que dar pan al hambriento*, decían.

Según sus planes, el recorrido se haría, pasando por la ciudad de San Miguel y, luego, dirigirse a la ciudad portuaria. Mientras, conducían, el Roro le comentó que había escuchado muy lindos comentarios sobre el golfo de Fonseca y sus islas. Para su sorpresa, la maestra nunca había puesto sus pies en el lugar. Iba por necesidad. Además, le comentó que en los papeles aparecía un rancho en una playa con nombre extraño: « Maculis». Según, la dirección, dicha playa estaba ubicada en ese departamento.

El viaje se entorpeció porque al llegar al pueblo de «El Divisadero» la calle estaba bloqueada en dirección de la ciudad «garrobera», como se conocía popularmente a San Miguel. Según, los chismes, los revolucionarios habían secuestrado a varios alcaldes de toda la zona Oriental del país. Entre ellos, al alcalde de «Nueva Esparta» conocido de la profesora y muy amigo de su marido.

El tráfico se congestionó y los viajeros tuvieron que desviarse en dirección de Santa Rosa de Lima, buscando a la frontera del «Amatillo». Cuando llegaron a esa ciudad, las tripas comenzaron a cantar y decidieron parar para desayunar. En el comedor, la dueña les comentó que el obispo de San Salvador estaba en la ciudad. Marta parecía que lo conocía y apreciaba, decidió ir a meterse a la iglesia para saludarlo. Rodrigo, por su parte, prefirió esperar en el carro.

Casi, como a las dos horas, Marta llegó feliz porque había logrado confesarse con dicho, cura y, ese hecho, la había liberado de algo en su interior. Retomaron el viaje y, casi, tocando las puertas del medio día llegaron al lugar. Durante una hora, recorrieron la casa de Marta, pusieron las cartas sobre la mesa con los inquilinos y luego decidieron ir a almorzar en un puesto cerca del puerto. Los mariscos estaban a la orden y los turistas no dudaron en saborear de un plato propio del lugar.

Durante el almuerzo, Marta le propuso ir a visitar la «isla de Meanguera del Golfo» y Rodrigo no se hizo de rogar. Se subieron en una embarcación que hacía el viaje y atravesaron las aguas del golfo hasta llegar ese bello lugar.

Recorrieron durante una hora el lugar y, con la misma regresaron. El único remordimiento fue que no se pudieron bañar porque no llevaban traje de baño.

A su regreso, se encontraron que el vehículo había perdido aceite y para evitar problemas, lo llevaron a un taller de la zona. Lo repararon y casi rozando las cinco de la tarde, estaban saliendo del lugar. Por curiosidad, mientras echaban gasolina, Marta averiguó sobre la playa donde tenía el rancho. Le dijeron que no se encontraba muy lejos del lugar y decidió, visitarla. Al Roro, le pareció, extraño, porque significaba que la noche los agarraría en el camino y la situación no estaba para jugar.

Cuando el sol se pintaba en el horizonte, llegaron al lugar. Marta se presentó a los que cuidaban y éstos les abrieron las puertas. El lugar estaba muy bien cuidado por la gente de su marido muerto, eran de confianza. Recorrieron la casa y fueron a recorrer la playa.

Al regresar al rancho, les habían preparado la cena porque creyeron que se quedarían a dormir. Al ver aquella atención, Marta tomó la decisión de quedarse en el lugar.

Cenaron y, luego, se quedaron platicando en unas hamacas tomándose el café. Un foco amarillo era su único acompañante. Les habían preparado un cuarto para dormir creyendo que eran pareja. Estando solos, Rodrigo le dijo que se quedaría en la hamaca.

Mientras conversaban, Marta le dijo que nunca había caminado bajo la luna en la playa y que deseaba hacerlo. Rodrigo no puso, reparos y se fueron a caminar. Se quitaron los zapatos y, con ellos en las manos, caminaron disfrutando de la brisa. Casi, como a la hora, estaban de regreso y decidieron sentarse frente al rancho para disfrutar de aquel espectáculo.

Al rato, ambos se tiraron de espaldas y se clavaron en el universo que los cobijaba con mucha hermosura. En cierto momento, Marta se puso a comentar de su vida, sus sueños, amores y desamores. Casi parecía como una confesión. El Roro, apenas, pudo decir unas cuantas frases.

Regresaron al rancho y decidieron descansar, ella en el cuarto y él en la hamaca. Más o menos como a las once de la noche, Marta se levantó sin hacer ruido y se sentó, en el patio de la casa mirando hacia el mar. Simplemente, estaba vestida con una camisa blanca que apenas le cubría el trasero.

Rodrigo se despertó y al verla pasar cerca de él. Le preguntó si se sentía bien y la chica que, simplemente, no podía dormir. Una, cierta, nostalgia y quizás, remordimiento, la intranquilizaba.

Después de unos minutos, se levantó y dijo: « ¡Quiero ir a bañarme! » Rodrigo, casi medio, dormido observó como caminaba descalza. Le pareció raro porque, según sabía, no nadaba y el mar era muy traicionero. La siguió y observó que se fue, directamente, a las aguas. Se metió hasta arriba de las rodillas y se quedó mirando la inmensidad del océano.

El chico que se había ido en pantalones, se quedó en la orilla de la playa. Las olas le besaban los pies descalzos. Luego, la mujer se agarró las faldas de la camisa con las manos y las subió, hasta, la cintura, mostrando su calzón blanco. Caminó unos pasos hasta que, el agua, le cubrió la cintura.

El Roro enrolló su pantalón, hasta su rodilla y avanzó, el chico tenía un mal presentimiento. Todo aquello estaba, raro. La mujer, miró hacia atrás para observarlo, le sonrió y, luego, se agachó para mojarse completamente. Al salir, parecía una sirena completamente mojada y, con el cabello largo sobre su rostro, se veía feliz.

Repitió varias veces la zambullida y, de repente, una ola la sumergió sin previo aviso. Rodrigo, desde que vio aquella ola, se apresuró a ir al rescate. La encontró tragando agua y la sacó entre sus brazos hasta depositarla en la orilla. Le dio los auxilios y al recuperarse, se colgó del cuello del joven. Se puso a llorar como una Magdalena. El muchacho la tomó en sus brazos y se la llevó al cuarto. La mujer no dijo nada durante el trayecto y se acomodó en los brazos de su salvador.

Con un poco de vergüenza, la mujer dijo:

—Siempre me pasa esto, cada vez que tengo una felicidad, me pasa igual.

— No se haga rollos. ¡Tiene que cambiarse!

— ¡Usted también! Se mojó por mi culpa.

— Ya se va a secar. No traje otro pantalón.

— ¡Tengo una camisa! Compré varias en el puerto. ¡Aunque no sé si le queden cortas! — Sonrió. Se levantó de la cama y se puso a buscar en su bolsa. Mientras buscaba, Rodrigo se quedó mirándola con agrado. Aquella mujer fuerte y hermética, parecía otra. Algo había cambiado y era para bien.

— ¡Ésta, puede quedarle pero las flores no lo harán ver muy masculino! — Le sonrió de manera pícara mostrándole la camiseta blanca con varias flores en su frente.

— No importa, siempre y cuando, la persona que está frente a uno, sepa que no es verdad.

— ¡De eso, no hay duda! Lo supe por mi hermana. — La mujer supo que había dicho una indiscreción y agregó: ¡Digo! Supongo que entre los dos pasó algo más que una relación de amigos.

— ¡Todo lo que su hermana le contó, es correcto! — Rodrigo no quiso ahondar en el asunto y dejó aquella anécdota en suspenso.

— ¡Póngasela para ver si le queda!

— Lo bueno es que, solamente, será para sus ojos. —Agarró, la prenda y se la colocó. Se quitó el pantalón quedando en calzoncillos.

— ¡Debería quitarse, también, el calzoncillo! — Le dijo con cierta sonrisa.

Rodrigo, la miró y obedeció el mandato. ¡Ahora! Es su turno.

Marta sonrió y dándose, media vuelta, le dio la espalda; sacándose, la camisa mojada.

— ¿No se hubiera dado vuelta? Con la camisa mojada no ocultaba sus encantos. — Le dijo con mirada de hombre admirado por la belleza de la mujer.

— Lo sé pero el pudor femenino, lo exige.

— ¡Lástima! Hubiera deseado, verlos al natural. ¡Siempre he sabido que son hermosos por mucho que intente ocultarlos!

— ¡No son muy bonitos, como los de mi hermana!

— Esa decisión, sería mía. Deme la oportunidad de dar mi opinión, sobre ellos.

— ¡También mía! La verdad, no me siento muy orgullosos de ellos. Con la edad se me han caído un poco.

La mujer se dio media vuelta, mientras se metía la camisa. Le mostró, por unos segundos, sus encantos y le dijo:

— Con eso, ¿fue suficiente? — Se le quedó mirando, directo, a los ojos.

— Suficiente no, pero al más no haber. —Subió los hombros en signo de conformidad.

— ¿Y quiere más?

— ¡*Niño que llora no mama*!

— Entonces, creo que se quedará llorando.

En ese momento, habían entrado en un juego de seducción rozando lo que era permitido. Dos adultos, insinuando entre líneas la posibilidad de un puede ser. Rodrigo, no sabía hasta dónde podía llegar en aquel juego porque Marta parecía un pescador con su anzuelo. Tiraba y jalaba, tiraba y jalaba. La mujer parecía que deseaba pero a la vez, huía de la escena. Algo, dentro de ella, revoloteaba como mariposa enjaulada. El chico la quiso poner en jaque y mate.

— ¡Creo que estamos en desigualdad de condiciones!

— ¿Por qué lo dice? — Lo miró con aire de niña coqueta, bajándose la camisa para ocultar sus piernas.

— ¡Usted me pidió que me quitara todo porque me enfermaría si me dejaba algo mojado! ¡Creo que usted está en las mismas condiciones!

— ¡Lo sé, pero me da vergüenza!

— ¡Estamos, a oscuras! Y sin ser, atrevido, le diré que al tenerla entre mis brazos, pude sentir lo agradable de sus pechos y la solidez de sus piernas.

— ¡Sí, pero…!

— ¡Le prometo que la respetaré y no me acercaré a usted! ¡Si es por miedo a que abuse de usted, claro!

— ¡Lo sé! De eso no tengo dudas porque me lo ha demostrado. Si hubiera sido el caso, creo que lo hubiera hecho, hace mucho tiempo.

— ¡Pero, sino lo desea hacer… no hay problema!

Marta dejó escapar unos segundos y sin quitarle, la mirada, de encima, sonrió. Luego, metió, las manos, bajo la camisa y deslizó, delicadamente, su prenda íntima. La dejó caer hasta sus pies y sacando uno de ellos, con el otro lo levantó.

— ¡En verdad, está muy mojado! — Lo dijo retorciendo la prenda para escurrirlo. Lo colocó sobre el respaldo de una silla y se bajó la camiseta para no mostrar más de la cuenta.

— ¡Ahora estamos en igualdad de condiciones! — Le dijo, Marta con aires de lo he complacido y dejando un «ahora» en el suspenso.

— ¡Creo que sí! ¡Gracias!

Rodrigo, quiso insinuar algo pero no consideró oportuno porque no sabía verdaderamente la manera que lo tomaría la mujer. En otras condiciones y, quizás, con otra mujer, la cosa hubiera tenido otro desenlace.

— No fue nada. Ahora, trate de dormir. Mañana, será otro día.

— ¿A qué hora, nos iremos mañana?

— ¡Usted, decide! Yo, simplemente, acompaño. Estoy a su disposición.

— Después del mediodía, ¿le parece?

— ¡Me parece! — El Roro se levantó de su puesto y salió del cuarto.

El ruido de la hamaca se escuchó cuando el joven se acostó y se puso a mecer para refrescarse. Quizás, también, con la idea de espantar algunos pensamientos y deseos mundanos. Por suerte, estaba, a oscuras porque de otra manera, la mujer lo hubiera notado.

Por su parte, Marta se quedó con un sinsabor en la boca y un, cierto, malestar hormonal. En ese instante, se encontraba entre fuego cruzado: un deseo profundo de sentirse mujer y un sentimiento de traición hacia su esposo, fallecido.

Cada, personaje, se quedó musitando los últimos momentos de la conversación en el cuarto. Una sonrisa pícara, se le dibujó a la mujer, al pensar, en el chico en camiseta. Luego, se ruborizó al saber que se encontraba en la misma posición. Un frío corporal le impulsó a abrazarse y cerrar los ojos a la noche. Se refugió en la figura de su marido y deseo hacerlo vida. Se entregó, sin miedo, a un deseo carnal y su cuerpo comenzó a vibrar de felicidad. De repente, al ver el rostro de su amado, se encontró con la cara de Rodrigo. Se espantó y volvió a la realidad de su cuarto oscuro. Todo su cuerpo temblaba y una sensibilidad extraña le recorría la piel. La humedad se sentía, en cada, esquina de sus extremidades.

El ruido de la hamaca meciéndose, le indicó que el joven estaba, afuera. Se sentó, al borde de la cama y se puso a mover la camiseta queriendo darse un poco de aire fresco. En ese momento, quizás, hubiera querido tener la personalidad de su hermana menor y ser más decidida en esos temas. Levantarse para dirigirse a la hamaca del joven y decirle de frente que deseaba estar con él.

De repente, se escuchó un fuerte, golpe, afuera de la casa. Rodrigo se había caído al romperse la hamaca. El quejido de muchacho le indicó que se había, hecho, daño. Salió, en tromba, para ver lo que pasó.

Al salir, encontró, con el Roro *patas arriba*. Se sobaba, la punta de la columna vertebral. Se precipitó a darle una mano, para que se incorporara.

— ¿Qué pasó? ¿Está bien?

— ¡Creo que sí! — Se lo dijo con una sonrisa irónica.

— ¿Le duele mucho el golpe?

— El golpe y el orgullo.

— ¡Venga pasemos adentro!

El chico en verdad se sentía mal e incluso, tuvo cierto, problema al incorporarse y luego, caminar. Entraron al cuarto, despacio y midiendo los pasos. Se acostó de boca sobre la cama dejando sus piernas un poco en el aire. Mientras tanto, Marta sacó de su bolsa una pomada de «Vick Vaporub» y, de inmediato, se puso a masajear la espalda, comenzando por el golpe mayor ubicado cerca de las pompas. Luego, subió a la espalda, sentándose sobre el muchacho. El ungüento, tenía la fama de ser eficaz y le calentó, rápidamente, las partes afectadas; eso, provocó un alivio casi inmediato en el enfermo.

Cuando terminó de sobarlo, le preguntó:

— ¿Cómo se siente? ¿Ayudé en algo?

— ¡Mucho! Me siento mejor del golpe, el único problema… — Dejó la frase en suspenso y se dio media vuelta.

— ¡Ya veo! —La mujer sonrió al verlo excitado. ¡Creo que también puedo ayudarlo!

En ese momento, no hubo dudas en la mujer. Marta perdió toda vergüenza y se entregó a la invitación, sin carta. Casi no durmieron durante toda la noche y se despertaron tarde, casi al medio día. Salieron del lugar a eso de las cuatro para llegar a Perquín con el sol pintando las montañas.

Durante el camino, Marta estuvo muy pensativa y, casi, no hizo conversación. Rodrigo se imaginó que algo andaba mal y se limitó a respetar el silencio. Al llegar a la casa, apenas se saludaron y la mujer entró, rápidamente, a la casa y no volvió a salir.

Rodrigo se quedó con las ganas de una explicación y porque no decirlo, de continuar con lo que habían comenzado la noche anterior. El día siguiente se despertaron casi con el canto del gallo y se saludaron como si no hubiera sucedido nada.

Desayunaron y, luego, agarraron camino hacia la escuela. Marta mantenía un hermetismo y, casi, no le daba entrada a cualquier conversación fuera de su profesión. Rodrigo optó por callar, a sabiendas que un silencio puede ser más fuerte que una palabra.

Al rato, Marta, le dijo casi musitando sus palabras:

— ¡Sé que le debo una explicación! Durante éste, tiempo, la he estado buscando. No sé, cómo explicarle lo que sucedió en el rancho. ¡Creo que no debió pasar! ¡Fue mi culpa, haberle dado alas! ¡Creo que no debe volver a pasar!

Rodrigo se limitó a escucharla y no le respondió. Hizo señas, con su rostro, de comprender la situación por la que estaba pasando la mujer.

— ¿No me va a decir nada?

— ¿Qué quiere escuchar?

— ¡No sé! ¡Algo!

— ¡Algo!

— ¡Creo que no es momento de bromas! No estoy tratando con un niño.

— ¿Cree que soy un niño? — Se detuvo y se le quedó mirando, seriamente.

— ¡No lo creo! ¡Disculpe, si lo ofendí!

— ¡No se preocupe ni se haga bolas por lo que pasó! Si no desea tener más relaciones, no pasa nada. Lo único que tiene que hacer es, ser clara. En ningún momento, forcé la relación. Nació sola y creo que sola, morirá. — Lo dijo con mucha decisión que, Marta, se sintió sorprendida.

— ¡Lo siento! Creo que no estoy preparada para comenzar una relación. — Respondió, un poco, cohibida.

— ¡Cómo, repito! Si no está preparada, no hay problema. A la fuerza, ni comer es bueno. Por mi parte, trataré de no molestarla. Si cree que mi presencia, daña; podría, comenzar a buscar otro lugar para dormir.

— ¡No es usted! — Se apresuró a decirle. ¡El problema soy, yo! Si soy honesta, le diría que me gustó lo que pasó. El problema es que me siento mal. Sentí traicionar a mi marido.

— ¡Entiendo! Lo que necesita es, tiempo.

— ¡Creo que sí!

— Le propongo, algo: « No se complique conmigo, tómelo suave. Sabemos que se encuentra entre fuego cruzado, sentimentalmente, hablando. No toquemos el tema personal. Hagamos, como si no hubiera pasado nada. Verá que ese sentimiento desaparecerá y volverá a ser la mujer que era antes».

— ¿No está molesto?

— ¿Por qué tendría que estarlo?

— ¡No, sé! Quizás, imaginé o deseé… nada.

— Una cosa es que trate de comprenderla y otra que no la desee. Le confieso que al llegar a la casa, hubiera deseado que, al menos, me regalara unas buenas noches o, quizás, ofrecerme una mentira piadosa, diciéndome que estaba cansada.

— ¡No puedo mentir!

— ¡Sólo, recuerde que, si me necesita, aquí estaré! No necesita decirme nada, ni pedirme disculpas, ni permiso.

— ¡Gracias!

El resto del camino fue entre monólogos y frases forzadas. Al llegar a la escuela, los alumnos y un grupo de padres de familia los esperaban. Dividieron a los estudiantes por edades y nivel de educación. Mientras, Rodrigo y las chicas que ayudaban, se ponían a trabajar; Marta, se puso a platicar con algunos padres porque tenían algunas dudas e inquietudes.

El día pasó rápido y, apenas, almorzaron; a eso de las tres de la tarde, terminaron las clases y volvieron al pueblo. Quizás, el trabajo cambió los ánimos porque la conversación salió sin mayores problemas como si nada hubiera pasado. Claro que los temas se basaron más que todo en relación al primer día de clases. Fue ahí que la profesora le comentó sobre los temores de los padres. Según, le comentaron, se corría la voz que un ataque del ejército se estaba preparando. Ellos no sabían, si debían enviar a sus hijos a la escuela para evitar que se encontraran en fuego cruzado.
De repente, Marta, le dijo suave al Roro:

— ¡Siga conversando como si nada porque nos están vigilando!

— ¿Quiénes?

— No lo sé, pero hay gente armada en los montes.

Rodrigo siguió hablando y trató de descubrir algo moviendo sus ojos. A los minutos, dos soldados saltaron al camino y los encañonaron. Les hicieron una tonelada de preguntas y les revisaron por todos lados. Después de cierto tiempo, dejaron que continuaran su camino.

Cuando estaban, a cierta distancia, Marta, comentó:

— ¡Pareciera que, los padres, no están equivocados!

— ¿Cree que habrá algún ataque?

— ¡No lo sé! Esperemos que no.

— ¡Esta guerra nos está matando en vida!

— ¡Es como un cáncer! — Marta cambió de semblante.

— ¿Le pasa algo?

— Me vino a la mente la imagen de mi tía. Le acaban de diagnosticar cáncer en los ovarios. No tiene mucho tiempo de vida.

— ¡Lo siento! ¿Imagino que los hijos deben estar destrozados?

— No tiene hijos. Nosotras éramos sus hijos. ¡Tengo que hacerme un tiempo para visitarla en el hospital!

— ¡Sería bueno!

En esa nota se quedaron hasta que llegaron a la orilla del pueblo. Tratando de cambiar el panorama sentimental, Rodrigo le dijo:

— ¡La invito a comer pupusas para la cena!

Marta, se quedó como pensativa y no le respondió, rápidamente. El Roro al observar la duda, se apresuró a eliminar la invitación creyendo que había cometido una imprudencia.

— ¡Disculpe! No quise ofenderla ni hacerla sentir mal. ¡Olvídelo!

La mujer reaccionó un poco sorprendida porque no le había dado tiempo de responder.

— ¿Por qué me ofendería al invitarme a comer? Me quedé pensando si me comería dos o tres pupusas; o quizás, unos dos tamales. ¿Qué? ¿La invitación sigue en pie?

— ¡Claro que sí! ¿Entonces, pupusas o tamales?

— Haré una mezcla, dos de queso con *loroco* y un tamal.

— ¿Y de tomar? ¿Chocolate, fresco de horchata, cebada o tamarindo?

— ¡Eso, déjemelo a mí!

— ¡Dicho y hecho! La veo al rato.

Al llegar al parque, se separaron: uno en dirección de la *pupusería* y la otra, para la casa. El restaurante estaba lleno por lo que Rodrigo tuvo que esperar un buen rato. Marta, al ver que no llegaba, se metió al baño. Cuando el chico llegó con el mandado, la mujer estaba hasta en ropa de dormir.

Durante la cena, Marta comió rápido y siguió con una taza de chocolate caliente. Mientras comían, no tocaron el tema personal y se quedaron en los linderos. Al terminar, Rodrigo se despidió aduciendo que tenía que darse un baño. A pesar de que la mujer se veía muy bonita vestida con una bata de flores, el joven no hizo ningún comentario sobre su belleza. Marta, en el fondo, hubiera deseado algo.

El martes no se vieron durante todo el día porque Marta visitaría otras escuelas. El muchacho esperaba verla en casa pero para su sorpresa no llegó a dormir. El miércoles pasó pensando en la mujer y esperaba que no le hubiera pasado nada. Al llegar a la casa, lo primero que hizo fue: buscar el carro. No había señas de la mujer. En ese momento, el chico comenzó a preocuparse.

Rodrigo se bañó y se quedó meditando si debía buscar algún familiar para saber algo. Luego se dijo: « las malas noticias son las primeras que llegan». Ella es una mujer muy ocupada, seguramente anda en sus cosas. Además, quizás, se fue a la capital para ver a su tía enferma.

En esa terapia estaba, cuando escuchó que un vehículo se estacionaba frente a la casa. Se acercó para tratar de averiguar si se trataba de la dama. Al sentir abrir la puerta de la calle, supo que era ella. Sintió un gran alivio en su alma y en el corazón. Espero que se instalara para tocarle la puerta. No quería parecer indiscreto ni entrometido.

Al rato, se atrevió a tocar la puerta. Marta abrió de inmediato porque sabía que se trataba del profesor. También, ella deseaba verlo.

— ¡Hola! — Lo saludó con una sonrisa.

— ¡Hola! ¿Está bien?

— ¡Sí! ¿Por qué?

— Por nada. Sólo deseaba saber que estuviera bien.

— ¿Qué pasa?

— Tonterías… Estaba preocupado porque ayer no vino a dormir. ¡Pensé que le había pasado algo!

— ¡Disculpe! Y gracias por preocuparse. Decidí ir a la capital en visita de médico.

— No tiene ¿por qué darme explicaciones? Lo importante es que se encuentra bien.

— No me molesta decírselo. Necesitaba hablar con mi hermana. Por cierto, le envió, saludos.

— ¿Cómo está?

— Pues, muy bien. Rompió con su novio y se puso a trabajar. Mi madre me echa las culpas de eso. Dice que desde que llegó de aquí, la notó cambiada. Ambos sabemos que no tuve nada que ver en eso.

— ¡Yo no hice nada! Niego todo y exijo pruebas. — Bromeó.

— No se preocupe. Cuando alguien cambia, no es por los demás.

— Bueno, la dejo, descansar porque debe estar cansada.

— ¡Algo! Pero cuénteme como le ha ido en la escuela.

— ¡Excelente! Con más tiempo le cuento con lujo de detalles. Ahora, descanse que lo necesita.

— ¡Gracias por preocuparse! — Le dijo cerrando la puerta.

El jueves, por la noche, Marta lo esperaba con unas pupusas. Ella había llegado antes de trabajar. Desde que cruzó la puerta del portón, la mujer salió a recibirlo para decirle que lo invitaba a cenar. Desde que la vio, supo que la dama estaba, diferente. El tipo se bañó y se presentó con ropa formal a la cena.

— ¡Cómo la vi bien bonita! Me dije que no podía defraudarla. — Le saludó bromeando.

— ¡Gracias por el cumplido! Siéntese, compre las pupusas que le gustan y de postre unos guineos en miel.

— ¡No se hubiera molestado! ¿Estamos celebrando algo? No me diga que es su cumpleaños.

— No que va a creer. Falta mucho para eso. El suyo ya pasó verdad.

— ¡Así es! ¿Y entonces?

— Es una disculpa… al preocuparlo y mí mal comportamiento en estos días.

— Ah, eso. No se hubiera preocupado. ¡Está en su derecho! Es su vida y usted la maneja como mejor se le antoja. El resto, debemos conformarnos con comprenderla.

— Si hay algo que me gusta, es su manera de pensar. Ofrece mucha seguridad y piensa dos veces lo que va a decir. Entonces, pongámosle la etiqueta de pretexto para hablar de su trabajo.

— Me parece una excelente, idea. Aunque, aprovechando el momento, no puedo dejar pasar algo…

— ¿Qué cosa?

— ¡Qué esta noche se encuentra especialmente bella! En sus ojos hay un brillo especial. Por lo que veo, el viaje a la capital le sentó bien.

— ¡Gracias! Y en verdad, me ayudó mucho.

Se pusieron a cenar y después, se acomodaron para compartir una taza de chocolate mirando las estrellas. Al buen rato, cada quién, se fue para su cuarto. Antes de marcharse, Marta le dijo:

— ¡Gracias por estar aquí!

— ¡Gracias, al permitirme, estar aquí!

— Sabe, no me arrepiento de haber vivido lo del rancho. — Se le quedó mirando desde la entrada, con la puerta, media, abierta.

— ¡Es un sentimiento compartido! Ahora, el balón está en su campo.

— ¡Lo sé! ¡Buenas noches! — La mujer cerró suavemente la puerta de la casa.

En el ambiente quedó un deseo intranquilo. A la media hora, la puerta de la casa se abrió y unos pasos se escucharon acercándose al cuarto de Rodrigo. Él había dejado la puerta abierta, como deseando que la mujer se animara a visitarlo. Aquel deseo, parecía que se haría realidad. Marta, llegó con una bata amarrada por la cintura y al llegar al cuadro de la puerta, se quedó mirando tratando de descubrirlo en la oscuridad.

La luz de la luna, le mostraba el camino hacia el bello durmiente que, en verdad, no dormía porque la esperaba con ansiedad. Camino despacio y, al estar al pie de la cama, desató el nudo *de orejas de conejo* para luego dejar caer su atuendo. Se sentó en el borde y se acomodó, delicadamente, al costado del joven. No hubo preguntas ni comentarios ni sugestiones. Como acordado, simplemente dejaron expresar la pasión de sus cuerpos.

A las cinco de mañana, Marta volvía a su casa para prepararse en su nuevo día de trabajo. Desayunaron de manera tranquila, sin comentarios ni remarcas. Ambos, respetaban el silencio que imponía aquella relación un poco atípica.

Llegaron a la escuela, a buena hora y se pusieron a trabajar de inmediato. Almorzaron con las dos ayudantes y algunos alumnos. Antes de volver al pueblo, se pusieron a preparar las clases de la semana siguiente. Las clases terminaban bastante temprano los días viernes. Algunos alumnos que vivían en las casas cercanas, seguían jugando en los alrededores.

A eso de las tres de la tarde, mientras preparaban el material escolar, unos disparos, no muy lejanos, pusieron nerviosos a los profesores. Los cipotes de las casas cercanas que, jugaban en el patio, entraron apresuradamente al recinto. Los bichos habían visto a unos individuos correr en su dirección.

Ni siquiera pudieron preguntar lo que pasaba, cuando otros disparos los pusieron nerviosos y comenzaron a cabecear para tratar de saber lo que estaba ocurriendo. De repente y sin previo aviso, vieron como unos tipos con pañuelos en los rostros corrían rumbo a la escuela. Ni siquiera, les dio tiempo de decir algo; cuando se vieron en medio de un tiroteo. Lo único que lograron hacer fue, tirarse al suelo y tratar de buscar algún rincón.

La profesora Marta se puso muy nerviosa y se agarró del brazo del Roro, las otras *cipotas* se les unieron. Todos se hicieron un nudo debajo del escritorio. No eran muchos subversivos, apenas cinco. El jefe del grupo, ordenó a sus compañeros que tomaran ciertas posiciones estratégicas. Luego, mirando la ventana que, estaba en la parte de atrás, mandó a sacar a los rehenes. Dejó en el lugar, solamente, a uno de los muchachos. Desde ahí, mantuvo ocupado al grupo de soldados que los perseguían. Los otros tres, estaban ubicados detrás de unos árboles.

Las balas sonaban, por todas partes, y ambos grupos, se gritaban tratando de provocarse. Mientras tanto, el líder y otro más, se llevó a los rehenes por un camino entre los matorrales. Dos adultos, tres jóvenes y cinco bichos formaban el grupo secuestrado. Normalmente, los utilizaban como escudo en caso de ataque aéreo.

Mientras más se alejaban del lugar, los disparos iban diluyéndose en la distancia. Ni siquiera se dieron cuenta cuando la noche los alcanzó. Iban muy atemorizados que ni siquiera se atrevían a pronunciar una sola palabra. Se movían, casi siempre, agachados y caminando como codorniz. Al buen rato, decidieron tomar una pausa sin moverse de su sitio.

En ese lugar, los alcanzaron dos de los muchachos que se habían quedado en la escuela; del tercero, no supieron nada. La verdad fue que, a partir de ese momento, el líder cambió de semblante. Rápidamente, se pusieron en camino, sin descansar; hasta, llegar a un sitio entre unos árboles frondosos. Sin comer, se durmieron pegados como pollos comprados. A eso de las cinco de la mañana, los levantaron para seguir caminando. Caminaron durante todo el día, subiendo y bajando montañas, atravesando riachuelos y descansando, casi siempre, bajo la sombra de arbustos. En todo ese tiempo, no escucharon ningún disparo. Hasta ese momento, nadie, se había dignado, a decirles algo con relación a su destino. Por suerte y, quizás, por razones prácticas habían dejado marcharse a los bichos.

La tarde comenzaba a caer y la sombra de la noche se comenzaba a notar. Mientras caminaban, en fila india, por la ladera de un cerro. Alguien, les avisó sobre la presencia de un helicóptero que se aproximaba a pasos agigantados. La orden de esconderse bajo a los arbustos sin hacer ningún movimiento sospechoso se dio de manera tajante. Los cinco rehenes estaban muy bien vigilados por sus captores.

A los minutos, el aparato de guerra merodeaba el lugar. Los rehenes, retenían la respiración. Si los veían, desde lo alto, serían una presa fácil. Mientras esperaban que el intruso se alejara, uno de los subversivos comentó que el combatiente que estaba en la escuela, había muerto porque una bomba había destruido el local. Rodrigo y la profesora no pudieron ocultar la tristeza al conocer el final de la *escuelita* y la muerte de aquel joven guerrillero.

Al alejarse, un guerrillero, con un machete, cortó unas ramas y se las dio a cada uno de los cautivos con la intención de seguir caminando. De ese modo, cada vez que el helicóptero se acercaba, los caminantes se detenían y se arrimaban a los montes para confundir a los perseguidores.

Caminaron varios kilómetros hasta que la noche, les dio alcance; en ese momento, el líder del grupo hizo que todos se detuvieran. Según, los movimientos de los combatientes, acamparían ese lugar. Colocaron, al grupo de rehenes, al pie de un árbol y les ordenaran que no hablaran. Las miradas decían mucho del sentimiento que les habitaba.

De repente, Rodrigo hizo una señal a Marta para que pusiera atención. El chico se tocó una oreja con el dedo índice. Un ruido lejano indicaba que no muy lejos del lugar, había un ruido. El chico trataba de orientarse.

En ese momento, por fin, les llevaron algo de comer. Unos frijoles con arroz. Como sólo habían comido algunas puntas de hojas que lograban cortar a su paso por el camino, el cuerpo recibió con beneplácito aquel manjar propio del campo salvadoreño.

Un frío comenzó a bajar anunciado por una neblina bastante espesa. En ese momento, otro grupo de revolucionarios se les unió. La fiesta se armó entre los dos campos porque les llevaban víveres y buenas noticias. Por lo visto, en el grupo que llegaba, el líder tenía más peso; porque, el jefe que los había capturado, le dio el mando de todo el grupo.

En determinado momento, Marta, no aguantó y se puso a llorar en el hombro de su acompañante. Las otras bichas trataron de consolarla diciéndole que debía ser fuerte porque los raptores podrían molestarse. A los minutos, aquel sobresalto emocional disminuyó, poco a poco, hasta calmarse.

El Roro que se manejaba una calma relativamente controlada, se puso a observar discretamente a sus captores. Paró la oreja y pudo darse cuenta de una realidad entre los combatientes. El grupo no llegaba a los veinte efectivos y, entre ellos, había varias mujeres que por el semblante, no eran nativas. Su contextura alta y un acento español aprendido, daban a entender que eran extranjeras.

Los grillos ponían el acento misterioso y nostálgico con su canto. Unos sapos comenzaron a cantar avisando que una tormenta se acercaba. Un tipo sacó una guitarra y se puso a cantar canciones rancheras. Sus amigos comenzaron a inventarse otros instrumentos con lo que encontraban a la mano: un peine, una hoya y una vaina con semillas secas completaron aquel grupo musical.

Al rato, Rodrigo vio que tres sujetos se acercaban al grupo y entre ellos, el nuevo jefe. El chico se imaginó que era para conocerlos y tomar algún tipo de decisión. Sin saber ¿por qué?, la figura del nuevo líder le resultó conocida. Lastimosamente, por la oscuridad, era imposible identificarlo.

Eran dos hombres y una mujer. Con una lámpara en mano, les alumbraron las caras, uno por uno. Lo curioso del caso, fue cuando lo alumbraron. La luz se quedó, por varios segundos, en el rostro. Por un instante, el joven quedó, ciego por la intensidad de la luz.

Rodrigo se puso pensativo, y reflexionando sobre ese episodio, llegó a la conclusión que, quizás, había sido confundido con alguien más. Espero, en el alma, no pagar los platos rotos de otra persona.

La *cosa se puso peluda*, cuando uno de los combatientes se acercó a ellos para llevárselo. Marta, creyó lo peor y se puso a suplicarles que no le hicieran daño. El tipo, de manera firme, le dijo que dejara de hacer bulla porque, de lo contrario, se vería en la necesidad de callarla a la fuerza. Rodrigo intervino y la calmó diciéndole que fuera fuete y tuviera fe. El muchacho, a pesar de mostrar endereza, mentía; al igual que ella, tenía miedo. Sus piernas comenzaron a temblar.

Mientras caminaba, casi a ciegas, en su mente se cruzaron algunas imágenes de sus seres queridos. En ese momento, se dijo: «*creo que me llevó quien no me trajo*». En cierta manera, estaba aceptando su suerte. Luego, en un chispazo de lucidez, pensó: «*no hay razón para que me aparten. Si me hubieran querido matar, lo hubieran hecho sin andar con tanta ceremonia. ¡No, esto es por otra cosa!*» Justo en ese momento, le indicaron que se quedara tranquilo de espaldas a un árbol.

El miedo y la zozobra volvieron otra vez a insistir en su espíritu. El hecho de colocarlo de espaldas al *palo*, significaba fusilamiento. Varios individuos, con armas en sus manos, se encontraban frente a él. «*Ni siquiera me pondrán una venda en los ojos*», pensó.

A los minutos, el «*mero, mero*» que estaba reunido con algunos líderes se dirigió al joven. Era más o menos de su altura, con una barba poblada y una *cachucha* verde. Aquella figura daba una impresión tenebrosa. No poseía arma larga pero tenía dos pistolas en sus costados, parecía un vaquero. Se acercó a paso lento.

El Roro no quiso levantar la mirada para no ver la cara del supuesto asesino, cosa de no reconocerlo más adelante, si se daba el caso. El joven profesor pensó que ése era su fin. El chico, comenzó a bajar a todos los santos y a prometer lo inimaginable, si lo sacaban de aquel problema. No se orinó en los pantalones porque no tenía agua en su vejiga; sin embargo, el temor a morir aumentó considerablemente.

El sujeto, se acercó y agarrándolo del cuello, lo presionó contra el árbol. Le volvió a alumbrar la cara y le dijo:

— ¡Roro! ¿Eres, vos? ¿Qué *puta*s andas haciendo por estos lados?

En ese momento, el corazón le volvió a la vida y reconoció la voz.

— ¡Supo! ¡No jodas, eres vos! Te creía muerto, desgraciado.

— ¡Estoy, muerto! — Se lo dijo, en tono serio. ¡Para el mundo, estoy muerto! ¡Entiendes!

— ¡No sabes que gusto me da saberte vivo! ¡Te abrazaría pero éstos me comen vivo!

— ¡Deja de decir *pendejadas*! ¡Contéstame! ¿Qué diablos, andas haciendo por aquí?

— Soy profesor y estaba preparando las clases cuando llegaron.

— ¡Profesor! Te convenció la Negra. ¡Qué bueno! Ven, vamos a hablar más tranquilo por aquí.

El amigo se lo llevó a sentarse sobre unas rocas que servían de mirador. Se colocaron, lado al lado y se pusieron a contar, a groso modo, todo lo que habían vivido para ponerse al día.

El clima era fresco, el murmullo de la noche daba la sensación de estar en la cima del cielo. De repente, el Roro, dijo:

— ¡Así que no moriste en aquel accidente!

— ¡Tuve que hacerlo, para cuidar a los míos! ¡Vos, sabes cómo son estas cosas, con los *milicos*!

— ¡Lo sé! ¡Te veo bien aunque barbudo y algo *pollón*! ¡Pareciera que no te ha ido mal por estos lados!

— ¡No me quejo! ¿Así que profesor? ¡Qué buena *onda*! Se te veía que *tenías madera* para eso. ¿Sabes algo de la *mara* del pueblo? La Negra, el Sapo y la Pupu.

— No mucho. La Negra, está en Guate; el Sapo, en el ejército y la Pupú, es enfermera. ¿Y aquí qué ondas? ¿Qué van a hacer con nosotros?

— Por el momento, tenemos que esperar a mis halcones. Ya vienen en camino, *esos cabrones* son buenos. Son mis espías y los que limpian el camino.

— ¡No hagas nada a las mujeres!

— No te preocupes, aquí en las montanas, las mujeres son más valiosas que los hombres.

— ¿Y eso?

— Saben cocinar, pelear, cuidar y ser mujeres. Por lo general, no dejamos que se vayan. Sin embargo, tu presencia ha cambiado un poco la normativa. Normalmente, nos llevamos a la *mara* a la fuerza; aunque, al final dejamos sólo aquellos que desean unirse al movimiento.

— Entonces, ¿nos dejarás libre?

— ¡No es tan fácil! Tengo que guardar las apariencias con mi gente.

— ¿Entonces?

— Comprenderás que muchos de mis hombres no han tenido mujer en varios días. De esas tres *viejas* ¿alguna representa algo para ti?

— ¡Con la profesora!

— ¡Imaginaba! Es la que tiene mejores agarraderas. ¡Va a ser difícil dejarla de lado! Sin contar que también te han tirado el ojo.

— ¡No *friegues*! ¡Yo no quiero que me *cojan*!

— ¡No seas bruto! Una de mis mujeres también quiere gozar un rato. ¡Aquí todo es parejo!

— ¿Quién es?

— Una gringa. ¡Está, buena, la vieja!

— ¿Y no hay otra manera?

— ¡No lo creo! Pregúntales si alguna de ellas quiere unirse al movimiento. Y proponles el trato. No tenemos mucho tiempo.

— ¡Sólo eso! Y luego, nos dejaran marcharnos.

— Se podrán marchar mañana por la mañana, no les aconsejo caminar por la noche por estos caminos. Los tenemos con bombas «caza-bobos», los soldados están cerca como a cinco kilómetros y, posiblemente, nos ataquen por la madrugada.

— ¡Estás muy bien informado!

— En la guerra, quien está, un paso adelante, gana la batalla.

— ¡Hablaré con las mujeres!

— Muy bien. Enviaré a uno de mis hombres por la respuesta.

— Si bien comprendo, sigues muerto.

— Si me viste no te acuerdas. Escucha, si no puedo hablar luego contigo. De preferencia, tienes que buscar el río, se encuentra al pie de la montaña. Baja con cuidado porque si resbalas no hay nada que te pare y terminarás en el fondo. Busca un peñón que sobresale varios metros y, si tienes huevos, brinca lo más fuerte posible, para caer en la poza. Es profunda y sin piedras en el fondo.

— Me da mucha alegría saber que estás vivo. Nos hiciste mucha falta.

— ¡Ustedes, también! ¿Cuéntame, sabes algo de mi familia?

— ¡Están bien! Aunque, la verdad, casi no he ido por allá.

— ¡Qué bueno!

— ¡Oye! ¿Te puedo preguntar algo?

— ¿Qué cosa?

— En esta guerra se dicen y hacen tantas *babosadas.* Uno, no sabe ¿qué cosa pensar? Por ejemplo: ¿Por qué diablos andan botando postes y puentes? ¿Por qué ponen bombas caza bobos? ¿Por qué no se enfrentan de forma directa con el ejército? Allá afuera, tienen mala imagen. Ustedes son vistos, como: revolucionarios sin causa, ladrones, haraganes, buenos para nada, asesinos, desconformes sociales, etc.

— ¡Imagino que son preguntas que se hace la gente! Pues, te diré que: nosotros, peleamos con las armas que tenemos; como ves, no poseemos aviones, helicópteros ni tanques. Sería tonto y estúpido, ponernos al mismo nivel con el ejército. Nos acaban de un *cuetazo*. La gente, no nos da importancia que merecemos porque creen que somos una llamarada de *tusa.* Aquí, la economía, por no decir la riqueza, está en manos de unos pocos; por eso, necesitamos que, la gente, despierte de una vez por todas. Hay que darle la *vuelta a la tortilla.*

— Puede ser, pero dudo que la gente quiera ese cambio; muchos piensan que es mejor tener algo, a una promesa de un, tal vez.

— Es verdad, si no ven la necesidad, no actúan. Nosotros, tenemos gente metida en todos los sectores y, poco a poco, vamos acercándonos a la *mera mata*. Muy pronto verás que la cosa cambia. Hemos recibido el apoyo de *gente pesada* y no hablo, sólo, de palabras. Aunque no lo creas, una guerra mueve billete y hay muchos intereses de por medio.

— ¡Eso, no lo dudo! Basta con mirar como los negocios compran cosas para protegerse, las agencias de protección están haciendo su agosto; los víveres suben como la espuma y los bancos no dejan de engordar sus bolsillos.

— ¡Ésos, son unos cuantos ejemplos! ¿Quiénes, crees que nos venden las armas? Los mismos militares. Sólo, en el grupo, tengo a dos desertores que su propio coronel los mandó al matadero porque cuidaban un cargamento de armas destinadas para nosotros. La guerra es, sucia; como la política.

— ¿Vos lo haces por tus convicciones o por otra cosa?

— Mis convicciones… hace tiempo, quedaron enterradas. Al terminar esta mierda, no pienso quedarme con las manos vacías. Si los que están más arriba, roban; porque no lo haré yo.

— Eso, si sales vivo para contarla. Por lo que veo, luchan con diferentes condiciones.

— Luchamos con nuestras armas, tiramos los puentes, para ponerle trabas a los tanques; los postes, porque en la noche es más fácil actuar y la gente está acostumbrada a la electricidad que para ellos es una calamidad estar sin ella. Tal vez así, abren los ojos y nos apoyan. Sólo aquel que no tiene que comer sabe lo que significa tener hambre.

— ¡Vos, crees que tienen una oportunidad de ganar esta guerra!

— ¡De una u otra manera ya la ganamos!

— ¡Y eso!

— Al terminar, esta cosa, verás que una nueva burguesía se va a levantar. Aquí andamos, los gatos, pero aquellos que no se mojan son los que saldrán levantando la bandera. Por el momento, estamos trabajando en darnos a conocer para que conozcan nuestra lucha y nuestros triunfos. Deseamos motivarlos a unirse a la revolución.

— ¡Sería bueno que tuvieran un periódico, una televisión o una radio! Los bocones nacionales sólo hablan de lo malo que hacen, quizás si muestran lo malo del otro bando, a lo mejor cambian de parecer.

— ¡Una radio! No es mala idea. Se lo diré, al profe.

— ¿Al profe?

— Así, llamamos a uno de los *masuchos*. Si supieras las barbaridades que estos *hijos de la mai*cena andan haciendo con la gente campesina. Han masacrado pueblos completos.

— ¿De verdad?

— Ni te imaginas, los horrores que provocan. Hay voces que se han quedado calladas y otras que mueren en el silencio. Todavía, no se ha levantado nadie capaz de defender a los sin voz.

— No es fácil levantar la mano porque quedas señalado y firmas, tu pena de muerte.

— Eso quiere decir que es más fácil vivir muriendo que morir por una causa.

— Imagino que, *los Cristos*, se han acabado.

En ese momento, llegó un bicho a decirle al Supo que los espías habían llegado. El chico, golpeó en el hombro al amigo y le dijo:

— ¡En esta ocasión tuviste suerte! No juegues con ella. Recuerda, no me has visto ni existo.

— ¡Cuídate y no te dejes matar!

Los cheros se unieron en un apretón de manos y, luego, se despidieron deseándose suerte. Después, el Roro se reunió con las mujeres y les dio el mensaje. Una de las chicas decidió unirse al grupo pero las otras dos no; contra su voluntad, aceptaron pagar el derecho a su libertad.

Al rato, llegaron por ellos y se llevaron a cada uno en diferentes direcciones. Todos estaban conscientes del precio a pagar para obtener su liberta. Rodrigo, al igual que el resto de mujeres, seguía odiando es, maldita, guerra que no deseaba y que le imponían. Como a la hora, cada uno, llegó al tronco del árbol en silencio. Nadie, se atrevía a preguntar ni a tratar de esbozar una, simple, palabra. Unidos en su dolor y es su soledad, se quedaron *pegaditos*.

Trataron de dormir, en la incomodidad de una noche fría. Un sereno penetrante comenzó a mostrar su piel. Se quedaron, con la esperanza que, los captores, respetaran la promesa de libertad. Una fogata bastante grande ardía en medio de un espacio vacío. Esta se encontraba, a cierta distancia, de ellos.

De repente, al verla, Rodrigo, pensó: « Si me dijo que los soldados estaban cerca, entonces, ¿por qué mantienen la fogata encendida y, en un espacio visible, desde la distancia? Me huele raro, todo esto. ¿Qué se traerán? Además, me dijo que, ellos estaban, varios pasos, adelante. ¡Espero que no sea, un anzuelo y, nosotros, seamos la carnada! Viéndolo, bien. Pareciera que el grupo se ha reducido. — Se puso a contarlos con la mente. ¡Será mejor que no les diga nada a las mujeres! Trataré de dormir como los conejos, con los ojos abiertos. *No vaya a ser el diablo y nos cocinen crudos*».

El cansancio, lo dominó al filo de la medianoche. A eso de las tres, el sonido de un helicóptero se hizo cada vez más fuerte. El Roro fue el primero en *avisparse* y despertó a las chicas. En el campamento no había nadie, ni siquiera se dieron cuenta cuando se marcharon los subversivos. Por lo menos, ésa era la impresión que daba el lugar. El fuego de las fogatas todavía permanecía encendido.

Cuando el aparato volador, se acercó al lugar, alguien le disparó desde la tierra, tocándolo levemente porque, al contacto de las balas, las chispas se vieron en el cielo. Rápidamente, el animal metálico dio media vuelta para escapar del ataque sorpresa. Al mismo tiempo, desde otra posición, los militares que se acercaban por tierra, dieron la respuesta de manera masiva y nutrida.

Desde que se escucharon las primeras balas, los rehenes se pusieron a bajar aquellas laderas en busca del mentado río. Las *cipotas* no tuvieron problemas en bajar con rapidez. En cambio, la maestra no hallaba donde colocar los pies. El Roro no tuvo otra opción y trató de ayudarla. Además, de los zapatos, el vestido con cierto revuelo le estorbaba porque se trababa en ramas y raíces. En un momento dado, quiso buscar a las chicas y, éstas, habían desaparecido en la oscuridad. El vestido de color amarillo suave parecía agarrar vida en la oscuridad.

El traqueteo de los disparos se escuchaba como fiesta de fin de año. Las balas comenzaron a zumbar en los alrededores. Alguien, los había detectado y quiso alcanzarlos con sus proyectiles. Para colmo, el helicóptero volvió al lugar y se puso a disparar en dirección de las fogatas. *En dos patadas*, destruyó el fuego, provocando un incendio.

En cierto momento, El Roro y Marta, quedaron en fuego cruzado, sin saber ¿qué hacer para salir del lugar? Ellos sabían que no podían, quedarse quietos y continuaron, bajando aquella bajada que no tenía fin. La maestra, aventó los zapatos y rompió el vestido para tener más libertad de movimiento. Agarraron, cierto ritmo, y bajaban casi deslizándose. La mala suerte provocó que la profesora se quedara trabada entre unas ramas, su vestido hecho un nudo y las balas rozando las orejas.

La mujer pidió ayuda y Rodrigo volvió para darle una mano. Por suerte, el río se escuchaba cerca porque su canto se escuchaba claramente. Mientras ayudaba a la dama en dificultad, volaba ojo, queriendo encontrar una salida de escapatoria.

El helicóptero comenzó a lanzar luces de neón en su dirección y, con la experiencia adquirida, le ordenó a su acompañante que no se moviera. Unos animales que se encontraban cerca, al moverse provocaron que los confundieran con personas. Los disparos comenzaron sonar como matracas en piedras y árboles. Aquellas luces, ayudaron a vislumbrar el peñón que su amigo le había comentado. Era casi una especie de puente directo, al vacío. No estaban muy lejos, *a ojo de buen cubero*, se diría a diez metros.

La profesora que, nunca las había visto, al sentir las balas muy cerca, se asustó. Comenzó a moverse y trató de bajar rápido. Mala idea, los ocupantes del ave de guerra, la descubrieron. Las balas comenzaron a rozar las orejas y, en su desesperación, la mujer gritaba.

Entonces, en ese momento, Rodrigo decidió agarrar al toro por los cuernos. Agarró fuerte y, diciéndole que no tuviera miedo. Al llegar a la peña, la agarró por la cintura y le dijo que corriera lo más fuerte que sus pies le dieran.

En aquel tiroteo, se escuchó un grito, desgarrador que puso los pelos de punta a los que lo escucharon. Había sido, la profesora que, al verse en el aire y bajando como una piedra, había soltado el grito. El golpe de los cuerpos al caer en el agua, provocó otro sonido peculiar.

Aquel grito espeluznante había provocado que por un segundo el silencio se apoderara de las montañas. Alguien mal pensado, hubiera dicho que había sido la «*Ciguanaba*» quien se había parado sobre una bomba caza bobos. Curiosamente, a partir de aquellos días, apareció en el folklore popular el chiste de la «*Despellejada*» que no era otra cosa que la versión de la «Ciguanaba», en tiempos de guerra.

El tiempo se detuvo en el espacio de aquellos segundos. Los dos bandos en conflicto seguían mostrando sus dientes en la cumbre de aquellas montañas. El reloj se detuvo a pensar y un silencio, con puntos de suspensión, merodeaba la idea de un dramático final. El Roro, en su intento por lanzar a la profesora Marta lo más lejos posible de la orilla, provocó que su cuerpo recibiera un impacto negativo que lo empujó hacia el peñasco. Él sabía que corría el riesgo de golpearse contra las rocas y, para colmo de males, su caída la hacía sin control.

Por suerte, para el nuevo profesor, el salto había sido lo suficiente fuerte para caer en el agua. Sin embargo, al caer de lado, el golpe le sacó el oxígeno y le dañó una costilla. El *platanazo* fue tan fuerte que, casi, pierde el sentido. En un momento dado, se desvaneció y, como plomo, se dirigió al fondo de aquella poza.

En su caída, se decía, convencido de que era el final: «Hasta, aquí llegué». Un sentimiento de satisfacción le invadió el espíritu y una paz interior le reconfortó el alma. Deseando, quizás, pasar al otro lado de la vida, esperaba ver algún tipo de luz que lo guiara. Al menos, eso había escuchado cuando alguien estaba muriendo. De repente, abrió los ojos y logró ver la superficie del agua. Entre, nublado y opacado alcanzó a distinguir unas luces blancas y, en el fondo, la algarabía de unos disparos. Entonces, se dijo: «pobre gente, piensa que la paz se logra a través de la guerra».

Mientras caía al fondo, una de las canciones que cantaron los músicos, se escuchaba clara en su mente:

« Te llevarás mi mis horas en el rabo de tu piel y en tu cantimplora, el elixir de tu miel. Te llevarás mis días, en hojas de papel y en mi reloj, cada día, tu distancia se hará hiel. Te llevas, en mis manos, un pedazo de mi ser; te llevas, mi futuro, en medio de un ¿por qué? Me dejas, en la nada, de un silencio y un adiós. Me dejas, en un muro, de preguntas sin responder... en tu pelo, en tu boca, en tus ojos color miel; te llevas, el oasis donde yo, calmo mi sed…».

FIN

EPILOGO

El Roro, en ese lapso de tiempo, comenzó a recorrer su pasado, poniendo especial énfasis en sus seres queridos. Se imaginó a sus padres recibiendo la noticia que su hijo, aquel en quién tenían puestas muchas esperanzas, por ser el mayor, había muerto. Su viejita, lloraba desconsolada; su padre, se mantenía firme como aquellos robles desafiando el tiempo. Sus hermanas, parecían unas Magdalenas inconsolables; y sus hermanos menores, arrugados por el dolor, no decían nada. Sus *cheras*, en especial la Negra, hacían sus apariciones reclamándole su abandono y la falta a la palabra, puesto que les había prometido volverlas a ver y no dejarse matar, en esa guerra, sin sentido.

El profesor novato se veía en la piel de aquellos que deseaban hablar y no podían; porque, por alguna razón, les habían quitado ese derecho tan fundamental en el ser humano. En su reflexión, antes del último respiro, el Roro meditaba con cierto desconsuelo en su corazón. Pensaba en aquellas personas que, como él, habían caído en los brazos de la guerra que muchos odiaban porque, estaban, hartos de tanta maldad. Aquellos que, *sin querer queriendo*, se habían encontrado en medio de una *balacera*, un combate del cual no deseaban ser parte presente.

Las últimas palabras de su amigo el Supo «esta guerra va para largo, se vienen tiempos difíciles» presagiaban más dolor, sangre, desesperación y muerte para un pueblo caracterizado por ser trabajador, positivo y alegre.

Sin saberlo, en ese período de su vida, la situación política lo había llevado al filo de la muerte. Lo había introducido por senderos inesperados y le había, obligado, a tomar decisiones radicales. La mentada guerra civil, se volvía cada día insoportable y, lo peor, tocaba seguir viviendo en medio de la muerte.

Para un pueblo necesitado de justicia, paz y amor. El presente no ofrecía garantías para un futuro esperanzador. La gente vivía, muriendo; existía, rogando; callaba, gritando; rogaba, un poquito de misericordia. En esos días, la necesidad de un caudillo, un mártir o, quizás, un, mesías era casi una exigencia nacional. El flujo de personas buscando nuevos horizontes, tratando de salvar su vida, se intensificaba en todas las puertas fronterizas del pequeño país centroamericano. La guerra continuaba moviendo sus hilos, bajo la sombra de la impunidad, detrás de la puerta de las leyes y, lo peor, la población comenzaba a ver todo como algo normal.

« Lo nefasto en un problema, es no verlo como problema; etiquetarlo, en la agenda diaria y hacerlo, compañero del camino»

Robert Maximiliam

«No se puede apagar el fuego, echándole más fuego. La voluntad de cambiar debe comenzar en nuestras manos. A veces, por más que desees ser imparcial, no puedes... Tienes que tomar partido en el asunto. Aunque, la verdad, es mejor que digan al final: por aquí pasó que, aquí quedó».

Robert Maximiliam

DESCRIPCION DEL ESCRITOR

Escritor por vocación y originario de El Salvador. Desde muy joven tuvo en sus manos y en sus sueños la palabra como compañera de cuna. Inspirado por el romanticismo evocado por los cuentos y leyendas de su abuelo materno, se comenzó a bañar en el *chorrito* de la narrativa oral; motivado por la dedicación, la rima y la lírica del verbo jugando con la palabra, por parte de su padre, puso forma a su creatividad innata. La palabra se hizo verso, el verso, melodía; la melodía alas blancas y con ellas, se lanzó al vacío de su poesía.

La guerra civil por la que atravesaba su país, se convirtió en otro clavo en el ataúd de la vida. Desde su vacío, abrieron sus alas aquellas mariposas que salieron a escondidas, queriendo ser rosas que profetizaban dulces melodías. Ahí, se germinaron aquellas semillas que un día, con amor y alegría, sembraron aquellas personas que querían verlo volar en el universo del romanticismo literario.

Dejando, el cascaron de su patria, otro universo se le presentó con nuevos brillos. Aprendió a amarse, antes de querer amar; a ser amigo, antes de tener amigos; a creer, antes de querer convertir; a ser, antes de convencer. Luego, como por arte de magia, se descubrió: enamorado de la vida; revestido de una palabra viva, amarrado a un deseo de ser legado y, fortalecido, queriendo dejar su legado a través de la palabra viva.

LA GUERRA QUE NUNCA QUISE

OTROS CAPITULOS

GQNQ, MEMORIAS VIVAS –primera parte

GQNQ, BUSCANDO SER ALGUIEN – segunda parte

GQNQ, VIVIR MURIENDO – cuarta parte

GQNQ, MORIR A UN GRAN AMOR – quinta parte

www.ingramcontent.com/pod-product-compliance
Lightning Source LLC
LaVergne TN
LVHW101916220826
846093LV00009B/270

* 9 7 8 1 9 8 8 4 7 5 7 2 1 *